I0730248

你来干什么

What are You Here For?

那 岸

By Na An

美国华忆出版社

Remembering Publishing. USA

ISBN:　　　978-1-68560-208-6　(Paperback)

978-1-68560-209-3　(eBook)

Remembering Publishing, LLC

RememPub@gmail.com

What Are You Here For?

By Na An

你来干什么

作　者：那　岸

出　版：美国华忆出版社

版　次：2025 年 9 月　第一版　第一次印刷

字　数：145 千字

作者介绍

那岸，本名张绍宽，中国律师退休后现居住美国纽约，发表过文论和创作，出版有中英文版长篇小说《双城之间》。自编的同名电影，在 2011 年德国科隆国际电影节选为观摩影片，官方评语"中国电影文化中难得的一瞥"。

作者寄语

　　抱歉，读者朋友，本书没有请人写序。作者担心那些好话，影响您的判断和阅读情绪。

　　这部小说，"扫描"的是深圳特区初期的社会生活情景。

　　小说主人公焦真从山区社会底层走来，他善良干练，却是奋斗的失败者，但是他一直在挣扎。小说张扬他的，是他和他的朋友们对新的生活的追求，对人性复归的向往，被阳光照耀的渴望。

　　小说记录了当年南下深圳，各色人等的境遇和伦理状态，同时也在探索社会变革中人们的精神世界。

　　细心观察，社会底层人争取生存和平等，和爱情一样，一直是文学创作永恒的主题。作者以"这一个"（黑格尔语）典型环境中典型人物形象，跻身于中外文学长廊。

　　文学创作本应是，不同社会层次人士对生活的有感而发，如同自然界百花开放。文学作品本质上说不是商品。任何小说在除去包装和浮名之后，在书海里也仅如一滴水。只有读者的喜读或不喜读而已。不乏有的很快干涸；许多文艺经典好像艺术家专门为后人创作的。

　　在工业化社会里，我们可以看到，人事百种行业，娱乐健身项目繁多，文学鲜有人炒作。——这是正常的文学生态。如同一个人默默地来到人世那样，作者以浅淡的心情把这部小说奉献给您——我的朋友。

　　现代人忙，小说未必能从头看到尾，因此本书为章节拟了小标题，读者可以轻松地挑选章节试读，以窥全貌，故此章节之间会稍有字句重复，这是需要说明的。

作者　2025 年 8 月

目　　录

一　楔子。

独行者要把三百万元钞票

抛向天空，从楼顶撒下

1

他坐在山坡上，从下午到深夜。

眼睛在黑暗里闪动着光芒，烟斗里的星火时隐时现。

天空深邃，星星稀落。隔水相望的香港，投射到水里的灯光，伴随着阵阵海风，搅动起朗朗的水响声。

他没有烟瘾，却不时地给烟斗点火；任凭火星烤手。

焦真，年近五十瘦小的汉子，不时注视的是坡下的庞然大物—黑乎乎的几幢建筑物，从海里升起的月光，剪出了它黛色的轮廓，中间一幢高层指向云间。

深圳土地尺土寸金，海景地段不可再生。建筑物应该有更现代的外观。接盘侠"大湾融银"公司，邀请美欧和日本五家建筑设计公司，设计竞标，已经进入评标阶段。

下周这个烂尾建筑群就要被炸掉了，焦真恋恋不舍。

焦真思前想后，突然想到自己的人生，是不是个烂尾人呢？

不知当初谁给起的名字：金银滩大厦：金楼、银楼，中间是一座百米写字楼，是北京来视察的一位领导脱口而出，"写字楼叫它巨星公司大厦！"石南胆小，说：叫它新星大厦好吧？"

这将是南中国高性能计算机中心！

这都是三年前的事。金银滩大厦定格在这里。

焦真从金银滩大厦的左侧望去，不远处的路口是法院大楼。三年前特区轰轰烈烈大开发的时候，焦真就坐在那里边上班，是深受当事人好评的优秀法官。

焦真抿了一下嘴角，自嘲地微笑了两声，自己不懂出门问路，上路问天。想着想着，就哈哈大笑：人生无常！

他本是投奔特区的北方大巴山底层平民，而今是释放半个月的缓刑犯，其罪名是入室抢劫罪。

令他啼笑皆非、又恼又气的是，曾被他有救命之恩的两个至爱亲朋，一个有势一个有钱，案子与他俩毫无牵连，完全不必介入。二人却"绞尽脑汁"介入，然而介入，本应是为他脱罪、搭救他，相反的是他们自己为了保住自己面子和发财升迁，运用自己的影响力，将无罪的他判为重罪。

焦真有的只是对人生无常、人心叵测的唏嘘、叹息，他的人生，是一场残羹冷饭孤独的旅行。

2

上天总会在你不经意间，在你绝望无路可走之时，给你的头顶显现云霞，摔一跤拾了元宝。焦真刚一释放，送到他面前的竟是三百万元的巨款。

这是他一生唯一一次做生意赚的、唯一一次钱：三百万元！法院执行庭昨天把为他保存的，三百万元的支票给了他。

金钱对于他的生命，已经无足轻重，他想，把三百万元的钞票抛向天空从楼顶撒下。

他使劲地吧嗒了两口，也没有把烟斗里光星救亮，他摇了摇头。他像许多人一样，当头脑拒绝思想，思想平静得如空洞的时候，就自然会想起童年，回想起，人生最早的记忆。

3

　　山坡，薄雾，夕阳中，他牵着小羊往回走，渐渐地在远处形成了一个剪影。

　　老家院子，岁末，薄雪地。

　　在磨刀声中，小羊被绑缚在旁边的柱子上，小羊眼神中透露着恐惧，更显示出院子里嚯嚯磨刀声制造的恐怖。

　　磨刀声停止了。伯父拿着刀走近了小羊，小羊开始挣扎着、"咩咩"地呼叫着。

　　那时小名呆呆五岁，他突然冲过来，伸开双臂保护小羊。

　　他不大的声音："不要杀它，不要！"

　　伯父问："过年，那你吃不吃肉？"

　　他笃定地看着伯父："我不吃！"

　　羊肉锅鼓嘟鼓嘟地响着。

　　他背对饭桌，坐在院子角落。

　　他经常四肢抽搐的父亲，此时颈项强直地坐在一旁，眼睛无神瞅他又瞅瞅伯父没有话。

　　家里人要开饭的时候，父亲蜷曲着胳膊走过来，塞给他一块洋芋饼，递给他一碗汤。

　　所谓汤，就是白开水。伯父则鄙弃地顺嘴说了句"呆定"，跟着又骂了句"黗种！"（坏种）。

　　一位哲人说过，人对于难以承受的苦难经历，有一种天然的逃避——不愿意想起和记得。焦真从有记忆时就是不幸。

　　一生中他常常想起那只羊。

　　焦真不幸、最不愿想起的是，十二岁那年被五花大绑，在学校示众。那是中国饿死上千万人的"三年灾害"的岁月。母亲要儿子拿门前的三个萝卜换二斤黑面，不幸在"鬼市"被抓，被判以"投机倒把罪"，说是关入少年管教所，实际上送进成人劳改窑场背砖。

那个棍棒之下的强劳，是他的痛苦忍受到了极限。监狱为了多生产，命令犯人们把尚未降温的窑砖一摞一摞地背出来。焦真脊背一次一次的烫伤，形成了永生的黑背。

黑背是自己心灵的伤疤，又仿佛是自己另一个面孔，任人指指戳戳。

这些记忆被打入潜意的冷宫，但报复的魔力在以后每次类似的情景出现的时候，形成锁链轮回。人的性格行为可以追溯到童年。

心理学告知我们，如果童年遭遇不幸，痛苦的心境将成为一生犯错的操纵者。

可怜的经历形成焦真恐惧、谦卑的性格。而这种性格在与人处世中，极易于激发别人的欺负感。他感觉到，他四五十年就是这种人，过得这种日子。

4

童年回忆里的温暖，来自母亲。他被打骂时，连累着母亲一起骂。这时母亲拿着一条湿布，走过来看似擦拭衣襟上的饭斑，实则是抚慰他。

夜里母亲给他许诺，要带他回娘家集香泉村玩，去树林里看漂亮的百灵鸟、画眉鸟，听它们唱歌。

遥远的陇南只能成为向往。而现实是母亲带来了诗礼传家的遗训："人之初性本善"，还有山里的一座教堂听来经句"未来会有美好的生活"。这些话就像泉水沉淀到他心里深处。

心里定格的是母亲美丽山村少妇的形象。而刻骨铭心的，是母亲期待他换回黑面的情景。母亲清癯的脸上，泛着菜青色，两眉蹙皱，一副强忍虚弱的样子，她用期待支撑着生命，眼眶深陷而眼睛异常明亮，眼神饱含着深情送儿子出门。然而母亲永远等不到儿子回来、永远等不到喝一口面汤。她倒下了，离开了这个对她说不明道不白的世界和暂短的人生。

5

自己究竟是个什么人，怎样长大的，焦真也常常问自己。

从眼前的灯火，他想起遥远的镇上的文化馆。解放后那些年（约四十多年前），铺天盖地宣传革命道理，这是个热闹的地方。五六岁的焦真看到了许多书，新书有什么《马列主义干部读本》《在远离莫斯科的地方》等。抗战时期沦陷区一些学校、文化人西迁，在这里留下了许多三十年代，上海出版的世界名著，有薄薄一册一册的世界名人小传，居里夫人、互特等。他似懂非懂的翻几页只记下了个书名。

但是，但是他知道了、他记住了外面还有好多奇妙的世界！从此喜欢读书。从此他与众不同，从此不愿意被周围人的声音所"捆绑"。

焦真朝左侧眺望，那是中外闻名的深圳河。二十世纪六十年代，广东边民、内地人，为了有一口饭活下去，前仆后继人从这里涉水逃港。人群后面，制止叛逃的枪声，使这里血流成河。多年后一名记者出版了一本大逃港的书。

求生存的本能是顽强的，没有什么力量可以压抑得了的。"收"也不是"放"也不是，二十世纪八十年代初，当权者有了一个明智之举：改革开放！把外商请进来，在这里办厂经商，内地人为他们打工吃饭。正当上面争论怎样改革开放时，口子撕开，大批农民工涌了进来，成千上万、几十万、上百万人的人涌了进来，边陲小镇催生了一个叫深圳的城市。社会各阶层寻求发展、自谋出路的人们，演义着各自生生死死五彩缤纷斑斓的人生故事。

望着深圳河，回顾木枫镇市容，焦真莫名其妙的自己笑了，再过几十年，有健忘症基因的后辈很难以想象，我们今日的生存状态。

他不明白，自己糊里糊涂怎么和"金银滩""新星"搅到了一起。

有意思的是，眼前的金银滩大厦是五年前，一个叫何六六的青年从北京持一张条子到市府，要了这一块风水宝地。三年后又转卖给了"新星"，而去年接手这个烂尾楼的，是刚成立股份公司"大湾融银"，它的老板是何赛文。

金银滩大厦，寂静的、黑黝黝的。

一年过去了，他理解起名"新星""巨星"之类公司的老板，追求成为行业巨人的用意，他也醒悟到这些"唛头"深层的含义。

一个信仰上帝的冤狱者给他讲的故事：上帝身边的天使是无性的，当他们受上帝托付到人间布道时，以男性模样出现。不久见女色起异，使人间女子受孕，生下孩子能量无比，然而巨人作恶而无人能制止得住。这就使上帝生气，除了诺亚一家好人外，发洪水淹没人类而惩罚人类。

而自己切身感受到"巨人"的能量，大半生，始终就在这种无形的能量笼罩之中，成为脆弱者、边沿人。

夜色突然变得发黑，显得深沉。从飘过来麦芽清香的酒味，他知道身旁有两个人，他俩坐了很长时间了，是肖望成和棒槌；肖望成嗓子发出喝啤酒的吞咽声。

焦真回望过两次，三双瞳孔反射着黑光的眼睛互视了两眼，谁都没有开腔。

一向粗声大气的肖望成这时却细声慢语、很认真地说："你恨钱，是真的，我明白你为什么恨钱；我也相信你会撒钱，一可你知道这是违法的吗？你还想进去？"

焦真长长地出了口闷气。

棒槌，这是焦真从"铁窗"出来，第一次来看焦真。

棒槌，二十四时都不会改变的西服"行头"，合身的蓝格子西服和平整的领带，他不知道说什么好，不知道该解释什么，怎样解释。

半天，他头也不抬，明显是说给焦真听的，却又是自言自语，声音低低地："我从来的路上一直到现在，一直都在想阿姨（焦真母亲）……那天天一亮我就跑到你家，……"

焦真侧过肩膀，眼睛盯了两眼棒槌，头又转了过去。

棒槌大约眼睛红了，略有哽噎："很奇怪，阿姨的头不住的左右摆动，嘴里又不住叹息'苦命的孩子，'……阿姨倒头时说，告诉呆儿，'人欠你的，老天会还你的'……"

鱼肚皮的颜色出现在远处，那是海，天渐渐亮了。

地平线深处传来谁喃喃的声音："人欠你的，老天会还你的……"

二

老男人：别，别打我，

我挣够两毛五一碗羊肉泡就走

1

命随缘，缘相印。人常会问人是从哪里来的？焦真说"我是从沙河来的！"自己的命，源于大巴山中汉江的一个无名的沙河。如果没有"沙河"之缘，他如今还在山谷过活着，也许是一生。

1977 年春天，十年"文革"结束后第一个春天，生物苏醒，政治上也渐有松动。

大巴山中汉江小城。各色人等组成了街上的人流。四十多岁穿着卡其色风衣的男子夏金鸣，透过报摊上悬挂的凶杀案、半裸美女花花绿绿的小报杂志，颇感意外地认出了呆呆，他是摊主。呆呆额头上一层层汗水，揎襟露肘手里忙迭不休地收着钱。

二人的惊喜自不待言。名叫呆呆的摊主，二十七岁，个不高，动作略显迟钝，不大的双眼却亮中有神。夏金鸣是他十年前认识的，当时大伙都叫他"老男人"。

"老男人"已经"脱胎换骨"了，胡子刮得干干净净，白生生的脸上架了一副细金边的眼镜，直挺的腰板，风衣里的衬衣雪白雪白的，真像电视里的什么市委书记。

但呆呆丢不下买小报翻杂志的热情的读者，没有跟夏金鸣走。

晚上呆呆早早地收了摊子，肩上扛个酒箱子，半箱啤酒半箱巴山老白干，手里拾了一大包腊汁牛肉，两盒汉中拌面皮及凉菜，走进了夏金鸣所住的市府招待所，呆呆扑噜扑噜的眼睛，欣赏着豪华房间的设施。

汉江虽奔流在秦巴腹地，这里山峦错落纵横，树林蔽云遮日。六十年代初中央为了"防苏（联）反美（帝），"准备打仗，把沿海一些重要企业搬迁到这里山沟沟，叫作"三线"建设。于是形成了工业城汉江市。

此刻呆呆才知道夏金鸣是北京下来视察的官员。

呆呆："哈哈哈……"

夏金鸣："哈哈哈……"

四目相视，只是个笑。劫后相逢，呆呆是傻笑，夏金鸣是苦涩的摇头。

呆呆告诉夏金鸣：一是"呆呆"这名字不好听，二是小时村里人都喊他槙槙，土话就是树梢梢，所以他现在改名了，姓焦名真。在汉川金属建材厂打临时工，下班摆摊。

夏金鸣说，这次来汉川就是为给建材厂调拨钢锭，来考察这个厂。

夏金鸣还关心地问了焦真老家父亲的情况，夏金鸣知道焦真的母亲早早就过世了。

焦真说自从十六岁那年出来（"狱中"）这么多年，一直在外打零工，只回去过一次村子，那是为父亲过世的事。暂短的沉默，焦真怅然若失，闪过一丝不易察觉的苦涩。

2

可以肯定的是，俩人脑海里都会浮现十年前的那沙河的沙滩：他们相遇相识，以及和大男孩们的事情。

1966 年夏天，"扫除一切牛鬼蛇神"的"文革"开始，举国大乱，任意几个人成立一个所谓"革命"组织，便可以上门抄别人家，打砸抢财物。"革命"组织任意认定的"走资派"、反动学术权威"坏分子"关"牛棚"（私设的监狱），以取口供为由任意凌辱殴打。涉嫌分子四处逃窜躲避。

夏金鸣，一人生难得的精彩体验：1967 年，沙河。

七月骄阳把汉江的这条支流几乎烤干了，河床沙丘里一小涡水，一滴一滴的慢慢地沉到沙眼里，看不见了。沙丘变成了干沙。

河堤上"文革"游行的人嘈杂而过，呼喊着"誓死捍卫毛主席革命路线""打倒一切害人虫，全无敌……"

低洼的河滩却是另一个世界，静悄悄的。干涸的河床上，沙粒闪烁着光亮，潮湿处的水气缠绕人的脚脖子，使人不时地发痒。

河堤下的一块湿地，四五个十五六七岁的男孩，突然把一个白衫衣的大人打倒，嘴里骂着"你这个该死的老男人"，说着便夺过"老男人"手中的挂坡绳，把他上身捆住，往他头上扬沙子，一派活埋的架势。

"老男人"就是夏金鸣。他的眼镜被打落，视力模糊了，两只手在空中狼狈地晃动。

带头的那个男孩名叫棒槌，年龄大点，十七岁。当他从沙坑里拉起夏金鸣时，他楞了一下，这脸庞好熟悉！好像一个人，似呆呆？

这时，穿着一件灰长袖的大男孩，他就是呆呆，大步跑过去拨开男孩们。男孩们立即转向冲着呆呆，笑嘻嘻地欲扯开他的上衣。呆呆和棒槌同岁，却是个神秘的主，大热天从不脱掉上衣。呆呆紧紧地捂住纽扣。他冲过来，重重的几锤打开了那几个男孩。

远处，几辆装好沙子的人力架子车，驾车的人喊道"走人啦，走人啦"，孩子们立即争先恐后地边跑边掏出自己的绳子，握紧挂勾，争着抢着挂到车辕一侧的铁环上，躬着腰配合驾车的人，嘴里"咳哟，咳哟"地喊着，弯曲着腰朝坡上的公路上吃力地走去。

每挂一次坡，驾车人给五分钱。

"老男人"四十多岁的模样，身材魁梧。他抖着身体的沙子，朝呆呆发出谢意的微笑。

"老男人"朝孩子们喊话："你们叫我老夏"。

老夏和大男孩们和解了："我只挣两毛五一碗羊肉泡的钱就走人，不抢你们的生意！"

男孩们心也善良，能到这里来就是为了一糊口。棒槌把挂坡的绳还给夏金鸣，顺嘴说："你是走资派还是坏分子我们不管，别在这里惹事就行……"

夏金鸣忙弯下腰，连连点头，"是，是，是。"说罢站直身子，系了一下白衬衣的扣子，提了提发旧的军裤。

这就是夏金鸣的亮相——难忘的沙河。

3

且慢，沙河里还有另一个主，也是本书后面的主要人物，他叫吴乃，十四、五岁模样。

大男孩群殴"老男人"，他坐在一旁，纹丝不动。当他看到"老男人"用手抹嘴角，估摸着流血的时候，他起身，走到"老男人"旁边，递给他一张纸巾（那时只有他独特，有纸巾、用纸巾），又从沙子里拣出眼镜，递到"老男人"手里。

吴乃由一名阿姨（实为他家保姆）陪同从广州逃难到汉江的。有人说他老家是汉江的，有的说他父亲是南方人，在汉江打过游击，解放后到广州做了大官。不管怎么说，吴乃除了白面书生的面孔，再就是能说几句礼貌话外，说不了普通话，像个哑巴。

殊不知，吴乃是呆呆带来"挂坡"的。

河堤坡下有几间河段管理站的平房，管理站的人回市里"闹革命"去了，这里形同废弃，两年多呆呆晚上就睡在这里。

一天，堤上供销社的邱老头，拎着一个行李包带着一个中学生模样的少年，说"小吴"在这里住上个把月，他是从外地来找亲属的，并厉声地要呆呆护着他，如有闪失，就把呆呆从这里赶出去。

邱老头临走时，把一个布袋打开，里边装了半袋子烙饼，随手拿出了一个饼递给呆呆，算是感谢；接着从自己上衣口袋里拿出一沓毛票（小面额人民币）和一叠粮票递给小吴，想吃什么到坡上去买。

呆呆、棒槌都是在这里流浪的，没有粮票，买高价粉面粥度日，看看粮票，羡慕得看呆了。

老邱临走时，感叹地扯起小吴的手，望着眼前的辽阔的湿地，竟然发出带有令人意外的文化人气质的感慨："这里景色好美啊！"

老邱思片刻，扭过头对小吴叮咛道，"别乱跑，别乱说话！"

小吴像个听进去大人教诲的乖孩子的样子，忙打开书包，摊开了几本书说："我会用心读马列的书的，——我从家里带来的。"

没过几天，吴乃发现呆呆在墙角的一捆藏书，拿出来就读一本名为《少年维特之烦恼》的书。呆呆进门后慌忙扑了过去："这是封资修的书，不能看！"

吴乃心有主意，反问："你可以看，我怎么就不行？"

呆呆说："这是文化馆扫'四旧'的，我拿回来生火作饭擦屁股用的！"

吴乃很认真地："维特活得很孤独，我也很孤独，我看你愁眉哭脸也像维特。"

"去去去，维特是希望白由的，他处在传统束缚的社会……不跟你说，小屁孩，你不懂！"

又过了几天，吴乃觉得看书单调，央求呆呆带他下河滩挂坡，似乎那里好好玩。

细皮嫩肉的"小老弟"，没有半天就给粗麻绳勒出了手泡，呆呆看到他痛得向空中连连甩动着手掌，眼睛蒙着一层泪水。有着"丰富"外伤经验的呆呆，从吴乃头上拔了一根头发，穿过他手上的水泡，从自己毛巾上撕了一块布条为他缠到手掌上。

吴乃眼睛里的泪水，终于流下来了，他没有哭出声，只是长时间地瞅瞅着呆呆，垂着双臂，末了说了句小学课本里的话："苟富贵勿相忘"。

呆呆扑哧一声笑了，这是八竿子打不着的话，只是摇摇头，拍了拍吴乃的肩头，算是安慰。

4

沙河令人难忘的还有一处的景色，那就是堤上供销社小卖部。

小卖部里有十四五岁大的售货员，女孩叫酸枣。这里竟成了挂坡男孩子快乐的源泉；从河滩里远远地对着小卖部挤眉弄眼地说着骚话。

为了看上一眼酸枣，他们常常把刚挣来的毛毛票送到小卖店，当着酸枣花掉，慌乱中卖些当吃不当吃的小食。当他们吃完小食，望着包装纸的时候，才后悔口袋里没钱吃晚饭了。

小卖部靠近管理站小屋，酸枣这个水边长大的女孩既水灵又健美，红喷喷的脸上略有雀斑点缀，十分迷人，呆呆、吴乃偷偷地分别望望酸枣之后，尴尬的彼此笑笑。

焦真比吴乃大两岁，处处照顾着吴乃。呆呆嘱他晚上洗澡靠水边近处，河中间危险，可差一点悲剧发生，吴乃差一点就淹死。

一旁洗头的酸枣惊慌地呼叫声："快来人呀，救人，有人溺水啦！"

焦真忙伸头往窗外一瞅，知道坏了，是吴乃，便冲出跳进水里。此时吴乃脑子一片空白，呆呆左手搂着吴乃的脖颈，右手搏击着水，把吴乃拖上了岸。虽然夏天，河里的水冰凉冰凉的，吴乃连打喷嚏。

吴乃浑身发紫，像筛过的糠皮，不时地打颤。酸枣很懂事，拿着生姜和红糖来，给溺水的人熬热汤喝。吴乃眼睛渐渐睁开，他轻轻扫视了屋子一周，露出笑容，微弱地说"谢谢，谢谢，救命之恩！"

呆呆对吴乃说："不用谢，酸枣我很熟，几年前在果菜批发部拣菜时就认识。夏天拣腐烂的辣椒，我的指头烧的火辣辣的痛，都是酸枣给我包扎的。"

酸枣说："呆呆帮我识字"。

吴乃耍了个鬼脸，贴着呆呆的耳朵问："她是不是你的'绿蒂'呀？"

呆呆吃吃地笑，把吴乃按到沙地里。

酸枣听得莫名其妙，嘴里嘟囔着："什么绿地……"

酸枣也曾向呆呆借过书。呆呆给了她一本《汤姆叔叔的小屋》。酸枣读过之后说，她看哭了。呆呆打趣地说："我就是那个汤姆。"

汤姆最后是被白人主人殴打致死的。酸枣流着泪一下子抱住呆呆："不，不会的！"

酸枣立刻想起"男女授受不亲"的古训，红着脸，松开手；为自己的失态，扭过头向呆呆抛过一瞥媚笑算是致歉。

5

以上介绍的几位人物，都是和本书主人公焦真以后要交集、要纠葛的人物。现在又回到焦真和夏金鸣的酒桌前。

呆呆告诉夏金鸣，"文革"结束后，吴乃的父亲又成了广州市的领导，老爸安排吴乃上了警察学校，当了个警察，几个月前还给焦真寄了一袋包装精美的香港葡萄糖粉。

关于棒槌，焦真说，"棒槌先是在河滩帮人开手扶拖拉机运沙子，五六年前跑到南方做生意去了。"

听罢呆呆的话，夏金鸣举起酒杯，双眼红红地说，"好好，安排好了就好，什么时候会会沙河的老朋友！"

有人的地方就是社会。沙河滩，如此单纯的生存空间也是社会，人与人就像看不见的网络被联系着，像看不见的所谓量子纠缠；这种联系和纠缠，上天竟然安排了短短几十年，对他们来说是一生，一生无法逃避和分离。

棒槌是个人物。呆呆挂坡再热也不光身子，因为他是黑背。关于"黑背"的秘密，只有他知道。

而黑背，那是呆呆在"黑市"为棒槌顶罪所致。

然而就在多年后，棒槌为了当上外商协会副会长，以手握夏金鸣隐私（年轻时诱奸民女、有私生子呆呆为证），胁迫夏金鸣向市委举荐自己，必须成功。夏金鸣为了证明自己清白，与涉嫌的私生子无涉，在一个无罪的案件中周旋法院判定焦真重罪。二人均为恩将仇报，露出的三花脸，这是后话。

人生最感慨的是命运的起起浮浮，而终究侥幸没有沉下去。夏金鸣握着久违了的"巴山老白干"不松手，和呆呆碰了一杯又一杯。一杯酒一声人生感叹！

夏金鸣总结性的发言是："古人曰，贫贱之交不可忘，珠玉满堂不足贵！"他突然抱着呆呆双肩，红红的脸上流下泪水，"我这是掏肝掏肺的话啊！"

三

怎能"活着干死了算"呢？

暴雨夜夏金鸣险些被冲走

1

夏金鸣在汉江市的三个晚上，谢绝了所有访客，都和焦真在一起喝酒聊天到深夜，唱得微醺方散。

夏金鸣躺在酒店的床上，迷迷糊糊像是躺在夕阳西下的沙滩上，辗转反侧，沙粒粘得满身都是，既舒适又是挥之不去的难受，往事浮现在脑海里。

夏金鸣感叹今生和大巴山有缘。他的父亲就是千里西进、建立川陕甘根据地的老红军。

他从小就在大山密林中穿梭。1948 年 21 岁的他已是连级干部、土改工作队副队长，转战之中解放了这一片土地。

夏金鸣常常回忆起一个地方，一个怀念的地方，就是"秦陇锁阴，巴蜀咽喉"的陇南。那山村叫集香泉村。每想到那个地方，心房就会一颤，整个心就被黑云压住，想怀念又不敢想的地方：一个男人把一生第一次冲动留在那里的地方。

"文革"中为了保命，他从北京逃出来，直奔就是大巴山。大巴山依旧那么熟悉，躺在汉水的河滩上晒太阳，那么舒服。

夏金鸣在国家计委这样的大机关里，算是普通的干部。但是在那种"文革"特殊的气氛里，最基层的处室也是人叮着人：你不把对面桌的人打倒，明天你就会被他打倒。

说也奇怪，那时你看周围的人，每个都贼眉鼠眼不像好人，而窗前的台子摆的就是墨桶、纸张，摸着笔杆就想写点什么，先下手为强。

夏金鸣天天吃完饭闭目反思，自己给自己"洗澡"，除了早年大巴山陇南自那夜晚，时时想起汗颜的事之外，自己没啥被人能抓的尾巴。何况除了自己，而对方是地主家的姑娘也绝对不敢对人讲的。这是自己一个人知道的事情，压在内心角落的秘密。

夏金鸣没有想到的一件不是事的事，不知如何被人得知、作为立马可以被"专政"、被扫进"牛棚"的"罪行"，被抖落了出来。

夜色中夏金鸣家的楼门洞，有人贴出一张大字报：《揪出小爬虫夏金鸣，反对'四个第一'，偷听苏修敌台的叛徒分子！》

夏金鸣心噗噗地骤跳，他惧怕天亮。于是，趁黎明前的黑暗，逃出北京城。

那是六十年代初，夏金鸣下连队挂职。

五月的小兴安岭，塔头草地表面上的雪是融化了，但原始森林的土地冻得像钢板，抡镐头、打纤子，只见火星溅，看不见冻土有裂纹。打不了井，只能喝草坑里的泥水：用白矾先沉淀，之后把上面的净水烧开喝，岂知开水呛得满鼻子满是白矾味。

他记得他跟着连队踩着塔头草，往森林深处行进，炊事班的青菜，由每个人分担：怀揣三个白萝卜。

急速行军到营地之后，要抢在下午四点钟天黑之前，搭好各班各自的帐篷营房，战士们砍细树及树枝编床编通铺。

夜里，出了汗的衣服和床下潮湿的树杆冻在了一起。艰苦的生活还不算，要命的是那个连长，向团里立下军令状：把五个月的修桥任务三个月完成。工地现场四面都立着红色标语牌：政治思想第一、活的思想第一……，最醒目的大牌子是"活着干，死了算！"

战士们用铲子"围剿"钢扳：搅拌着水泥浆，有节奏的摩擦声震耳欲聋，昼夜不停两班倒；打桩的战士跳进冰冷的河里进行浇灌。河边有准备好的整箱劣质白酒，牙齿打颤的战士大口往肚里咽。

"活着干死了算"，拉肚子、感冒发烧都得躺在现场。

夏金鸣后来每每想起，为自己在现场的"宣传""说教"感到羞愧：把人当成掏空灵魂的木偶、当成工具螺丝钉。

夏金鸣向指导员弱声质疑过"活着干死了算"，开玩笑道："人都没了谁来干活？"此言樋到同级别的团政治处主任那里，差点揹个处分。

十六七岁孩子带着腰肌劳损回到家乡，不知怎样的面对后来的生活？

夏金鸣体力不支，偷闲的片刻，便拨弄自己的小收音机，这是他唯一的精神安慰。河对岸就是苏联的城市，很容易听到"我们祖国多么辽阔广大"开始音乐——莫斯科电台对华广播。

尽管他辩解是听音乐，大巴山时期的老领导、现在师政治部主任用重重的语气敲打他："多听听四个第一，做毛主席好战士！"

以为此事到此了结，意想不到的是，档案里还是记有一笔账："曾偷听苏修广播"。

……

2

沙河，是他的避难福地。后来他才知道，单位造反派到上海、广州的夏金鸣亲属、父亲的乡下老家通缉他，说他叛国逃到了外国。后来他知道，同单位抓进牛棚的人，有的被折磨惨死或致残。

他感恩汉江一个不知名的沙河滩，他感恩那些挂坡的孩子们。

尤其难忘的是，他和呆呆有一个生死之夜。

那夜，电闪雷鸣之后，雨声高一阵低一阵的在窗外叫喊。呆呆胸口莫名地一阵一阵地发闷，就像被把掌抽打。啊，是夏老头，呆呆不知怎的夏金鸣在脑际闪过。

天黑下来了，屋子不严实，柳木檩条之间的窟窿没有堵住，进来的风把电灯吹得左摆又摇，呆呆把书扔到床上。

连自己都不明白，他为什么要走进雨里，去看看夏老头。尽管被风左右拉扯地不断地失去平衡，满身泥水的还是跑到大桥下。

依着桥墩墙面，塑料布搭建的小屋，只有掉落下来的一块塑料布在风中飘动。

不得了，人呢？呆呆朝四周呼叫"夏老头，夏老头！"

呆呆低头朝河边一望，有一堆里黑乎乎东西。呆呆走近看是夏老头！呆呆忙把他的上身抱起，啊，身体发烫，他昏迷中有一丝清醒，搂紧呆呆，细声叫着"呆呆……"。

呆呆顶着风雨搀扶着夏金鸣朝水闸房屋房走去。要不是呆呆及时赶到，一波一波的河水会把夏老头裹到河里飘走。

水闸屋里，吴乃守护着夏金鸣，棒槌翻墙进入供销社商店，偷一碗红糖，给夏老头熬生姜汤。

夏金鸣痊愈之后，发自内心的感慨说："呆呆，救命恩人呐，兄弟啊！好兄弟啊！"

呆呆不知为何，哧哧笑道："不是兄弟，乱了辈份，你是叔叔！"

夏金鸣动了感情，哽咽地说："是，是，比亲叔叔还要亲！"

夏金鸣带美好的回忆入睡。

夏金鸣 1969 年"文革"中"大联合"时他回到北京，官复原职回到原来的国家计委，这次出差"旧地重游"能遇到呆呆是他最开心的事！他后来是否知道，这一切都是命的安排。

到地方出差就是检查工作，人家迎来送往、吃吃喝喝，平庸至极。

这几年他还真是常常想到呆呆。沙坡相遇时他就莫名地感到亲切。他俩除了呆呆矮廋之外，俩人长得太像了！夏金鸣从杂志上得知，这个地球上一定有一个和你长得一样的人，但不知在什么地方。没想到这么巧就碰到了。

3

夏金鸣公事已办完，明天市里领导，还有建材厂领导为他送行请他吃饭，他要带着焦真一起去。

焦真摆摆手冷冷地说："草民不掺和！"夏金鸣还关心地问了焦真老家父亲的情况，夏金鸣知道焦真的母亲早早就过世了。

焦真说自从十六岁那年出来这么多年只回过一次村子，那是为父亲过世的事。暂短的沉默，焦真眼神迷茫，闪过一丝不易察觉的苦涩。

在晚宴结束之后夏金鸣留住建材厂的厂长，隋意问道厂里临时工有可能转正的事情。厂长很敏感，顿了一下："谁？"

夏金鸣微笑了一下，和厂基层的干部说话，无须绕弯子，而且对一厂主是件小事。

他平静地说："焦真。"

厂长一怔，眼睛闪动了两下，再一瞅"夏大秘"的脸，突然醒悟，这二人脸相似度极高，一定是焦真连亲带故的人。他本想说焦真人品很差，还和一桩命案有牵连，但他立刻改口说："有、有这么个人。很有文化！"又似乎讨好似的，"还能写文章呢！"

最后在厂长连声说"我们办，我们办"声中，紧紧地握住"夏大秘"的手。

夏金鸣的出现，竟然使焦真的生活发生了意想不到的变化。以至于焦真看汉江的水，一下子变得又绿又清澈了。

一个月都没有好好上班的焦真，厂部却派人找他。

过去厂长见他的情景是半天不说话，脸色难看到发黄蜡色，盯着看几分钟，似乎想从他脸上辨识辨认是哪种怪异动物，焦真能感觉到他一个底层工人在厂长面前的低微的。

现在不同，厂长居然笑嘻嘻的，虽不是"有朋自远方来"式的握手，却是比握手显得更亲切地随意地拉手。

大约两周后，焦真莫名其妙地被通知"以工代工"调到厂"工业学大庆办公室"上班；两个月不到，焦真不仅被转为正式工，户口还从农村迁到了工厂。焦真知道这都是夏金鸣的一句话。

夏金鸣是怀着恋恋不舍的心情离开汉川市的。临别时，夏金鸣告诉焦真，他下个月要随国务院组织的一个考察团出国调查考察，国家提出的"四个现代化"要实现啦！

在那个年代，农村的人是二等公民，困在土地上不能移徙不能动弹。虽说城里人凭票配给供应吃穿限量，农民数量则更少得可怜。只是"文革"乱世、接着"改革开放"，被土地束缚的农村才开始松动。

但是像焦真这样黑人黑户的无业游民，一旦有人跟他计较，便会以盲流罪，被收容关押，再次"劳教"。"阶级斗争"的弦到处都绷得紧，而且不时得有"敌人"出现，这样才能反证这个理论存在的心必要性。

那个年代，有个固定工作，哪怕街道办的企业，即临时工，你都算是正经人；而"文革"中提出"工人阶级领导一切"，在街上令人羡慕的着装是蓝色劳动布工作服。

说这么多什么意思呢，焦真自从当上临时工、穿蓝工作服开始，就像个人似地活着，连他自己都觉得像个人了。

四

随意塞入档案一句话，

劳模都以为自己是坏人

1

　　和不老的天地来比，人生几十年是短促的。但就在其中，有不知多少年，日子又是白费的。你明知是白费，却无法改变，只能忍受，忍受垃圾岁月。

　　穷不靠亲，冷不靠灯。汉川人认识焦真的，是他的十五六岁从山里来市区打零工，在供销社菜场分拣过青菜；在工地挑过砖瓦；在河滩里挂坡。他似乎没有家，没有亲人；大桥下他住过，冬天在废弃的仓库里过夜。

　　"文革"中期，中央提出"抓革命促生产"的口号，工厂恢复生产。汉川厂招收临时工，焦真从沙河走出来进了工厂。当时的"文革"批判的就是"走资本主义道路"，中国社会不允私人企业、不允许个体户，人们的唯一出路就是在一个单位上班。最高的向往、最体面的事情就是在国营大工厂上班。

　　焦真进了工厂，自己都觉得自己是个正经人了。他最大的愿望就是有一天转成正式工人。

　　新进厂的临时工，每月拿着 18 块钱学徒工的工资，生活的拮据自不待言。重要是焦真精神上，时而为做一名工人感到骄傲（当时招工广播的金句就是"工人阶级领导一切"），在轧钢机的轰鸣中产生灵感，挥笔书写激情的诗歌。

车间每两三次检修设备停产，工人们有的在打牌，输的人额头、鼻尖贴着小白纸条。焦，真坐在废料堆上看书。

一个脸孔瘦削的中年师傅撩起汗衫，拍打着裸露的肚脐，不解的微笑里又有不屑一顾的神情，对焦真说："老看书？能看出花？怎么样，你还不是跟我们一样双手戴油手套，能披着'太平洋'单子上天？"

在一旁一个人独自抽烟的罗心照，是焦真的师傅，他说："师弟，他愿意看书就看去吧，有啥不好？"

"师弟"师傅不以然地说："我就看不惯跟人不一样的！"

罗心照捻掉烟头，似乎有话要说，嘴唇抖动了两下又一不知说什么好。

"师弟"师傅无奈地轻笑了两声，略提高点嗓音，话里有话地说，"有啥妈就有啥孩，有啥师傅就有啥徒弟！"

焦真知道，这话是在戳师傅的短处。

罗心照一下子紧蹙眉头，只憋着口气，"你，你"，盯着走开去的"师弟"的背影，无话可说，低头叹息了几声。

焦真一进厂就跟罗心照做徒弟。罗师傅略驼背，一天天围着加热炉转，熬得两只眼睛总是红红的。他除了一副苦笑的脸之外，整天无一句多余的话。他手把手给徒弟传授技术时话多一些，那是他一天少有的快乐时刻。

过了不久焦真便从车间里一言一语中得知，罗师傅是个"有问题"的人。原来他在热处理工艺车间，由于政审的原因，调到了轧钢车间。

日子长了，厂子里没有人敢和他走得近，似乎他自己都认为是有问题的人了，像是做过什么难以洗刷的事怕被人知晓似的。在厂子里，走路很少走马路，总起顺着墙根低垂着眼睛走路。

罗师傅对焦真很好，常常带点好吃饭菜给他吃，默默地沏好茶倒给焦真一杯。

2

有一天罗师傅病倒了，焦真去他家看他，他颤颤巍巍的手在摸索一个发旧的淡绿封皮的薄本子。稿纸已经发黄，左下角还有被水浸过的痕迹；字迹模糊，卷起来的纸边还藏着细密的尘垢。

他递给焦真，映入眼帘是扉页上写着"罗心照"三个字，题目是：《改进热处理工艺，提高钻头利用率的建议》。

这是他一九六一年写给厂党委的技术革新报告。大约他属于"有问题"的人，石沉大海二十多年。

是她女儿罗红叶刚从厂"清查办"取回来的。他女儿说，那时候外国的探矿钻头一次可以打五千米以上，我国的一般打一千来米，有的打几百米就断裂。父亲的技改合金钢的热处理工艺，会大大提高现有钻头的利用率，父亲要求进行提高二到三倍的试验，如果成功则接近国外先进水平。

焦真惊讶地啊了一声，厂报宣传，最近组织人力，要攻克的不就是这个老大难项目吗？

罗红叶送焦真出来，路上的数语，焦真得知罗师傅一生的憋屈。

不到一年罗师傅去世了。咽气的那天焦真在场。师傅从病床上挣扎起来，要女儿划着火柴，他用一条条青筋暴起的干瘪的手，抖动着一页一页撕开《技改书》，点燃抛进火盆里。

透过胸前的那团火，看他神色异常平静。

焦真抬头再看看罗红叶，只见她紧抿着棱角分明的嘴唇，睫毛上转动着泪花。

罗心照若有所思，像是对焦真，又像是对女儿，又像是对自己，缓缓说道："这个建议，二十多年了，不新鲜了，忘记它吧，我心里舒坦……"

一朵朵红灿灿的火焰熄灭了。罗红叶的泪珠，落到火盆里，发出一声声"嗞嗞"的响声。焦真的心似被什么重力碾压透不过气。

粉碎"四人帮"之后，罗师傅并没有轻松。厂子成立"清查办"，清查"造反派"，把他列为特定人，找他谈话逼他交待问题说清楚。

没料到，这一向有名的"闷老头"，突然发火了，说的话像从加热炉扔到铁板上的红钢锭，咣咣响："我工作上和他们（造反派）只搭过几句话，叫我说清楚什么？你们还能像'文革'，对谁都疑神疑鬼？我到底有啥不顺眼，讲到明处嘛！人不是孩子手里的泥巴，拿它搓来揉去！"

看似柔顺，骨子里有其父刚韧的罗红叶，"咬"住厂"复查办"，要讲清父亲的问题。

最终有了一个荒唐的故事。

3

一九六零年厂保卫科耿科长陪同区公安局王科长来厂里洗澡。大池子罩着水雾，王科长瞄到了正巧从池子里起身要离去的罗心照。王公安出于职业的敏感，凝思自语："这个人在哪见过？"

耿科长忙问会不会和案子有关？第二天耿科长便写了一个"有历史问题，待查"的条子塞进了罗心照的档案袋里。罗师傅是区、市劳模，钻头攻坚战车床小组组长，很快不讲原因的调离带有保密性质的热处理工艺车间。

后来"待查"的结果呢？

罗红叶根据追问到的线索，找到了已从市工业局副局长职务上退休的当事人。耿局长笑呵呵地想了想，又笑呵呵地说："后来王公安说他想起来了，是在区劳模会上见过的。档案里的条子忘了撤。"

末了，他仍笑呵呵平淡地说："这不是个案子，过去就过去了嘛……"这位当年仅是一个小科长的人、而今又吐出平平淡淡的几句话，却压抑、抹黑了一个人的一生。

4

人常说有父必有其人。车间的人都说有啥师傅就有啥徒弟，挖苦我们有缘呵。尽管文革结束了，"大清查"运动一样使人胆战心惊。

每当厂食堂开批斗会，焦真看罗师傅的表情，心里跟自己一样紧张，和周围有的师傅目光一样，瞅瞅我俩身边有没有坐着彪形莽汉，若没有心才算放下。否则台上一指名，两边大汉胳膊压着头就推向主席台。

焦真不堪回首那工厂、那人。

他决不能像师傅那样，驼了背、红了眼，每日重复着，委琐的终老一生。但是无奈：能到哪去呢？如同拆断翅膀的鸟。

依偎着工厂后墙有排纸皮屋，那是住着几家捡破烂的人。焦真专心地看他们按斤量收购的旧书报。慢慢地焦真床底下堆满文史书籍，其中有大学的文史法律的课本。焦真怕自己记不住，只要一打开书，就要记笔记。

晚上都是这样度过的：坐在小板凳上，床就是书桌，看着写着；有心得也写成短文，当然也写诗。

日子，就是不明不白的等待，就是熬。

这其中有一段苦涩的恋爱，一段永生难忘的生死之恋……

五

焦真还乡祭母，

扛半扇子猪肉游遍全村炫富

1

在那个年代，农村的人是二等公民，困在土地上不能移徙不能动弹。虽说城里人凭票配给供应吃穿限量，农民数量则更少得可怜。只是"文革"乱世、接着"改革开放"，被土地束缚的农村才开始松动。但是像焦真这样黑人黑户的无业游民，一旦有人跟他计较，便会以盲流罪，被收容关押再次"劳教"。

"阶级斗争"的弦到处都绷得紧，而且不时得有"敌人"出现，这样才能反证这个理论存在的心必要性。

那个年代，有个固定工作，哪怕街道办的企业，即临时工，你都算是正经人；而"文革"中提出"工人阶级领导一切"，在街上令人羡慕的着装是蓝色劳动布工作服。

焦真自从当上临时工、穿蓝工作服开始，就像个人似地活着，连他自己都觉得像个人了，都觉得生活的美好。

转正之后的一天，焦真望着远处山峰相偎缠绵，想起了家乡。

"妈妈，我想你！"焦呆年年月月在心里呐喊。他想回趟家所谓家乡，在呆呆看来，就是那不变的一块土地上，一群不变的人；如果说有变换的，变换的只是一代一代人的面孔：父亲把面孔丢给儿子，儿子又把面孔丢给了他的儿子。

呆呆一提到家乡，眼前就出现一双双蔑视自己的眼睛。呆呆心想，他并没有伤害过他们，他何以成为村子里的"坏人"？

就是因为卖过三根萝卜的"劳教"？连那个先天跛脚的小学里的班主任，不再赞许他聪明，而说早看出来了他爱读书像个小"右派"。

呆呆小学的寒暑假到供销拣辣椒，不是被蜇的就是被冻得两只手红肿的像个馒头。邻居二婶说过"乖娃，呆呆不呆长大必有出息"，现在却说"麻杆身子，不偷都像个贼"。

当然背地里少不了那句酸不溜溜的话："娘胎里带来地主富农余孽！"

而村里人说到呆呆父亲的时候"就是个贫农成份好，下半句话就咽下去了；光头上的虱子明摆着----"说他是个先天愚型人。

离家十六年了！十二岁为了换黑面，作为阶级敌人被捕坐牢。四年后出狱，到处流浪打零工。除了为父亲出殡回来过两天，他再也没有回来过，家乡有的就是心痛。

现在他回来了，他不再在异乡大道十字路口为母亲烧纸钱，而是到母亲坟头去祭奠母亲，摆满供品、焚烧大额冥币。他用拉沙的人力架子车，拉了一车炮仗，命村童燃放，他披着军大衣坐在坟旁地上，静静的听着，炮仗声让全村人都听得到……

2

在焦真的记忆里妈妈脾气极好，总是带着微笑看儿子。大伯打骂呆呆时，她护着儿子，任巴掌或板凳打到自己背上。

夜里母亲为了抗拒父亲的纠缠，早早地就搂着呆呆讲故事，教导做人。

母亲娘家虽是地主成份，但爷爷几辈人为村子做了许多好事情。泉水塘就是爷爷出资把五六里外山间的香泉水引进到村子，泉水就叫集香泉。

此后过往的客商渐多，村子兴旺起来。母亲家是诗礼传家，母亲读了不少的书；深山里还有一座洋人盖的教堂，母亲好学，常常跑去听"讲经"，她肚子里有许多道理。

母亲宽慰儿子，总是说君子忍人之所不能忍，容人之所以不能容，处人之所不能处；她还说，我们人是有原罪的，上天会慈悲怜悯我们的，要有希望，人们因希望而欢乐。

焦真这些年也常想，自己从"劳教"释放回归社会，他身上的黑背，使他见谁都低头、都自卑。然而，他的忍让他的礼貌，没有得到对等的尊重，反而认为他木讷、蠢笨可欺，得寸进尺敢当面任意用语言羞辱他。

焦真认命，他的与事不顺，性格使然。生性的懦弱，源于母亲心底的善良。

母亲活着的时候，任凭闲言碎语戳脊梁骨，她都紧闭双唇没有吐露过呆呆生父的秘密。只是母亲对一个来访的娘家姊妹，说起男女之事时，赧然脸红，说那人姓傅，是土改工作队的，别人叫傅什么。母亲的口吻不像是生气，而说他长得很文气。

呆呆成人后明白，一个地主家的"剩女"，难得接触到男人，半推半就之后，毕竟给她留下新奇的快感。他怀念母亲，可怜来世上走了一遭的女人。

自从摆了书报摊后，钞票一张一张一张地往他口袋里钻：让人眼花缭乱的文摘报、言情小说报，描写南方夜生活的杂志，销量极好。

年夜前，呆呆躺在他出租屋里，枕头里塞的是线。他两眼发着红光，撕心裂肺地长吼一声："妈妈，我想你！"

他去了东门外的"鬼市"，就是呆呆"栽倒"的那个"鬼市"。现在的"鬼市"也不是黑市，成了一个光明正大的自由市场。只是人多货杂乱哄哄的。那里有人兜售进口水货旧服装，呆呆挑了件海军呢大衣和一顶假水貂皮帽子。

呆呆回家来了！

现在呆呆成了国企的工人，成了吃商品粮、有粮票的城里人，村里人再也不敢狗眼看人低了！

到家后的中午，村民们习惯端着饭碗在自家门口吃饭，和邻居拉话，是村子热闹的时刻。呆呆在集上买了半扇子猪肉，裹着红绸子重重的扛上肩，把村子游了遍。他掏出一把一把的水果糖，小时候难得吃上的洋糖，散给跟随他呐喊的孩子们和看热闹的妇女们。

劳教释放犯的呆呆回乡，发了财的呆呆回乡，这一天"出土文物"成了轰动全村的新闻！

焦真日子好起来，他觉得他像一个正常人一样了！他的心畅亮，身子有劲、他开始有荷尔蒙反应了。表现一，是他创作诗歌了，二是他开始注意女孩子了，他早到了谈婚论嫁的年龄，尽管"资格"姗姗来迟。

然而，他这种底层人不配有好的命运，一个可怜姑娘的生命，葬送在了他的手里。

六

生死恋：在无尊严的
阴影里长大，在羞辱面前倒下

1

夏金鸣在和焦真饮酒聊天的时候，问候焦真家乡老父之外，瞅着焦真不解地问，"怎么，都快奔三十的人了，怎样也不说说女朋友的事？"

焦真身子一怔，脑袋轰的一振，心底瞬间泛起酸水。他不知从何说起，他不想破坏夏金鸣饮酒的兴致，就把话头压了下去。只是淡淡地说，"临时工，谁跟呢！"

而令人无法想象的是，就在两年之前，焦真身上发生了一起轰动工厂城的生死恋！

焦真很快就成了丑闻的主角！

挂坡，简单重复的劳动，使人感到厌倦。这时街上的广播"大联合""抓革命促生产"，学校复课，工厂开工。

汉川建材厂劳动力不足，向社会招收临时工。焦真和挂坡的几个少年转身成了工厂的工人。

焦真舍得力气干活。在飘动着水雾、烟雾的轧钢车间里，他炉前工的手，执长钳往推定机里装载着一根根钢锭，眼睛迎着加热炉里熊熊的火光，观察钢锭的温度，两眼被熏得总是红红的。

开工的时候，车间是热烈的。机器需要工人们无穷尽的力量。

车间每月都有一周到十天的停产检修、更换轧辊；开工生产时，每天都有两三次临时停车检修。停产时没事干的工人，东一伙西一伙的，"拱猪"、甩"老 K"，喝茶聊天，焦真的习惯是掏出书本。

每当这个时候。车间主任葛为营，这位国字脸的精壮汉子，给别人戴上一只又一只"臭鞋"，时而显得出孩子般的乐趣，但却看不惯焦真翻书弄报的"离群索居"。他会皱着眉头，用异样的目光瞅瞅他，嘴里骂骂咧咧："一个工人拿本破书，玩什么小资情调！"

焦真后来也只好随大流，成为牌场棋场的五好观众。

车间主任可是秤砣虽小压千斤，他比父母还厉害。焦真心想，既然自己的工作就是抛洒汗珠，师傅和师傅的师傅都是这么过来的，他的同伴也是这么送走了一天又一天，也就没有什么可多想的了，只是当他拖着满身油垢，在嘈嘈嚷嚷的大食堂里，望着碗里漂浮的油花，对逝去的时光，有一种惆怅，有一种苦涩的遗憾。

心灵的空虚，不能依赖人为的填补，应该要求充实。焦真心灵的空虚，还来自他的身体，那明显感受到的少年雄性激素在血液中悄声的跳动。

这两年乡下的父亲和亲戚倒是唠叨过，给他问媳妇的事情。但焦真不敢奢望：无钱，买个自行车就得攒一年，再别想财礼和养家的日常开销。

2

然而，爱情、初恋，却不期而至。

女孩是他师傅的女儿名叫罗红叶，从矿山机械厂技校毕业后，在该厂当电工。已经二十三岁了。她清秀动人但自卑孤僻。常常吸引男孩"啧啧"的目光。

好心的邻居帮着提了几次亲，但是对方一听是罗心照的女儿，都忙摆手"罢了，罢了"。尽管后来人们都知道罗心照无任何问题，但先入为主的己见的烙印很难改变，社会多年泼来的脏水已经"定格"。

罗红叶自然只能把试探的目光投向了焦真，二十六岁的光棍。她仅凭焦真的一点，就是焦真的善良。

迟来的爱情使焦真顿觉眼前一片通明。初恋，使他感到身体的每一根神经的跳动都是快乐的，觉得胸挺起了，个头也高大了，他觉得他要做的事很多。

人不应是畏畏缩缩，应该是体体面面地活着、生活着；体体面面地站在姑娘面前。焦真又买来一撂撂书报，他要把大学的教材都自修完成。

汉江桥头，灯光幽暗，柳丝依依，柔情的姑娘扬起脸，含笑瞅了他一眼，目光向远处空旷的河床望去，她深情回答他多次追问的"为什么是我"的话题："你诚实，能吃苦，待人心善"。

"你喜欢我写的诗吗？"

姑娘点了点头。焦真轻声地朗诵起来：

"每当清晨我按动开工的电钮，金灿灿的炉火飞浪掀波。隆隆轧机擂响千面战鼓，山山水水呐喊应和……，啊！我们轧钢工人的生活，一曲四化建设的赞歌……"

罗红叶是内向、细腻的姑娘。自从她有记忆时起，父亲的眉头就没有一天舒展过，懂事的女儿空闲时只好以书为伴。小人书——借书——买书。书房就是她的世界。她心头那些朦朦胧胧的说不清楚的情感，诗里都有。

她感到温暖，她对自己未来人，并不要求会写诗。诗本是虚渺的，但她是喜欢焦真的这几句诗。

因为她可以想象出焦真干活的样子，一定是很卖劲，很威武，是一个强者，而她理想的人正是一个平常而又是强者。

从河心吹来的夜风，略有凉意。焦真的衬衣角飘动着，她伸手为焦真扣上一只纽扣，展平领角。她深情的眸子里，闪动着亮光，柳枝飘飘依依，她随手折了一枝，送到他面前："你闻闻带露水的柳丝多有味道！"

两只手相触了，她轻轻地推开。

"我爱柳树，它到处生长，芸芸众生，像人一样，可你折哪一枝，都满鼻清新"，她说得很动情。

月下，河滩里一个个小水潭闪着亮，岸边柳树发出轻轻的呼唤；夜，对社会底层的人，同样慷慨，赋于诗意。

天气燥热的午后，小姐妹宾宾拿着一份百科知识竞赛题央求罗红叶："请你那个大文人帮个忙，我要是得了奖给你俩提成！"。

"宾宾，等会儿吧，我该干活了"。罗红叶歉意地瞅了一下宾宾，拎起电工工具带，朝里间工作室走去。那里一排排配电柜上，闪动着红绿灯。

当班的杨师傅忙拦住宾宾，"你在这里，影响她的注意力，会出事的！"说着就尾随罗红叶一起走进工作间。

罗红叶走出工作间，鼻尖上渗出了细细的汗珠，两鬓湿漉漉的头发粘在红扑扑的脸颊上。

"这样吧，下了班我去他们厂找他！"

3

夜降临了。轧钢车间像一堆篝火，老远就能听见机器的轰鸣和炉火的吼叫。走进车间，但见轧辊机明晃晃的飞转，喷浇的循环水溅出扑扑的水雾。

随着铃声，一根金黄透亮的钢锭，从加热炉里被推了出来，"呎"的一声溅落到轨道上，随着滚道的飞转，钢锭向轧机冲去。无论谁有这样那样的烦恼和痛苦，但只要一踏进这个用铸铁板铺成的车间，立即会心头振奋。

罗红叶由于心中芥蒂，很少驻足父亲工作的车间。但此刻她被这似曾相识的景象吸引了。她缓缓地浏览着，她要用自己的眼睛发现焦真。

加热炉后部的一条长椅上，焦真刚刚被换下来，打开饭盒，吃了两口饭，罗红叶突然出现在他的眼前，使他又惊又喜，但却异常的拘谨。

这种拘谨不仅仅是在众人前公开自己女朋友的那样羞怯，还有别的什么，她一时琢磨不出来。

罗红叶从来忌讳别人谈论女人的容貌，那是把女人当东西一样的品评。她来时的路上和进厂登记过后，心里在想：她突然出现在焦真的车间，一定会使他感到喜悦，她的容貌虽不能说出众，但一定在及格线以上，会"对得起观众"。一定会有许多羡慕的目光投向焦真，使他感到自豪。

可此时焦真慌乱的神色，不禁使她有些失望。

像石子投进平静的湖水里那样，亭亭玉立的姑娘在这个和尚车间出现，引起了"骚动"。从高高的操纵台到飞转的绕线机旁，几个工友朝焦真耍着怪脸，表示祝贺。

这样的车间，还有自己特殊的语言：表达自己欢乐和急躁时，操纵台上便响起提醒人们注意的阵阵短促铃声，轧机上的工友叮叮叮地敲打线槽和轧机的铁皮盖板。

在传来的这些"摇滚乐"声中，焦真会意的舒心地笑了，他稍显得自然了。

"来！红叶！我带你看看！"

炉膛里灿灿火海，飞浪掀波。罗红叶的脸被映红了。

"这是粗轧机，孔型较大，有扁有宽……"焦真企图按工艺流程带领红叶参观。

夜幕已经罩住了车间四周的所有大窗户。车间成了火龙飞舞的世界，红通通的钢锭被扎成红通通的粗线，先是在一排粗轧机上咣咣咣的穿梭盘绕，接着，呼啸着经过二十多米长的跑线糟，冲向第二排孔机，又咣咣咣地围着精轧机左右穿梭，最后红灿灿的线材直奔绕线机上飞转的圆桶，卷成一捆捆钢线。

压延时，笨重的轧辊发出的沉闷的吼声、钢件的撞击声，使整个车间的墙壁地板都震动起来。

为了不使轧孔发涩，工人们不时往轧机和跑线槽里涂上一些黄油，红线又不时把它点燃，于是在火龙飞旋之中，又时隐时现的绽开着朵朵红花。

冷却水发出哗哗的流淌声，当它喷浇在灼热的钢件时，便随着扑扑声形成一层层蒸腾的白雾。

罗红叶被这热烈、紧张的劳动场面吸引住了！

在她读过的文学作品之中，他最喜欢高尔基的作品，因为作者总把劳动描写成万物之灵，读起来是那么迷人。

当她上班之后，她爱干活，只有在干活中使她忘记生活中的愁苦，感到畅快。

说起愁苦，愁苦是和她的生命交织在一起来到人间的。报社搞社会调查的人称她是忧郁型的青年，后来有人叫她忧郁型的美人。

她从有记时起，就天天瞅着父亲那张愁苦阴郁的脸，听着他不时地叹息。从做了一辈子工人，累得驼了背的父亲和母亲话语中，她朦朦胧胧懂得了人整人的多种怪事，特别是地位低下又没有任何裙带关系的父亲，那种孤立无援的窘境。

为什么自己那么喜欢干活呢？每当拿起电工包，检查线路、设备的时候。连她自己都想不明白。她起初想：大概干起活来就走进另一个世界了吧——你看，自己的手竟然可以支配一切，可以随意支配眼前的"世界"，并且对别人有用处，这大约是属予她的唯一喜悦。

那些烫发、披肩发、彩色连衣裙，只能是属于别的女孩子。她们可以毫无顾忌地穿着最时髦的服饰，昂着头，在厂区、福利区走来走去。瞧见她们的人，很少有什么闲言碎语，反认为人家该穿、该戴，配穿配戴。就连自己也不得不常常躲在阳台上羡慕的偷看着。

但她不能，不久前死去的父亲，是被人无息无声地整了一辈子，从而也窝囊了一辈子的人。这样人家的女儿，能出人头地吗？残酷的舆论是绝对不会允许的，而她只能偷偷地活着。

可她多么愿意公开地活着，大大方方像个人那样地活着呀！

啊，除过劳动之外，到处又能看到人们一双双和善的眼睛该多好！

她用她多年不知不觉形成的"标尺"，选中了焦真。他虽个头不高，但有一双在发亮，在微笑的眼睛。这把"标尺"的核心，是潜入她的骨髓的。她有一个坚定的信念，决不做什么局长厂长书记家的儿媳妇。

她如同所有的有了"对象"和没有"对象"的姑娘，用想象塑造着自己的情人那样，在她第一次见过焦真，她用想象来编织他招人喜爱的性格。她努力地命令着自己，喜欢他，更深一层地爱他，好让自己陶醉。

眼前，在风火之中，焦真的面孔被镶上了一层金色的轮廓，他是美的，是健美的，她心头涌起欣慰而带来的满足。

加热炉前，叉车又送来钢锭，零乱地甩在地上。葛为营走过来，皱着眉头瞅瞅焦真，又瞅瞅罗红叶，露出愠怒色。

罗红叶发现：焦真瞅见车间主任走过便有一种说不出的胆怯、紧张的神色。

是的，葛为营几十年奉行的哲学是"凶的怕愣的，愣的怕不要命的"，"只要厉害，才能管住人"。他坚信：这个小天地——这个"世界"是属于他的，然而在精神上隐隐约约感觉的世界远远比现实中的这个小世界大得多——也是属于他的。他夜里躺在床上的心事，使他常咬着牙：要管住这些人！

工人们都说他以厂为"家"，财迷厂子的东西，大到木板小到电线灯泡。由于他是个炮筒子，心直口快，再加上身上的油垢不比工人少，对于轧钢车间，他是十八般武艺样样精通，许多人惧怕他，又尊敬他；恨他，又喜欢他。

焦真，在葛为营眼里不属于咋呼、训斥之后再送一个笑脸的之列的工人。葛为营平生最讨厌不本分的人，焦真就是个不本分的人。车间上下好比是一个钢板块，都必须服从他的管教。

从焦真身上，葛为营隐约看到了裂缝。如果再多几个焦真，几个有文化的人，车间会变样的，这使他感到不安。

对待焦真他是强势的，又有一种嘲弄的心理：要力气没力气，要技术没文凭。哼，心里还想五花六花糖麻花！

他走过焦真的岗位时，心头升腾起不快。又不由得以藐视的目光投过去：焦真竟然把一个姑娘带进车间，手里比划着讲这讲哪。这是你的车间？你配这样得意吗？

焦真的心里，葛为营虽然是位难得的、值得人敬佩的领导，整天和工人摸爬滚打在一起，但不知为什么自己和他总亲近不起来，对他炯炯的目光有一种惧怕。常常在他面前，说起话来结结巴巴，干活的手脚不听使唤。

然而此时，焦真提醒自己要镇静，他提醒自己要顾住面子，千万不能使罗红叶尴尬。

葛为营走过来了，走近了！

焦真壮起胆子，弯了一下腰，摊开手，笑着向他介绍道："这是我的女朋友，叫，叫罗红叶。"

罗红叶微微笑了一下，叫道："葛主任！"

葛为营不屑一顾，嘴里嘟囔着："算了，算了！"接着扭回头来，对焦真喊道："摆钢锭！"

焦真装出轻松的笑脸承诺着，忙戴上油腻腻的手套操起大钳子，和一个搬运工各夹钢锭的一端，一根又一根，摆成了井字形的十多层。

葛为营站在一旁，怒目而视。焦真满脸是汗，喘着出气。

罗红叶默默地站在一旁。这就是车间主任？对他的凶煞，她感到惊异。

焦真用大铁夹子夹钢锭。但夹嘴在光滑的钢锭上不住的打滑，焦真夹了几次都没夹住，夹不起来。他紧张，心一直是咚咚乱跳。他突然间觉得周身没劲了，脸憋得红里泛青！

葛为营一看焦真动作迟缓，立即暴怒起来："快摆！真是踩死蚂蚁不偿命！"

罗红叶瞅瞅焦真，炉膛里推出的钢锭鹅蛋式溅落声，使罗红叶吃了一惊，身了震了一下。

她眨巴眨眼睛，瞅瞅焦真：他咬着牙，胳膊颤抖着，艰难地干活，面部发灰，没有一丝表情，动作已经不协调了，好像他已经支配不了自己。

这哪里是活泼、伶俐、聪慧的焦真呢！这两人怎么也重合不起来。原来焦真就是工作这样的环境里，我认识了这么一个软弱，整日受欺的男友！

"哈哈哈！"走过来几个工友，咬着耳朵，像欣赏着什么开心的文艺表演似的，瞅着焦真，吃吃地笑起来。

在这个重体力劳动的车间，工人文化低，性格既粗鲁又开朗。焦真也介绍过他们种种恶作剧，借以开心，打发时间。可当着她的面，无视她的存在，这样做，她觉得这是羞辱焦真，也是羞辱自己。可老实的焦真还这么默默地忍受着。

罗红叶心头煽动起愤怒的火焰，她觉得自己脸发烫、眼发胀，身子发颤起来，她想说什么，又什么都说不出来，又不能说，这种场面，不忍看下去，她躲到一边。

高高的操纵台上，发出了短促的铃声：加热炉待料了。焦真又急忙扔下大钳，开动起小吊车，夹起一组钢锭。惶急中，装料架大幅度摆动，"咣"的一声撞在了加热炉墙壁上。

葛为营愤怒了，甩掉烟蒂，跑了上去，一把推开了焦真，自己操作起来。焦真打了个趔趄，一只手撑住了地，异常狼狈。

罗红叶眼眶里含着泪水，嘴唇抖动着。

焦真耷拉着头，向罗红叶走来。满脸愧色。

这时，罗红叶耳旁忽地响起焦真的朗诵声：

"轧钢工人的意志永远坚强，荡涤旧世界污秽，把金灿灿的世界开拓……"

天哪，那样雄壮自信的歌，这样龉龊、难堪的现实。罗红叶心被振荡起来了，一种似乎是被努力遗忘了的、但又是熟悉的情感被勾动起来，她不知该怎么办才好，忙用双手捂住脸。

炉火仍在发出单调的呼叫声。

罗红叶感到胸闷，透不过气来。她松开双手，向车间出口奔去。那张百科知识竞赛题，飘落到地上……

路灯透过梧桐树枝叶把灯光洒在马路上，天空是厚厚的乌云。

幽暗的林带里，爽人心脾的轻风吹拂着。双双情侣，有的贴面伫立，唧唧细语；有的紧紧相偎缓缓走过。偶尔驰过的汽车车灯，构成一幅幅动人的剪影。这样迷人的夜，几乎人人都可以自问：它能给我带来什么幸福？

4

第二天，丁字路口，焦真独自徘徊着。他经过一夜的羞愧煎熬，终于鼓足勇气等待着罗红叶，他终究是要面对罗红叶；心情是忐忑不安与痛楚难言相交织。

对世人来说，获得幸福和承受困难并不成正比。焦真，他的初恋真像后来有人说的，是一组剪辑错了的镜头，对他，对别人都同样残酷。

起风了，吹来一层轻轻的尘土，他摸搓着汗渍的胳膊，林带发出呼呼的响声。

一辆自行车过来，焦真心头一骤，赶了上去："红叶！"

罗红叶"哦"地淡然一笑。两人都不知道话从何说起才好，目光相互凝视了一下。

焦真拦住车把："你听我说，红叶——"他注视着她嗫嚅地说。

"不要说了"。态度虽明朗，但低声里充满理解与同情，她轻轻地拨开对方的手，"我要去接班！"

请你以后不要再见我！

黑暗中，她的眼睛闪着光使他感到怯弱，听得出她的声音是颤抖的。

一阵阵风，和卷起一阵阵混浊的尘土纠缠在一起。

焦真面对原本以为了解自己，而现在又陌生又冰冷的人，语塞了，不禁茫然失措。

车灯，搅乱了天地。——他从木然中略有醒悟。

不，要再去找她，找她。

是的。正因为不是他的过错，她才痛苦。

她默默地骑着车，耳旁什么都听不见，双腿机械地蹬着车轮。

昨夜她从焦真车间跑出来之后，便觉得头颅肿胀起来，脑子里有许多种不谐调的声音在彼此冲撞；有无数张相互无干的电影镜头交错重叠时隐时现。

她在焦真车间遇到的情景，按说是不奇怪，领导训斥个工人，这在工厂是最平常不过。正如农村生产队长可以打骂社员一样，似乎是天经地义。

这些罗红叶明白。但是她仍像被人揭开自己什么伤疤似的，骤然间感到难以名状的痛苦。

她又感觉到了自己曾经异常深刻感觉到的那种凄楚的感情。

她父亲那张时时是凄楚的面孔又在她眼前飘来晃去。她忙正了正神。呵，那飘来晃去的是风里发着白炽光的街灯。这时她才意识到自己车骑得极慢，要迟到了。

她加快了车速。

她昨夜无眠，晚饭吃得很少，整天她都在思念自死去的父亲。那令人怜悯的如同可怜虫一样度过一生的父亲。他当过全市的劳模，周围的人全忘记了。

父亲的确当过劳模，全市闻名的劳模，现在看来，因福得祸，。正是这个劳模埋下了他一生不幸的祸根。

区公安局王科长到厂里大澡堂洗澡，见到罗心照，说这人面熟？厂保卫科长忙说，会不会是潜伏的特务？于是在罗心照的档案里留下一个字条："此人历史问题待定"。

后来连父亲都觉得自己是有"问题"的人，终日提心吊胆有人要抓他！父亲在厂里沿着墙根走路，闷着头干活，在家里如塑木雕似的彷徨孤坐。

她有点奇怪，今天怎么格外想念父亲？啊，父亲！……

罗红叶刚走进配电房，换上工作服，焦真便闯进来了。

他低着头，硬着头皮："……我们约个时间——"

罗红叶低头正系胶底鞋鞋带："没有必要了。"

"我想解释解释。"

双方谁都不正视对方。

"也许你是个好人"，罗红叶平静中透着诚挚，"好人并不一定会成为爱人。"

暂短，难堪的沉默。

焦真知道自己不会再讲什么，能讲什么呢？这才扬起头，想看看她，她的脸庞，她的眼睛。

罗红叶目光茫然，她努力控制住明显起伏的胸脯，但肩头和手却不由自己的有些发颤。

罗红叶朝工作间走去，握住门手，转身来，双目注视着焦真，轻声地："你走吧！"

风掀动窗扇，发出稀落零乱的撞击声。远处似有闷雷。

焦真无奈地摇摇头，走出门外。

罗红叶觉得身子突然无力，倚着门，闭上了眼睛。她继承的父亲的精神遗产是寂寞。她不再似父亲，终日悲凄又易怒。

她从买来的各种书报，特别是各地青年杂志打发着寂寞。于是她有了自己的世界。

她知道，只有你对你爱的人崇拜，才能产生热烈的爱情。至于思想聪颖，知识丰富，相貌诱人，她不敢有这样的奢望。只是希望也像她一样普普通通，安常处顺；像我尊重别人一样尊重我，——可她失望了。

她为自己，为生活对自己又一次的吝啬而伤心。没有什么可再想的了。她睁开眼，努力振作了一下精神，应该工作，那才是属于自己的。

她扬了扬手中的螺丝刀，她忘记了应该等待同伴二人操作的规定，独自走进了里间，走进了那红绿灯闪烁的世界。

焦真似乎预感到异常，他一路小跑返回到了配电房。在门外踟蹰了几步，凝视了一阵窗户的灯光之后，回过头就迈开大步，匆匆离去。

罗红叶同班的杨师傅，刚领冷饮回来，望见陌生人异样的神态，顿时生疑，目送他离去。

她推开配电房的门，正想喊红叶吃冰棒，只听见"彭"的一声巨响，灯灭了，窗外也一片漆黑，警铃狂叫起来。不好！出事故了！世界一片黑暗。

顷刻，配电房特有的备用灯亮了。

她走到工作间门口，发出一声失态的尖叫。

罗红叶匍匐在配电框的设备上，一只胳膊空垂着，地上是失落的螺丝刀。

街头。狂风乍起，划破黑暗的汽车灯柱，刺得焦真睁不开眼。他突然又预感到：发生了什么事，全身不禁打了个寒颤。他停住脚步，不知一种什么力量促使他掉回头，朝罗红叶厂子奔去。

厂门前骚乱了！人群里低声嘈嘈着："配电房出事故了！""配电房死人了！"

救护车、抢修救援车急驰而来。

第二天，世界像什么都没有发生似的，依然平静。

5

焦真陷入了一夜的纠结。一大早，他拎着网兜走进了公安分局。他说："我没有杀人，可我愿意坐牢，审判我吧！什么结局我都愿意接受！……"

他极度的痛苦，流下泪水。

他的心麻木了，他的心平静了；他觉得他走进了另一个世界。

他被收审了。

对于收审，公安局有两种意见。

一种，没有足够的证据证明罗红叶是他杀的，焦真不是杀人嫌疑犯；

另一种，都死了一个人，影响那么大，关他一两个月算什么？焦真真不是凶手，放了就是了。

又有人说：放，容易，可今后他在单位会受歧视，拘留人应谨慎。最后，焦真还是如愿以偿。

铁窗，蒸笼似的小黑房子里，焦真耳旁不时响起变电所的机器声，那变了调的怪声。

脑子一遍又一遍回放着罗红叶惨死的情景，这是他想象的，还是真实的，很难分辨。

罗红叶手持螺丝刀巡视着配电柜，忽然发现一颗螺有松动致使机器声异常，她刚弯下腰，嗡嗡的机声变了，是隆隆轧机的声音？

突然眼前亮起来了，那是通红的钢锭的奔突，火蛇在飞舞。轧机的声音中卷入了阵阵嘲弄的狂笑声，她头一阵晕厥，身子前倾倒下了。

罗红叶的眼前出现了什么？葛为营凶煞的脸与焦真怯弱的脸相

重叠，葛为营不屑一顾的眼神和焦真令人怜悯的目光相重叠。

哦，她耳旁又响起的那个大声是什么？哦，是焦真朗朗地吟哦：“每当我清晨按动开车的电钮，／金灿灿的炉火飞浪掀波……”

哦，还有什么？父亲，那忧愁的面容，那断断续续的叹息声……

她眼前什么都没有了，人脑的承受量是有限的，什么都没有了。有的，是一片漆黑，唯独那只手紧紧地握住螺丝刀，身体却触到了高压线。电流，强烈的电流冲击着她，她弱小女子的身躯难以抵挡。

她向死神、向命运屈服了；她，用想象的银丝线织成的青春梦，瞬间灰飞烟灭。

6

现在呢，那汉水月光下，亭亭玉立的少女不存在了。他努力回想着罗红叶的姿态：那红润的两颊，那丰满的胸脯。

他努力回味着散步时，她身上散发的少女特有的那种甜甜的气息……

倾刻间都不见了。而耳朵却响起阵阵清脆的车铃声，隆隆的轧机声。——他不敢再想了，鼓膜痛得厉害，他忙捂住耳朵……

一晃就是一个月。一个月中的每一天，焦真都是在内心巨大、复杂的感情翻腾中，折磨中度过的，有一天他被告知罗红叶因违反操作规程，不慎触电死亡；她的死与他无关，他被无罪释放。

焦真是孤寂的，他在街上踽踽而行，迎面只见一个姑娘搀扶老母亲。

焦真，像被电猛击了似的，身子晃动了一下，只听得那老人忽然喊道：“我的女儿——”，声音穿越闹市，响彻天空，发出巨大的回响。

失去罗红叶的日子，焦真夜夜噩梦。一些三头六臂的怪兽占据了他的屋子，吼叫着，像是来声讨。

又换了一批，无头、半个头的袒胸的女人时而跳舞，时而紧贴他的鼻子晃动，时而要吻他又像是要撕咬他。瞬间他们又合力追杀他……

焦真似醒非醒似梦非梦，唯有一身身冷汗。

罗红叶，少女之死被流传成了多种离奇的故事。而唯一证明各个版本都是真实的证人是焦真。于是对有流言有兴趣的人们，都以参观车间为名，来参观干活中的焦真。品头品足者有之，瞪之一鼻者有之，吐口水者有之。焦真是一个看得见摸得着的坏人，一个臭流氓。

工友情，亲朋情，统统都退潮了，焦真是一个人人避而不及的怪物！

焦真昼夜浸沉在自责、追悔莫及的痛苦之中。在痛苦中他半信半疑地接受了这个客观世界对自己的评价。

在现实生活中他扮演着夜半歌声中宋丹萍的角色。

他害怕、恐惧这个"世界"，他想逃离这个"世界"，他想流浪，但现实抬脚动步就得粮票、油票……

他感到他又好像他的师傅，一只拆断翅膀的鸟。他走近加热炉的第一天，望着罗师傅白发驼背，熬红的双眼，似乎看到自己的老年。我绝不能这样过一辈子！

当他刚进厂时，在劳保库领取劳动布工作服，他兴奋地向空中跳跃了三次。他看清了未来：听领导的话，卖力干活，都是好日子。现在他不信了。

夜里，他拿出诗稿，耳畔响起他曾朗诵给罗红叶的句子，什么"金灿灿的炉火飞浪掀波""隆隆轧机山山水水呐喊应合"，他骗取了罗红叶爱情！

他愤愤地撕碎诗笺，这些虚无缥缈的东西，他不再歌唱！而是从此时缠绕在心头的人尊严问题：人为什么不能平等对待人，低层人怎样才能有尊严，"尊严"真的竟能伤害人吗？

7

好在夏金鸣的出现，夏金鸣的一句话，使他转成正式工人，暂调到厂"大庆办"。这个临时机构只有两个人：他和一个快退休的老会计，真好，这里成了他的避风港。

罗红叶之死，对于爱情，焦真心成死灰。

常言道：丑人自有丑人爱，烂锅就有烂锅盖。第三年一个人出其不意地出现在他面前，改变了整个局面。

此人不是别人，正是沙河水边暗恋焦真多年的美女坯子酸枣。当年的小美女已经成了剩女，二十八岁了。闪婚，焦真成了伤残老红军家的上门女婿。

床第甜蜜之后，要回到现实。酸枣醒悟到，一个工人成份的丈夫，没有社会上所需要的光环。酸枣心里的问题渐渐成了压在心里的石头。为什么要结这个婚，没有权、没有钱走不到人前、拎不起的丈夫，瞅着就心烦意乱鄙夷不屑。夜里当焦真的手碰到她胸脯的时候，她没好气地一脚把焦真蹬下床。

比起工厂里、社会上人们对他以往人品的指指戳戳，家里的不快算不了什么，可以忍受。谁叫自己是个社会和家庭内内外外的窝囊废呢。

岳父田冲锋还算一个明白人。知女莫如父，他劝焦真："酸枣十四岁出尽风头，'文革'当体育场广播员，冲冲杀杀的，声言明亮有力；这些年没人理她了，她就爱找人聊天，把刚听来东家的话传给西家。她在家离不开斗争，经常要有个对立面，以前没你的时候是我，现在是你了；理解她，让着她！"

当年罗师傅是折断了翅膀的鸟，可自己是有翅膀的呀，想飞，却不知怎么飞；一天都如要死般的难耐。

七

焦真法庭工作得心应手；

特区有无第三种所有制？

1

由一个渔村、一个封闭的边陲小镇，翻牌成一个新型经济小城市，焦真就随着内地四面八方各色人等的洪流到这里落脚、落户，换个面孔，换个活法。

焦真在工厂是临时工的时侯，他没有放弃干书报摊的活。"工人"对外好听，卖书报来钱快，何乐而不为？还有，小时候到自由市场卖几个萝卜就坐了四年牢，现在政策允许干个体，更何乐而不为？心里有一种复仇的潜意识。

《深圳特区报》：红色报头、竖排版、繁体字，别样的报纸吸引了焦真。其内容是面向港澳台及世界改革开放，一篇招聘广告：不要档案，不要学历和资质证明，使焦真眼睛大亮："不要档案"，自己就是个自由人了，自己就是个鸟，可以飞翔；不是罗师傅、不再是罗师傅，一生如同折断翅膀的鸟！

一提起深圳，焦真想起了吴乃！中秋节吴乃给他寄过香港美心月饼，他翻出包装上的地址，给吴乃写了一封短信。吴乃兑现"苟富贵勿相忘"的承诺，答复很痛快："我来办！"

焦真也给北京的夏金呜写信，报告了自己的心愿。

焦真给酸枣说："如果好，我就回来接你。"

焦真装了一旅行带的书就坐火车南下。那是未知的天地，焦真心头火热和迷茫交织。别人都说焦真到南方要发大财啦，酸枣心里暖暖的要转运了。

可焦真心里并不指望发财，只是急切地想看看世界，呼吸改革开放的空气。焦真想起一位哲人说过：投入新生活的人是幸福的！

到了深圳之后，焦真才知道，吴乃在这里有他的"四人帮"，其他人是镇长、信用社主任，最重要的一位，是掌握着进入深圳权力的劳动局调配科长。劳动局一纸调令，焦真就可以把难以撼动的终生山区人、山区户口迁入深圳变成大城市的人、大市城户口。

这时吴乃是木枫镇公安派出所所长，他拿着焦真电大法律科的全优成绩单，把焦真变成区法院临时工。

焦真经过三个月的法院干部培训班学习，分配到木枫镇人民法庭代理书记员。

法庭没有庭长，由黄维畅副庭长主持工作。黄维畅是海岛上的一名小学的党支书兼校长，师范学校毕业，成立特区，被抽调上来支援政法队伍。

焦真第一天上班，黄副庭长就抱了五十多个卷宗摆到焦真桌上，说道，"这是两个法官办的案子，你是书记员，你都跟；熟悉熟悉案情，按时开庭！"

两年多的时间，焦真可以想象的焦头烂额：一页一页的阅卷，一遍一遍地查找法条。

焦真天生就是个读书的料，薄薄的一册《民法通则》共有 156 条，很快就熟烂于心；分析起案子，简直明了，极有说服力。还有办案的第一道坎，就是程序问题。焦真把《民诉法》放在手边查对；一旦程序搞错违法，则判决无效前功尽弃。

对于焦真的勤奋，黄副庭长看在眼里内心窃喜：这小厮到法院时间不长，就悟得办案要领，抓住《民法通则》以不变应万变；又抓住办案程序不出错，可谓两条腿走路，步履平稳；文字有功底，出手快效率高，真是个干活的料！

一天，黄副庭长把一个人推给了焦真，此人叫肖望成。黄副庭长虽面带嬉笑但不掩难色，对焦真说，"肖总可是木枫镇的名人，他要立个案，涉及问题多，你先听听，给院里个意见！"说完就出门而出。

肖望成要状告何人？

"镇政府。"

焦真此时明白，黄副庭长岂是鞭打快牛，而是把一个蒺藜交到他手里。行政诉讼案件是区法院管辖，焦真不解黄维畅为何将此案揽到法庭。

肖望成说了一个小时仍打不住，而焦真又忙着要去开庭。肖望成说他的故事要谈一天一夜，提议晚上谈，去咖啡厅。就这么定了。

2

肖望成在成立特区前是宝安县青年劳模，特区成立后又是明星企业家，他是焦真了解这片特区"热土"的"窗口"。不幸在不知不觉中，却成了焦真在这里人言可畏的第一个"败笔"。

木枫镇是珠江入海口的一个静悄悄的渔村。村民口口相传，他们是"崖门之战"，流落到这里的大宋皇室后裔。数百年来，勤劳的先人，把不毛之地改造成良田和渔港，四周八乡的人称这里是金银滩。这里水渠纵横，土地肥沃，这里除了卖鱼卖虾、卖鲜花卖到对岸香港外，主要就是种植甘蔗完成公家的任务。

肖望成年轻体力好，烈日下，在蔗林里一钻就是一天；斩种快还切口整齐（除去多余的叶子），常常还帮左邻右舍义务干活，他被评为县青年劳模，成了镇上的共青团支部书记。

1980 年国家创办特区，市里大会小会讲创业，最先挑动的是年轻人的心。不知哪个叔公女从香港带回来砖头大的一个收音机。肖望成眼前一亮，用螺丝刀小扳手拆开一看，并不复杂。只要有钱买零件组装设问题！

镇长赵修普闻讯大喜，立即下文件成立名为"金银梭电子有限公司"，肖望成为总经理。注册资本 10 万人民币。

赵镇长，宽宽肩膀，四方脸庞浓眉大眼。他说，"能办的我给你们办，三亩金银滩蔗田铲了给你们盖厂房。钱嚜，你们想办法去借，这注册资金十万元，自己想办法，最多我以镇政府名义，给你担个保……"

镇上另一个不善露面的名士何容道是信用社的主任。而何容道恰好又是肖望成的岳父。何主任一听是女婿的生意，又有镇政府担保，很快就放了款。

公司投产的那一天，赵修普特意在祠堂上了香和洒了酒，乞求祖荫保佑心想事成、木枫镇兴旺发达。

赵修普对后人的谆谆提醒是：我们是大宋赵家皇室后代，崖山之战大宋十万军民跳海殉国，少部分人在清军搏杀中逃出。我们镇赵何肖虽是遗民，但都是皇室血统。

赵镇长的理念是，国家就是个大的家族，家族就是缩小了的国家。他热心祠堂的事务。木枫镇的祠堂是宗祠，宗祠记录着家族曾经的辉煌，是同宗血缘的纽带。祠堂建筑精巧，装饰得古风古韵，与古塔小桥相得益彰。很有气势。

赵修普在这里抛头露面，声如洪钟，很有感召力。他特别有仪式感，祠堂香火不断。赵修普的父亲，就是木枫镇赵氏宗祠的宗子，即宗长。赵修普起初在木枫村当村长，他坚决取消了宗长的称呼，上级要他当党的支部书记。开办特区后村变镇，赵修普自然转为镇长、党委书记。

外地进入木枫镇的人多了，赵修普有了新的理念：国家是个大家庭，木枫镇是个小家庭，进了木枫镇，非血缘关系自然转化成血缘关系。赵宗祠贯彻特区改革开放精神，把宗祠做大做强，成为大家的家！

镇上的大事，赵镇长都安排在祠堂进行。他把后来木风镇的兴旺，认为是祖宗庇护的结果。他特意安排编制在镇府办的弟弟，常驻祠堂，保护风水，乞求木枫镇继续大力发展。

3

像家用收录机这样的家用电子产品，八十年代正在由欧洲向日本台湾等亚洲地区转移。当时大陆封闭，社会上能看到的大都是地下流入的日本松下等公司的产品，特别稀罕且价格昂贵。

肖望成去了几趟香港，几个港商跟着屁股来到镇上，各种零部件应有尽有，有的送技术、有的要投资，电厂真得干起来了。"金银梭"牌的各种收音机，四年多铺盖了内地大江南北，到第四年营业额突破五亿，肖望成成了特区名人。而他见啥学啥，着手开发磁带机、卡拉OK机、影碟机产品，他要使企业产品更新，不断升级。

事情在没有前兆情况下，发生了无法预料的变化。犹如遮天蔽日。

1988 年春北京来了一位叫何六六的青年人，由市领导陪同来镇上考察，拿着地图沿着海滩海边转了一圈。赵修普欢喜了好几天，悄悄对几个身边人说"我们中央有人啦！"

过了几天，镇里突然作了一个决定，由于收音机电子行业越来越多，竞争激烈，"金银梭"销售萎缩，故金银梭公司停办。很快人们知道镇上把金银滩卖给人家做房地产开发，合同已经签了。

这消息对于肖望成来说，难以置信。当消息查证属实之后，对于这位"肖总"真可谓晴天霹雳。

买地的公司并没有向镇政府交付地价款（土地出让金），而仅是叫包工头垫了二十万定金。对此，赵镇长佯装生气："北京的人偏偏看上我们这块风水宝地，市里有领导批了条子，我有什么办法？"

然而，心里一直洋溢着喜悦。原先说起北京，遥不可及。现在"北京"就在眼前，光芒照耀到了边陲小镇的木枫镇。赵修普偷偷到祠堂上了六炷香，祈求祖宗神灵全方位保佑木枫镇引资成功。

北京买家很快就把地转卖了，接手的湖南国企宝湘公司说，等房地产开发后赚了钱再付镇政府的地价款。

与此同时，背地里隐约有传言：肖望成有经济问题，公司办不下去了；有人为公司停办惋惜，有人为肖望成倒下惋惜。

肖望成好比下了架的瓜秧，自己蔫了下来。

4

公司辉煌的岁月，肖望成——肖总、肖老板，原来在老板大班台上一坐一天，连撒个尿的工夫都难得。各种零配件订货单的审核，成品发货单，汇出的款汇入的钱，都得过目。

肖总会见"宾客"的场所最方便的就是公司对面的蓝桂坊咖啡厅。这两年来，木枫镇办厂和做小生意的香港一拨一拨的多了起来，有的就和村民合作建房，住下不走了。

街上箱式的招牌广告鳞次栉比，夜里闪烁着光亮。开始有人把木枫镇称为"小香港"。

咖啡厅老板在门口立的广告词是：地球不爆炸我们不停业，24 小时营业。来的客大可以忘却时间放心的吃喝。

一拨一拨外商来这里谈项目，真有钱还是假有钱不知道，项目是真是假不知道，表现出来的，都是发财心切的热情。签订的合同能不能履行不知道，但都在这里以茶代酒碰杯祝贺。

许多人都知道，厅里东头靠窗的那张桌子，就是肖总的第二办公室。

今非昔比。窗外的厂房已经没有了灯光，喧闹声不再。曾几何时，这里常常三五个桌子坐着等候和肖总谈话的人，全国各地经销商，有的拿着旅行袋现钞想夹塞提货的人，现在看不到了。

今日连咖啡厅已是马少客稀。

肖望成先回忆往日颇有感伤的味道，"七个年头了。我们越过了84、85 年社会上争论特区姓社还是姓资、特区还要不要办的风口，不但把企业办成功了，也使港商、国外人看到中国改革开放的决心。"

焦真不知内情，无话回应。

这位昔日肖总，只是连声的叹气。这个停厂的话题大，讲给局外人何用。

他话锋一转，"焦法官，我想和你谈谈心——法律问题。"

肖总迷茫的眼睛闪烁着一点光亮。"我的这个公司，镇上只出了一个公司成立的文件，没有投一分钱，所有运营资金都是我靠关系借的，后来用赢利还清的。公司赚的钱不都是我赚的吗？公司的老板是谁，不就是我吗？"

肖望成知道他无能挽回这一切，被无形力量逼到墙角的他，不能说不能讲，但心底最后一个涉及自己利益的问题必须讲出口，也就是公司资产问题。解不开的疙瘩使他愤懑不已。

电子公司停办之后，镇政府派人把财务接管了，公司盈余的两个多亿都拿走了。

肖望成说道："我开门见山地问赵镇长，我和管理层挣来钱不该拿走，或者能不能给我们留一些？赵镇长很坚定又很轻松地回答说，他向工商部门问过，也问过法院的院长，政府批文成立的公司就是全民企业；全民企业解散以后财产归开办的政府部门。

肖望成停顿了一下，讷讷地似乎自语，"我知道也符合民营企业的条件，"他抬起眼，乞求似地问焦真，"特区，特事特办，难道就没有第三种所有制形式？"

5

焦真不知如何平息对方的情绪。焦真知道在成立公司时没有相关的约定，在法律上也就无从谈起。对……面的这位在赵镇长眼中，杰出的皇裔帅哥，一个月来眼睛塌陷了，无疑是熬过多个不眠之夜。

肖望成是铭记赵镇长的恩情的，把他从农民身分变成了干部身份。为了给赵镇长争气，七个年头，他按照二三级干部级别只领一百多块工资和一百二十块特区补助，不到三百块钱，而工人每月奖金就三百多块。现在谈钱实为迫不得已，有怨有气足以理解。

很快搭理他的人少了，以各种理由躲开他人多了。下了台、用不上、没钱了，搭个话惹麻烦。在下届镇党委委员候选名单上已经没有肖望成的名字了。

焦真疏忽一点的是，既然法院院长都知道此事，黄副庭长为何还要自己接访肖望成？而他却不解的是镇政府为了他人开发房地产，而停办电子厂是否合算、这是为什么？

从山区出来的焦真，为肖望成讲述的"特区故事"所吸引：一个普通的人竟可以办工厂、办成赚过大钱的工厂！在焦真心目中，肖望成是个英雄。他甚至有个念头，为他写一个电影：失败者的英雄。

肖望成和焦真在咖啡厅的会见，被人传言"谈得如何如何投机"，焦真，引起了赵镇长的不快。

黄维畅从侧面提醒过焦真，他鄙夷地说肖望成现在是大事做不成小事不愿意做的"二流子"，到处说镇政府坏话。赵镇长为了"修理"他，暗中派人核查金银梭公司财务账簿，找他贪污的证据。

肖望成闻之，哭笑不得地说："我还没来得急贪污，公司就叫停了，真是后悔呀，后悔呀！"

6

如此公开和镇政府对着干，赵修普鼻子都要气歪了，这是给他眼皮子揉沙子。

这要是其他人，赵修普一个电话，吴乃找个寻衅滋事罪名，拘几天就老实了。但是得看肖望成老丈人，镇财神爷"信合"主任何容道的面子，他是狗咬刺猬下不了嘴。

对于赵修普停办电子公司，何容道不动声色。但对其原由心里明白的如镜子。

肖望成功高盖主，妥妥的一个"镇长"的接班人。然而，赵修普是要在换届的时候，把"镇长"交给他三弟，而且已经把三弟放在赵氏祠堂历练了三年。如果肖望成这边不熄火，其弟暗淡无光，"镇长"的目的就是镜花水月。

赵修普明白，金银梭电子公司政治上给木枫镇贴金，经济上是镇上一块肥肉，是镇政府的一棵摇钱树，人人都眼红。赵修普原先打算找个"财务不清"的问题，暂停肖望成工作，镇府"经济协作办公室"下文件，派其侄子担任总经理。既是肖望成无问题，清查结束后给他改派其他工作就是了。

赵修普的下策是，一不作二不休，快刀斩乱麻，做了几个亿的生意，怎么都能扣出来经济问题，以肖望成贪污为由向法院起诉送他坐牢。

何容道放出来话：谁敢动他女婿，他就要把赵三公子操纵夜总会，偷逃税的事揭发出来，吃不了兜着走，看谁去坐牢！

赵修普苦思冥想，只得剜却心头肉，关闭电子公司。他召开镇党委会，拿出上级领导写的条子，又大讲房地产开发是特区发屈的大趋势，讲得道理头头是道。党委委员的何容道，虽生闷气，也张不开口说什么。

肖望成还想做事。焦真知道他策划了几个电子项目，到过惠州、河源都没成功。焦真给过他松下之助办企业的几本书，其中有一本叫大败局，鼓励他在困难中站起来。

肖望成是吃酒三年没有钱，戒酒三年也没钱。为了糊口，他给老婆租了个门面，开了一间"顺德甜水店"，焦真去过几次去吃双皮奶。黄维畅直截了当地说"那种店你少去！"果然，本地人很少去他的店。

木枫镇经济一天比一天好，赵修普说这是祖荫庇佑。就拿着电子公司上缴的钱，把本应市里规划要拆除的祠堂，修葺一新，还重金请来大学老师修家谱，赵修普以给青少年发红包说是发奖学金，命家长带孩子到祠堂听族训。赵修普此时喜欢人们叫他赵族长，他的理念是：国家就是放大了的家族，家族就是缩小的国家，要为国建功立业。

随着时间的沉淀，肖望成这位见多识广的人，木枫镇的清醒者，他对焦真说："没有新思想的进入，经济越发达，越强化的是老一套。"

肖望成则是泥菩萨过河，挣钱自救。他在门面上加挂了一个小方招牌：成功经济信息公司，业务范围，大到为外商提供投资项目咨询参与谈判，小到为农民工中介房屋租赁，还特别加了一项：融资咨询。

焦真与肖望成的交往很简单，但焦真在镇里却成了个说不清的另类。

八

焦真著文议小产权，

赵修普抱怨搞乱木枫镇

1

流言起于捕风捉影。而人们相信流言加工之后的谣言。因为它有令人耳目一新的娱乐性，更重要的是它有攻击他人的指向性。一个看不见的消息像水银泻地，在木枫镇传开：肖望成要和镇政府打官司，正在走法院的后门，和法官焦真密谈！

一波未平一波又起，焦真发表在报纸上的文章《琐议小产权》，又惹怒赵镇长。

焦真想不到赵修普震怒的程度。

赵修普命人传黄维畅，然而不是在镇府办公室而是在赵氏祠堂。黄维畅早到了一个多小时，被挡到了门外。赵镇长还在忙。

赵修普在忙工作，做着一件神秘的事情：请来了三位和尚念经作法事，超度婴灵。

赵修普做村长以来，执行上级"独生子女"政策，强行逼迫村民打掉二胎三胎。他听到村民的怒气，婴灵不能投胎转世，只能在世间徘徊，对父母进行骚扰报复。

而下杀婴命令的是他赵修普，他自知罪孽深重。他作为村长作法事，超度婴灵早日转世，郑重地向众多婴灵表达行为的无奈和深深地忏悔。

往年作法事都是半透明的，他想让村民知道，也好抚慰他们的伤痛。现在悄悄作法事，免得外人议论，更多的是给自己赎过。

道场结束，赵修普走到庭院，他脱掉白衬衣，只留个背心，十指相扣，反掌举过头顶，伸个懒腰，长长舒了口气，一扫疲劳，毕竟他是六十多岁的人了。

黄维畅看到赵修普喜穿白色上衣，不知怎的联想到香港，香港黑社会的人经常就是统一的白上衣。

赵修普披上白衬衣，两个空袖摆来摆去。他瞅了瞅黄维畅，用手指向天空。冷哼了一声，气愤却声音不大："几十年来，我整天为寻找大宋遗孤和数千朝廷前后宫遣属费尽心思，没想到养个白眼狼！赵肖能分家吗？"

性急中一侧的白衬衣掉了下来。

他藏怒宿怨地冲着黄维畅，把他的信念训诫式地讲一遍："国家就是放大的家族，家族就是缩小的国家！你捎话给焦真听！"

黄副庭长是先到镇上领一笔市财政给法庭电费补贴金，镇府财务股说款未到。

黄维畅庭没有拿到钱。何时能拿到钱，赵镇长说了个模棱两可的话"不好说"。当时说话时，嘴角勾起一个弧度，有一种以势压人的得意的微笑。

黄维畅一肚子气，在回去的路上，被呼呼的海风吹得衣履不整。他在和焦真谈话时前言不达后理，以致不知从何说起。

焦真也看不惯赵修普，心里厌恶他无知而自以为是。

赵修普第一次见焦真，询问了焦真老家叫汉江市之后，马上便说："你们汉江虽然叫市，不一定比木枫镇大；没有什么吃的啊，要不怎么来深圳？"

这样的话，也曾给刚来的段候彦当头棒喝："武汉我知道，武汉大，比木枫镇大，大不了多少是吧？可就是没有东西吃，要不然你来深圳干什么？"

被问的人，张口结舌不知如何回答是好。后来夏金鸣知道了这事，吃吃地笑道："当年延安审干也问过我爸，你家不缺吃不缺穿，你来延安干什么？"

焦真对赵修普的认知不陌生，当了镇长村长他就认为这是自己的地盘，他的江山。

2

黄维畅也不习惯到镇府办事。镇府工作人员之间不称呼职务，李股长、王股长，而是叫李叔、王伯。一切内地人在他们眼里都是乡巴佬，因为他们毗邻香港，常常自我以准香港人自居。这样一个生存环境，焦、黄两个知识分子的感受是相同的。

黄维畅他清楚地知道，肖望成状告镇政府是没有的事，即提起行政诉讼，也是公民的权利。而且没听焦真说过，可见与焦真无关。而提出要焦真接访肖望成的正是赵修普。

黄维畅心里明白，赵修普正是想通过接访，通过焦真了解、掌握肖望成的动向，毕竟肖望成曾经是乡镇企业的名人，防止他到市里造点什儿舆论。

到头来没想到赵修普倒打一耙，因他而起的风言风语，又传回他的耳朵，他又信以为真。

当然在赵修普心里作祟的是，未见焦真只闻其名时起，他就先入为主的反感焦真这个人了。

区法院分配一个人到法庭工作，与镇政府无关。

然而赵修普是相信阴阳五行金木水火土，自己是土命，木枫镇需要的是民风祥和人性温顺。而他一听姓焦名真，明显是个闹腾性烈之人，心里就不舒服。

起初碍于吴乃的面子他没说什么，后来弄明白了焦真与吴乃无亲无故，只是北方山区的一个工人，就蔑视以至仇视。

各位看官，说来好笑，焦真周围许多人口口相传反感焦真，有不少像赵修普这样的人，连焦真都不清楚是怎样、在哪里得罪他的。也许这就是焦真这类人的命吧、大约在遥远的宇宙深处，真有量子纠缠，在那里有一个和焦真一样得罪了许多人的什么人吧！

倒楣的人，倒楣常常是不需要理由，因为根本就没有理由；被人欺负的人，为何莫名其妙被人欺负，你永远都想不明白，因为本来就没有缘由。焦真的本性，就是易于激发别人的欺负感。

这就是人世间，这就是世道。

看官，焦真的故事只能随着这个逻辑发展。

3

联系到最近焦真身上生发的其他事情，在黄维畅眼前，不知不觉焦真的形象似乎蒙上了一层阴影，他几乎有些认不清，似乎是个"问题"人了，——他开始要琢磨琢磨他了。

"老焦啊，人世间的万事都是祸福相依，毁誉参半。你的文章《琐议小产权》在特区报上虽说是作为'读者来信'发表，可是受到市府的重视。"

黄维畅换了个气，"没错，可你知道不，村里的土地，假如镇上都说了不算，叫镇上怎么引进外资？你还建议市府把特区范围的农村集体土地统征为国有土地，由市府统一出让。

"赵镇长气得拍桌子，问道'我还有没有权招商引资？'

市府一位领导明里点头说你说的对，'好，避免国有资产流失'，背过人则摇头笑道'没有引资的投资项目就征地，谁给农民钱呢，打白条？'"

老焦啊，市府马路对面的巴登村，还不是村子和外商合作房地开发？那可是在市长眼皮底下？"

黄维畅有些激动，"现在我们这里村村招商引资你争我抢，好事，不能泼冷水，少管！这不是我们法院的事。你就地取材写文章出名，别忘了，这里是木枫镇！"

"这里是木枫镇！"黄维畅为什么这么说，还加重了语气？就是这里是赵修普的地盘。要敲打焦真有点眼色。

黄维畅摆了摆手，"赵镇长不只是骂你，正是骂咱俩，'满肚子文章充不了饥'！"

黄维畅不似揭老底而又似老底，敲打并不是什么秘密的秘密："若要是特区招聘干部，你不符合条件，要大学毕业以上学历你有吗？镇上的人都清楚，是吴乃把你作为工人身份调进来，借调到法庭工作的。你还是镇上的名额、镇上的人！"

黄维畅的潜意识，一个人不是干部、连党的人都不是，只能是镇上的一个老百姓、一个劳动力，一个自食其力无言的动物。

不知为什么说到这里的时候，黄维畅竟然语言愤怒，黄维畅面部出现了极为复杂的表情。这种表情的变幻，表示他非单一思绪的跳跃和交织、在起伏，以致他语无伦次。

焦真来到法庭，办理最多的案件，就是村民小组用生活自留用地，和办厂人开发建房，村民拿宅基地和城里人合作建房产生的纠纷。黄维畅忧心忡忡，拍着卷宗说："土地权属不清，十年、二十年以后，这些'小产权'要害死人的！"

正因为这样二人有同感，焦真才动手写这篇短文，写文章时把调子压得很低，写得短又是"琐议"即小议的意思。黄维畅看稿子之后，一拍桌子，坚定不移地说："发！"接着又自信地说，"国家要我们政法干部干什么？就是要勇敢维护党和人民的利益，敢言，敢做！"

可是一个小小镇长的几句话，黄维畅就马上胆怯起来，抱怨焦真不该惹事。不少农民向镇政府告状，由于焦真的文章，原本合作建房的城里人都撤资了，说产权没保障，留下多处烂尾楼，赵镇长能不火吗？"

焦真郁闷了，不在法院干也罢，黄维畅这些话罔顾事实，颠倒是非，屎尿盆子扣在自己个人头不行。

"有些农民没有钱造新房，自己出宅基地，城里人出钱合作盖两层三层，倒也无奈。现在合作发展成香港人插手，合建到五层六层，急切用于出租。这不搞乱了集体用地的性质、搞乱了城市规划？难道不应该敲个警钟吗？"

黄维畅心虚气短，他偷瞄了焦真一眼，想开口又不知说什么好。焦真不想与他争个对错："我们讲的法理问题，针对的是普遍现象，又不是针对木枫镇！"

"可赵镇长说咱们搞乱了木枫镇！

"赵镇长还狠狠地撂下一句话说，什么都按条条办事，特区就不要搞了！"

赵修普的这一句，是各级干部都经常冷不丁讲的话，是对付提意见人的一句官话。

黄维畅踱着步子，搓着双手，嘴里嘟囔着："你不懂你不懂，我们虽然和镇没有隶属关系"，他说到这，又像是说给自己听的，"他会代表一级党组织向区法院反映问题的！"

焦真明白黄维畅担心自己受到上级的批评，他对上唯唯诺诺，对下属的他，啥不满意的话都能讲出口，他和赵修普一个样仗官托势。

焦真知道自己是个临时工，又能说什么呢？

4

接下来，黄维畅忽然提出一个不是事的事。

"佳人厂工人索赔案，你要按住节奏"，黄维畅打住话语，眼珠子从眼镜框上面盯着看焦真，"要注意和个别女孩子的关系，已经有一些闲言碎语了！"

他又往屋顶看了一眼，"这个'三来一补'项目，是赵镇长引进外资的一个标杆……"

他把话挑明，"你不要判得快，给麦老板压力；我无法面对赵镇长，懂吗？"

他欲言又止，但思忖了一下，认为还是透个底好，"赵镇长周末去澳门都是人家麦老板陪着……"黄维畅不知该不该讲下去，自己慢慢地一口一口嘬饮着茶。

焦真对佳人厂经营背后的事也有所闻。在澳门出货之后，货款回不来，银行很有意见；厂子对外说在澳门用于买"出口配额"，实则是赵镇长一次次赌博输掉了。

黄副庭长轻微低下头，看了看被香烟熏黄的右手指，抖了抖，掐灭了香烟，低声道："马王爷不管驴事。话赶话我说了这些，你要烂在心里，就当不知道。"

他随手拉过来长长的水烟管，把管脚伸进红色塑料桶中，按上烟丝，美美地吸了一长口。纸烟还是不过瘾。

黄维畅望了几眼窗外，若有所思，面部松弛温和，半晌才说："你知道我是岛上的小学教员，办特区成立法院那阵子调进来的，没上过法律学校；凭啥，就是党员呗！"

不知为何，他却话锋易觉察地轻轻一转，"你别小看、你不了解这个木枫镇，79 年建市、80 年建特区之前它是一个小渔村，现在仅香港人来这里住的就有十多万人，看起来车水马龙，脚跟顶脚跟"，说到这里，他被海风吹得黑红的脸上，眯起神秘的眼神，耳语似的声音："其实只要拎衣拎袖，这个镇人与人的关系就像一个地图，就简单清晰了：工商局长和农合信行长是儿女亲家，劳动局长和公安局长是拜把兄弟……，又各有各的关系连接镇书记、镇政法委……"

他扬扬头，"懂了吧，虽然我们法庭不隶属镇上，但是镇党委不服不行，抬脚动步，你得罪谁你都不知道，谁给你的小鞋你都不知道，你死在谁的手里你都不知道！"

黄维畅长长叹了口气，"那句话说得对，'不能低头拉车还要抬头看路'，我是每到一处，环视四周，免得盲人骑瞎马，夜半临深渊啊！"

黄维畅动了感情，焦真虽懂这些语言但不知其深意。沉默，沉默。

夜深了。该结束谈话了。黄副庭长挑明了冰山的一角："党员，你知是什么吗，你明白吗，聪明的都挤破头进来；这就零进一。"

黄副庭长知道焦真没有这个，显得得意而又带有明显蔑视的口吻，"你得申请入党嘛，我跟你谈心嘛我帮你嘛！"

黄维畅是个思绪不定的人，话锋又转，"你四十好几了，我可以帮你，帮你由工人转成干部身份。我干了大半辈子，现在还是个副股级，我料你这一辈子到顶也不过是个正股级……"

焦真无心听他的话，后面他讲什焦真都没听进去。焦真也听到镇上另一种风言风语：焦法官是个当庭长的料！黄维畅有时无原因地对着焦真气呼呼地出着粗气，不吭声。

5

焦真到法院第一天上班就想着如何离开这里，如果不是为了来深圳，听吴乃安排，他是不愿意进入机关的，他莫名的本能的不舒服：见面只微微一笑而不出声的人们。

夜里焦真梦见的是，坐了他一个人的火车，一直发着"吱啦吱啦"的刺耳声，他看那个涂着鲜艳红漆的轮子在道轨上反复的摩擦，火花闪烁。但火车始终上不了轨道。他醒了，出了一身的汗。

焦真不好的名声，很好就传到吴乃耳里。

吴乃开车拉他到一个偏僻的甜品店。

海风吹去了吴乃来时躁急的模样，他给俩人点了一样马蹄绿豆沙。

吴乃心平气和地对焦真说："我清楚你，高认知，对世界事物敏感，看问题与众不同。你要写文章，编点孤男寡女在深圳的感情纠葛，将来当个作家也好。你写什从木枫镇土地问题……"

"误会了，不要对号入座。我是对特区土地管理提出的建议。"焦真辩解道。

对于焦真的不开窍，吴乃哼地笑一下，抱怨地说："我的好哥哥，你还不明白，有句古话怎么说的，'请看今日之域中，是谁家之天下'，赵修普官再小，他是父母官，你不能'认庙不认人'，你在这个地盘怎么混？

"别人没看到的，你看到了；别人不说的你说了，你不就孤立了？你没有背景，人微言轻，又不愿意趋炎附势，你孤独，你与现实会愈来愈远。不能看书，相信书。"

说到书，触及到焦真的敏感点。吴乃对新经济、新思想书没有兴趣。

焦真反驳道："我不会打麻将，也没兴趣，我闲的时候不看看书，不看看法律书，弄啥？"

这话弦外之音是不是说吴乃呢？吴乃不读书，也不全对，吴乃棕色皮背包里，常年放着两本书，一本《易经》，一本机关闲人复印的香港地摊的新书。

"打麻将？你是在说我！南来北往的我不应酬行吗？亲朋好友介绍过来的，要投资要发展……"

吴乃是小兄弟，焦真讲话也随便，嘲笑道："应酬，应酬，——歌好听，人好看，酒好喝，你看你的将军肚起来了！"

吴乃不在申辩，只是苦笑地摇摇头。

好一阵沉默，二人都不说话。

焦真开了口："我想离开法院。"

"那你想干什么，能干什么？"

"不知道。"

彼此都认真倾听对方的心声，这是深层次的思想的交流，吴乃理解焦真的烦恼。

吴乃脸上呈现笑容，目光温暖，都是为了鼓励焦真："去那好呢，慢慢看，好吗？"

九

走出法庭"法官"成访民，

巧遇老同学石南博士

1

焦真明白黄维畅话的意思，也把话记到了心间。但如何运用到工作中去，很茫然，找不到切入口。他仍按部就班办事。

然而焦真连自己都没想到，今天是他"法官"生涯办的最后的一个案子，最后一次开庭；从此就要辞职离开法庭。好在这个案子是个皆大欢喜的结局，后来他每每回想法庭的时候，心底有一阵暖意，不大有什么遗憾的事。

麦有先提前一个钟头来到了法庭。他是广东人中少有的瘦高个，六十多岁头发花白，背不驼。

他见到焦真感激的要拥抱他，但又拘于礼节，改为双手抓住焦真的双手，说："谢谢焦法官救了我们工厂；我讲诚信，今天款全部带来了！"说着命随身来的会计打开提兜亮出一张张崭新的银行卡。

"那就好！"焦真不只是为成功调解和执行一单欠薪纠纷案，正为保全了一个企业而高兴。

说话中，麦有先朝门外一瞥，只见二十多个本厂工人涌进了大院。这是"告"他，讨薪的"原告"。尽管他今天口袋里装满了足以了结官司的钱，但手持传票上法庭的气氛仍使他心有余悸。

实习书记员核对着账表，外面尚不知今天开庭结果的工人们一片沉静，眼睛直勾勾地注视着麦有光的身影。

麦有先是澳门一家叫"佳人鞋厂"的老板，接台湾的订单生产女装便鞋。特区之初，他认准了优惠政策的宣传，就把厂搬到了木枫镇，还叫佳人鞋厂。

那几年麦有先常常是眉梢挂着喜字：在澳门成本压力大，到这里大大松了口气。厂房是村民为了欢迎工厂的到来，把长期闲置的生产队的仓库改建成厂房，月租区五百元。政府兑现了优惠，他尝到了甜头：头两年赚的钱免征所得税，后三年所得税减半交纳；佳人鞋厂属于"来料加工"企业，进口的原材料、设备和出口的产品都免征产品税增值税外，三年免交营业税。

麦有先五岁时随父母偷渡到澳门，在关闸棚户区的台山街长大，吃了一辈子苦，没想到老了老了却鸟枪换炮。他穿着笔挺的西装，以名正言顺的"外商"身份，在两边走来走去。他的老婆也不在茶楼上班推点心车，穿上了欧美碎花连衣长裙和自己老公工厂生产的女鞋了，做起了专职太太，约闺蜜饮茶打麻将。

然而好事不长，世事多变且难料。以工厂福利不错的佳人鞋厂突然财务吃紧，三个月给工人开不了工资，无款支持原辅材料款，工厂停工待料已一个多月。更大的问题是，上面有人提出"腾笼换鸟"，把像佳人鞋厂这一类劳动密集型、又有污染的企业赶出特区，要由发展高科技企业取而代之。工人们担心工厂要"黄"，工资打水漂。于是一个律师出主意，先下手为强，具状佳人鞋厂"破产"，赔偿工人工资。

焦真三次到厂子了解事实。他和麦有先谈话到深夜。

麦有先，一个不谙世事从社会底层打工爬上来的老头，将要被人推下山崖，一辈子第一次流泪，他向焦真哭诉："给我时间，我借钱给工人，别封我的厂、别卖我的设备呀；我不是为了自己赚钱，是可惜啊！"

麦有先说，鞋在世界上消耗量庞大，台湾制鞋有优势，每年有五亿对鞋出口美国。我们这里劳动力便宜，台湾厂家把单发给我们。现在的时装每年流行的不一样，每套不同的服饰要有不同款的鞋来陪衬，我们市场适销对路，有稳定的单，不可断了生路！

当然，对于深知生存不易的焦真来说，底层人的吃饭是中国当前的大事。佳人鞋厂为什么突然陷入困顿，麦有先支支吾吾不愿讲明。不过肖望成说过，赵镇长周末常去澳门，听他岳父透露佳人鞋厂的账不太清楚。麦有先不愿深谈且与本案无关，焦真也不便深问。

好在赶在今天带来了钱。

法庭上，随着焦真的到来，全场人都迅速站了起来。焦真宣读劳动合同纠纷案的调解书。

焦真巡视了一遍双方当事人："厂方兑现调解书规定的义务，把款带来了，现在按调解书名单签字收款"。接着焦真宣布："闭庭！"法槌重重敲下，让人倍感威严。

焦真走下审判台，原被告双方似乎还对法官有所期待，朝他涌来。感谢声连成一片。

工人望春，栓栓等年轻农民工渐渐露出喜悦之色，他们钦佩地看着焦真，赞叹他办案效率高。

几个年轻法官布置宣传栏，在上面优秀法官栏目中，很仔细地贴上了焦真的照片，下面有他的名字，照片上的焦真看起来正义凛然。

年轻法官向照片敬礼，笑嘻嘻地说："向优秀法官致敬！"

焦真骑着自行车从他们的身后经过，回头一看优秀法官栏中有自己的照片，微微一笑，朝那几个年轻法官耍了个怪脸，扭头蹬着自行车骑出了法庭大门。

2

焦真开庭判案，为别人主张公正，可此刻他奔向市信访办，请求别人为他主持公正。他已经是老"访民"：两年来已有八九次的上访了。他是为自己的岳父伤残老红军异地广东安置的事情。他的岳父就是酸枣的父亲。

罗红叶之死，对于爱情，焦真心成死灰。三年过去了，有一个人出其不意地出现在他面前，改变了这个局面，此人不是别人，正是沙河水边的美人坯子酸枣。

在沙河挂坡的时候，酸枣这位供销社小卖店售货员就暗恋焦真。她小焦真三四岁，她喜欢焦真手不辞卷的书生相公样子，还叫焦真教她识字。

1966 年"文革中"，十四岁的酸枣因模样俊俏，口齿伶俐被商业局"造反派"调到市体育场当广播员，她不认识的字，就跑到沙河里找焦真帮她识字读音。焦真一看是大字报的稿子，说不上来的反感，进而觉得酸枣有些讨厌。

然而酸枣对焦真的暗恋，随着青春期的发育和朦胧的性的觉醒，她有意无意地对焦真示爱，隔三岔五地拿些吃的、喝的来找焦真：从沙河岸边到焦真招工后的工厂集体宿舍，焦真对她是冷漠的。

这些年酸枣凭借其父是残废军人的光环身份，托门子调动工作，到头来只不过从小门店调入市百货大楼，还是一个卖糕点的售货员。五年多的光阴中，找酸枣家谈婚论嫁有"一打"之多，可高不成低不就，至今成了二十六七岁的"剩女"单身。

当她得知焦真有了公开的恋人罗红叶之后，跑到沙河里痛哭了一场。

罗红叶死了之后，焦真陷入万人唾骂的孤立境地。

酸枣摇身一变像救世主，成了这个世界上唯一一个正眼看他、唯一一个把他不当坏人看的人。她温暖了焦真冰冷的心，把他从"痴呆"中唤醒。

大约半年的时光，焦真从一个身姿廋削、双眼塌陷如骷髅的模样，又像一个人似的"活"了过来。

焦真就是老天爷留给她的救场的真命天子。而年近三十的无产者焦真也真想要女人有个家。一个夏夜，在沙河滩，酸枣把焦真扑倒在沙丘，压在了他的身上。于是"拉壮丁"式的一拍即合，焦真成了独生女酸枣家的上门快婿。

不过好日子不长，当百货大楼里的人知道酸枣挑拣拣到最后，夫君不仅其貌不扬，而且还是个工人，用鼻子发出嗤嗤的嘲讽声。当她想当个小组长都没人替她说话。

至于早先酸枣仰慕的那些长处，现在觉得上当受骗：认识几个字，又不是大学生；会写个诗，又不能当饭吃，同事嘲笑他酸溜溜的。

酸枣怎么嘟囔，焦真都不说话。比起工厂里、社会上人们对他以往人品的指指戳戳，家里的不快算不了什么，谁叫自己是个窝囊废呢。

酸枣乐意焦真去广东还有一个原因，她父亲受过伤，一到冬天就犯病，夜里哮喘不停。医生都说到了南方就好了。当地民政局联系了广东民政局，按规定可以异地安置老红军。

但是房子不是一个部门能落实的，酸枣整天嚷着北方天要冷了，焦真无奈，只通过市信访办催促解决。

3

在市信访办，焦真排队挤到柜台跟前，刚把一叠补充材料递进去就被不客气的丢了出来，焦真眉头一皱，无奈地握着材料，他委琐的样子和刚才在法庭上的自信状态形成鲜明的反差。

"怎么还不行啊？我上访都有快两年了，前年我调来的时候，招聘办亲口和我承诺没有问题，你们还讲不讲诚信啊！"

接访的女工作人员一脸无动于衷的表情："民政部门答复，还在和你原籍民政部门协商费用问题。要求跟随子女转到广东休养的离休老同志多，都想多拿些退休金，等着吧！"

焦真仰头长叹。

就在同一个行政办事大楼的走廊里，石南这位新星科技公司中年的 IT 专家，抱着一捆图纸，一路跟随规划分局段局长，虽然他是来求情办事的，却看起来气势很强，用不容辩驳的语气和段局长说话："段局，我们已经将图纸容积率调整过来了，请您过目吧！"

段局长一边跟别人商讨着什么，一边十分不耐烦的答复石南："你没看见我在忙吗？下周再来吧！"

公司主管工程的副总经理钱嘉恒紧随石南身后。他忙闪出身来说："我们是新星公司，他可是我们公司的董事长！"

钱嘉恒不想这么快，段局长就忘了石南。上两个月当着国务院领导的面，市长特意向段局长介绍石南，还说"新星公司可是我们市的一个宝贝。"

段局长淡淡一笑，显得有些轻蔑地一挥手，无意间把石南抱着的图纸打落在地。

"你怎么这样！"石南狠狠地瞪了段局长一眼，下意识地蹲下去捡图纸，但又索性把图纸都丢在了地上，站起来不依不饶地追上去。

石南喊道，"段局，你要明白，是市长要加建的，我没钱我不想加高……"

段局长扬长而去。石南十分狼狈。

这时有一个路人蹲下来帮着把一叠叠图整好，站起身来正准备递给石南时怔住了。

石南不经意间的一瞥也怔住了。

二人都轻声试探地向对方问道：

"呆呆？"

"会是石南？"

在双方同时应声"是"时，两人同时伸出一双手用力抓住对方的手。

"老同学！"

"这么巧，跟做梦一样！"

十

同日早操：石南披红戴花，
焦呆被五花大梆

1

石南挑了个不错的川菜馆，挑了个单间与老同学相会。

一下午焦真都不知道，晚上见了石南说什么。

石南的父亲是解放初期转业到古道镇贸易公司的干部。石南家住的是砖房，吃的是机关饭堂，穿的是机器扎的制服。同学们对他投以羡慕的目光，石南自己有一种优越感。

小学六年级的时候，遇到五七年社会上"反右"运动。同学们无人理会、也理会不了，只知道按照学校贴的大字报骂老师。其中有一个教地理的朱老师，就因为穿呢大衣，比其他老师穿得阔气些，就骂他反党。焦真放了学到文化馆看报，似懂非懂地看到一些提意见的言论，觉得也没什么错。于是就在班里说"讲真话有什么不对？"

焦真在班上有两个可以高谈阔论的书友，石南其中一个，还有一个棒槌，被称为"三剑客"。

石南和焦呆还有种特别的记忆：二人从家里带的早夯，石南经常用馒头换焦呆的土豆吃。

一天，石南自持是"革干子弟"，一声不响的在教室后面的黑板上，贴了张小纸："焦呆小右派！"虽未在班里引起轰动，尽管不了了之，同学们却带着异样目光看焦呆：一个另类。

对这段往事，饭桌上石南搂着焦真肩膀，哈哈大声："这是屁事，你还记着！"

石南高挑的身材，修剪整齐的分头，说话离不开喝喝的笑声。

石南拍了一下焦真手背，收敛了笑脸："你不知道，班里有的同学知道，后来我爸真的被打成了右派。"

"哦？"在平民班里，同学们都羡慕石南有个比镇长官都大的爸爸。

石南有点急的时候就有点口吃："那时我爸所在的'专署'贸易系统，差一个右派指标没完成，经理急得没办法，我爸是团支部书记，就自告奋勇说'把我报上去吧'，我爸以为自己是复转军人，当过连指导员，不会把他怎么样……"

以后的石南，填各种表格时，已不是"革干子弟"而是"右派家庭"——地富反坏右子女是社会的最底层。

石南后来的事情是焦真不知道的。

石南又揽住焦真肩头，碰了一杯酒，头几乎贴住焦真的额头，"兄弟，你受苦了！"

两个人连饮三杯酒。沉默，谁都没有说话。俩人心照不宣的脑海里映出的是，陈封多年刻骨铭心、不寒而栗的画面。

2

县初级中学。冬天出早操的时候天尚未明朗，一个班一个班排列整齐，突然广播里响起的不是广播体操而是欢乐的乐曲《喜洋洋》。

土台子上，校长兴奋地大嗓门地宣布一个大喜讯："我校初一乙班学生石南被科技大学破格录取为大学生！这是我们东巴县中学千载难逢的光荣啊！"

喇叭喊话："请石南同学走上主席台来！"

全操场是热烈的掌声。石南涨红了脸，腼腆忸怩地走上台子。

体育老师从镇上的仓库里找出来几个旧洋鼓，吹吹打打，一位女老师给石南带上绸子大红花。

石南刚从掌声中走下去，校保卫科一位老师跳上台子，对校长耳语了几句。校长遭雷击似的一怔，身体晃动了一下，摊开双手，示意全场安静。

静穆、等待之中，突然，两个警察押着一个黑棉袄的孩子走来。押上土台子之后，前面的师生看得清楚，被押的孩子双手背后被白亮亮的绳子梱绑着。

震惊、恐惧，全场的人无不被震慑住了。人人瞬间屏住了呼吸。

石南记忆里，他腿软的直想蹲下，只听得警察宣布：焦呆犯投机倒把罪，劳动教养三年。

校长失态，连叫："这怎么会呢，怎么会呢？"

……

石南常常表现出大智若愚的样子，而心里常常又有知识分子多愁善感的敏感。他能体会到他与焦真的偶遇揭开焦真三十年前伤疤，而引发焦真五味杂陈的心情。

石南打破暂短的僵局，破口呵呵地笑了："都过去了，都是些破事、屁事！"

石南举杯，一声"来"，用力过猛，酒水溅落到彼此的酒杯里，一声"喝"，烈酒直入口中。

56度的"特供"家乡巴山老白干，在腹中如火翻动，撂倒了两个中年人。

往事，焦真只是缄默；不想辩解，不想回想。

而"陌生"的石南则向焦真告知自己的来龙去脉：右派子弟、下乡、在村里冬天分配掏粪、去美国投奔姑母、宾州大学计算机系硕士、尊父之命回国到特区报效祖国……

两条汉子在往事的痛苦和重逢的惊喜中，并不酒醉但却双双失态倒在地上。但一说到报效祖国，四目相视，放出专注的光亮。

3

石南说起办公司，又从办公司说到盖大楼。特区的干部很敏感，一听说是高科技项目，个个"大力支持"。石南却又不停地发牢骚："你以为我自己想要盖二十二层啊，我原来租的那七层好好的，哼！"

焦真："有市上的支持，还怕搞不成啊！"

"可是钱呢，我是做项目的，又不是做房地产的！"石南不满地嚷嚷道。他瞥了一眼一旁的钱嘉恒，打趣又幽默地说，"名为应聘电脑工程师，实为打进公司策反我搞房地产……"

"冤枉呀冤枉！"

钱嘉恒笑嘻嘻地喊道，他最近吃胖的脸上，眼睛眯成一条缝。"长远考虑，办公司得要基地，这里恰巧有个盘楼。而资金呢，现在多家银行找上门，只要有项目，要多少钱都给，何乐不为！"

他睁大眼睛，压低声音，"到了深圳我算看明白了：干什么不都是为了赚钱吗？"他提防石南的反感，紧接着又说，"做科研也要有经费啊！"

石南对钱嘉恒的话不置可否，他不断被钱的"新思维"在洗脑。

"市领导一句话，叫'加'，我说加到二十二层，现在又要加到三十八层，什么'亚湾第一高楼''什么东南亚 AT 中心'，一言难尽，我都坐不下来搞科研！"

一旁陪酒的钱嘉恒解释："去年北京的领导到我们公司视察，可给市里撑了面子！也真是的，我们公司汉字编程、信息处理技术在全国 IT 行业里数得上！"

焦真："我清楚，石南从小就特聪明，科大少年班！"说着，竖起大拇指。

石南眼眶微红："是啊，我有时候特别想回到小时候。我从小就调皮，现在想起来，其实挺招人烦的。当时我们小学有个许老师，就特别喜欢我，总说我以后是穿皮鞋的人啊！"

石南是个直率人，说话间有不掩饰的得意。他马上话锋一转，说起焦真，顿了一下，"许老师说你看书多，思想复杂，为你担心呢，没想到现在还成了一个法官，多光彩！"

焦真说："我记得他第一堂课就是'做人课'，教我们为人正直，要讲诚信，做事要对得起良心。"

石南轻轻地摇摇头："可许老师穿了一辈子的草鞋，前几年国家取消了民办教师，他可能都回了老家。"

石南低下声音，他想象农村的艰苦，"有机会我们得找一找他，去看看！"

焦真心里知道许老师并不喜欢他，总是带有一种类似忧郁的目光看他。但他还是说："一日为师，终生为父。我们一点孝心都没尽过，惭愧，惭愧啊！"说着，摇头，一脸不痛快。

钱嘉恒瞅着焦真，忽然醒悟道什么，"焦老弟，你是石总的小老乡，别愁房子的事，我们搞房地产，盖好了给你解决一套不就结了嘛！"

石南说："真不是事！你帮我搞搞合同，法律上的事情，你得多帮衬我，当我法律顾问！"

走出饭馆时，石南亲热地搂着焦真的肩膀，悄悄在焦真耳旁说："时光翻片太快，现在有个流行语，什么都是他妈的'浮云'；我们都是奔五的人了，老同学知根知底，全力干，彼此好有个照应……"

此二人如同不懂水性的人，却去畅游大海。等待他们的是缘起缘灭，如同梦幻泡影，几乎是一命相许的闹剧。

十一

黑市：大前门烟五分钱

吸一口；焦呆萝卜换黑面

1

　　各位看官，本书开头，沙河"挂坡"，焦真，那是还不叫焦真，小名叫呆呆，官名（上学的名）叫焦呆。他已是 16 岁的年纪。他从哪里来，漂泊至此，迟有交代。焦真执意要从生平"电影胶片"上，剪去前半段；他没有童年，没有少年。

　　没有童年，没有少年；有的就是往事，就是故事。

　　家乡往事，对他来说就是脊背上，一片渗入肌肉、烫伤留下的黑印，难以甩掉。

　　古道村在大巴山深处，村子背后是古老的红桦林，古道河从村旁流过。村子朝东南走去就是川陕鄂交界地，常有长途贩运的商客经过这里，村子逢九有集。共产党解放这里、接着又剿匪住扎军队，就把这里定为中心村，又定为了镇。镇上热闹的地方就是文化馆，游览室有许多书报，晚上还有群众文艺演出白毛女、夫妻识字等新戏。

　　呆呆五岁多的时候，一向温顺的母亲顶着伯父的反对和辱骂，执意把他送到了小学。母亲拉着他的手说："孩子，好好读书，将来一定要走出大山，到外面去！"

　　呆呆从懂事时就腻烦他的家：父亲的眼睛总是发炎红红的，讲话不利索的嘴，总是喷洒着唾沫星子。

　　这本是一个穷家：父母早亡，兄弟二人娶不上媳妇。

枝头喜鹊在破墙头叫了两天之后，临县媒婆带来陇南一个信息：一个怀有身孕的高"成份"老姑娘，不要财礼，只要"成份"好，不问贫富就落户。村里人口头禅：狗屎运来了挡都挡不住，哥哥讲义气，把弟弟推进了洞房，自己一直单着。

这个家让他母亲唯一满意的是，被政府定为贫农成份：那些揪斗"坏人"的不安的事情，都和他们家没有关系，母亲不再恐惧，日日能放心地睡觉，使她觉得从未有过的幸福。

然而叫呆呆不快的、不明白的事是，常有人在他母亲背后不怀好意的指指戳戳，他大了一些才知道，那些碎嘴子说的是他母亲娘家是个地主，是怀着呆呆嫁过来的。

实际上，母亲嫁过来之后，这个家里就没有平静过。

呆儿出生以后，伯父看弟媳是带着别人的种来到他家，心头不时升腾起怨恨。当瞅着弟媳高纵的乳房，他长期压抑的雄性激素在全身鼓噪。他扑向呆儿，撒野的殴打呆儿，母亲护卫着儿子，母子哭喊着。此时呆呆的父亲，自当看不见，把握着汉烟杆，愣坐在地上，烟锅冒着白烟。

2

呆呆难得合群，他孤僻任性。有空，就坐到文化馆里翻报纸、看杂志，和管理员史老师熟了，史老师就让他帮着整理书本。呆呆打开一个小册子《唯物主义和辩证唯物主义》，其中有一段话吸引住他，大意是现在的社会人是异化的，工人农民是劳动工具，地主是豺狼，唯有共产主义是人性的复归，把人变成真正的人。呆呆似懂非懂，他觉得共产主义很美妙。

与其说焦真与书有缘，不如说他除了书，他没有一个往来亲人、朋友。往来是要有成本的，他没有任何让别人回眸的长项。空荡天地之间，只有书不会拒绝他，他只有用书填充着时间。他舍不得书，离不开书。

在沙河挂坡的时候，他借老板的架子车，到干部家属院收"破烂"，实则是收破"四旧"的书。焦真也常淘汰一些书，但马恩选集四卷本一直保存着。常有人看到他的这些厚书时，皱眉头："做人吃饭赚钱靠这个？"当然这又是后话。

呆呆记得 1960 年是母亲执意送他到县里读初中。县中距离家不远不近，翻过山梁约八里路。走读生每日早出晚归。

3

看官，这里就接上了焦真被五花大绑的故事。那是可怕的 1961 年隆冬。历史的噩运降临到焦呆这个十二岁孩子身上。

三年前即 1958 年，这是中国历史上一个重要的年份。十二月一天，镇上锣鼓喧天，红旗招展。镇长在喇叭上慷慨激昂的宣布："今天是我们镇社会主义最后一天，明天就进入了共产主义时代…大家不要鼓掌，我们都落后了，我们邻省湖北一个邻县，比我们早进入了新时代，我们要追赶上啊！……"

那是历史上"三年灾荒"的序幕。各级官员们好大喜功层层加码，谎报超报农村粮食产量，以致政府向家家户户征集"公粮"（无偿，纳税），把家里口粮及种子都征光了。

焦真那个性子直、嘴不"干净"的伯父，被扣上"瞒产私分"的帽子，在"反瞒产私分运动"中，在村会计室关了三天，被打得半死不活。

那时实行公有制，吃"公社大食堂"，家里不准做饭，焦真家的锅碗瓢盆都被收走了。山区人住的分散，食堂路远，母亲腿疼腿无力走得慢，常常迟到，被认为有不满的情绪，按规定"扣饭"。

连口稀粥都渴不上的她，只能傻坐在田埂上。焦真急得寻妈妈，舀一碗泉水给妈妈，生怕她倒下，路边田野里不时看到人的尸体。

　　那时，任何物质，小到一根针线，都要"统购统销"，个人之间的交易，被称为是走资本主义，是要警惕的"阶级斗争新动向"，是要严惩的违法犯罪。

　　一个长夜，都能听到呆呆床板响，奈何到鸡叫头遍他即起床，背起昨晚备好的布袋迎黑出门。说是上学而今天不是去学校，而是朝县城小东门外骡马市场走去。

　　这里被人们俗称黑市，年长的人叫它"鬼市"。据说古已有之，半夜而合，鸡鸣而散，有卖有买的都是些来路不明的东西，目的是掩人的耳目。

　　几天了，母亲就带有几分向往的神情，呐呐自语说"真想喝碗拌汤"。是的，娘上顿下顿渴萝卜汤，不进米粒油盐。所谓"拌汤"，就是汤里参一点面粉。

　　母亲胳膊腿都浮肿的一掐一个坑，呆呆心里为母亲难受，又不知如何是好。

　　他听同学棒槌讲，骡马市自由市场可以换面。昨晚在自家地里拔了三个白萝卜，今天想去换上一斤黑豆杂面。

　　所谓黑豆杂面是黑豆与包米秆、高粱秆碾磨的面粉。家里原有的黑面，是母亲专为呆呆上学蒸馍馍用的。每天早晨给呆呆书包装两个，尽管硬邦邦的难以咬得动，但毕竟算是有午岁了。可是黑豆面都吃完了。

4

　　天黑麻麻的。"鬼市"聚集了不少人，都是耳边私语。这种私自买卖是政府所不允许的，但为了生存需要又不能不冒险而来。在这里叫人明了什么叫鬼鬼祟祟。

　　棒槌的叔叔从工厂偷出来漆包线，交给棒槌来换大米，小孩不显眼，不会被抓。

呆呆按照棒槌给他指的一个偏僻角落的木桩前面站着，半截麻袋微露一个萝卜头，对路人时掩时开。棒槌在他脚下放了个蓝布袋子，说马上回来。

这里的景象把呆呆看呆了：买卖什么的都有。过来一个人，慢悠悠的嘴里低声哼着说"谁抽烟，谁抽烟，大前门……"

过来一个壮汉，"咋买？"答曰，"五分钱一口。"

卖烟者收了钱之后从袖口里摸出一盒烟，在壮汉眼眶前晃了晃牌子，从中摸出一支安放到他嘴上。用手遮住划火柴为他点燃后，壮汉憋足了气猛地一吸，夜色中，只见烟头上的火星直往后窜，没有停的意思，卖烟者忙喊："好了，好了！"

当壮汉被拔出烟头后，出了一口长气；一支香烟被消灭得几乎殆尽。卖烟者一边抬起脚扳把烟头揉灭，一边心疼地不满地嘟囔着："咋是这呢！咋是这呢！"

呆呆看得出奇，当他还没有来得急朝行人低声说出"萝卜换面"，就发现几个人慌乱地朝这边涌来。坏了，抓人来了！呆呆刚弯腰拾起棒槌的布袋，两个警察就扑过来把呆呆压倒在地。

警察打开地上的布袋，呆呆才看到两卷铜漆包线。几个警察厉声喝道："哪来的，哪来的？""好啊，偷窃犯！""带走，带走！"

派出所，警察连夜审讯呆呆。从来没有经受过的恐吓，使呆呆浑身颤抖不停，只是说自己是背萝卜给母亲换黑面。对于蓝粗布袋是谁的，呆呆只说"不知道""还是不知道"。

棒槌感激呆呆没有把他咬出来，算救了他一"命"，这是后话。

5

第二天，派出所的警察把呆呆用粗麻绳从背后捆住双臂双手，就是古已有之的五花大绑，押到了学校。

出早操的时候全校师生集合到操场，把呆呆押上土台子上。呆呆羞耻地低着头，他还想挣扎着想低的再低些，从正面脖子勒到背部的绳子卡得出不来气。

呆呆听到了台下同学们震惊而发出的窸窸窣窣的声音，其中有小女生害怕发出的抽噎声。呆呆的两腿抖得不能支持身体，他只听到派出所的人讲话到"初一级乙班学生……、男、十二岁"，"犯投机倒把罪"时，全身的血往头上涌，眼前一黑，身子朝地下扑了下去。

呆呆以投机倒把罪的少年犯，被宣布劳教三年。呆呆被送去的劳教场所是秦岭余脉的新生砖场，那是成人犯的监狱。

1963 年后经济渐渐复苏，红砖供不应求，人手不够，又给焦呆劳教增加一年。

"同学"们加夜班不说，领导为了加快炉子的周转，刚一停炉就命令"同学"把砖从炉膛里背出来上垛。红砖还发着烫手的炙热，呆呆背部一次次地烫伤。

黑背的印记，刻到了他心头。当在街上看到残疾人时，他问自己：这是我吗？人生就这么艰难吗？

当他看到耶稣背负十字架图画时，他问自己：这是我吗？我要怎样的赎罪呢？

他背着"黑背"走向社会，背着"黑背"标识走在社会中。他认为他从肉体和精神，都是小说《巴黎圣母院》中丑陋的敲钟人卡西莫多，是一个被污辱与被损害的人。

十二

酸枣驻足美容店：

眉主财眼主运，"我要改运！"

1

　　每天下班在回家的路上，焦真都能想象每天进门重复的场景：劈头盖脸的例行公事：找个茬、找个话题，先骂一顿，都归结于他"窝囊废"！

　　出乎意料，焦真颤着身子迈进大门，酸枣瞥了他一眼，却很平静。对于父亲来深圳安置这件事，酸枣失望了，就像歇斯底里的哭累了，自己止住了。来深圳她学会了吸烟，点了一支细支的日本薄荷烟，平静的神情，平静地说："我辞职了！"

　　她重重地吸了口烟，烟雾熏了她的眼睛，她逃避似的摆摆头："我他妈的什么都没要！"

　　焦真吃了一惊。她的工作是吴乃介绍的，酒店的房务部，现在做到小组长。"义薄云天"是大酒店，"三都一阳"大酒店之后，就数它了。

　　她是在告知焦真，眼睛却瞅着窗外。她缓缓站起来，愤愤地骂那些"贵宾"："什么这个工业部那个航天公司的，和什么外商谈项目，花着公款不心疼，掉进了福窝，吃吃喝喝！……"

　　她想到自己也是红二代，可在深圳两重天："老一辈都是打江山的，凭什么我叠床铺被，他们睡，还带小姐睡，恶心！"

　　焦真平时对酸枣找茬、找话题有充分的心理准备。酸枣十分钟的

"火"分两种：一种是酸枣攒在心里的，先怒气冲冲地发火，"洗脸面盆没抹，牙膏溅到水龙头上"，训斥为"屡教不改"；另一种是猛一见焦真回来没作发火准备，先楞一下，立马拎出一个老问题，"你妈连半点金银首饰都没给你留下，亏先人呢！"然后才喊发火。

此外，才是在外面碰到的不顺心、不公平的事，隔空大骂一通，以显自己正直善良。

一经发泄就会平静下来，接着才进入柴米油盐家务事。

今天就联系到他父亲的安置的事情："在社会上你算什么？小人物！我？蚂蚁！'排队''慢慢来'，骗鬼！前面有权有势的插队有个完？

"来了两年，你还看不明白，在这里有什么人情，都是为钱你争我抢，有了权，争抢更厉害！有了钱，才能办事、办一切你认为办不战的事！

"我们内地人的观念就是听话，就是等、靠；我不了，我下海，我跑单邦；人家来广州倒买口红都发财了，广州拿货十块，成都能卖五十，汉江能卖一百，我呢，汉江市就是我的市场。我赚两年钱，自己给老爸买房！"

2

走在"小香港"的商业街上，吸引女人的是日益多起来的美容店。酸枣也动了心，重视自己的"封面"了。酸枣一直以自己容颜为傲、不输周围的女人。事实亦如此。

见到她的人，才知道什么是女人面孔真正的"白里透红"，难得的山区温润芬芳空气的滋润；还有，林间小道走出来的她的小蛮腰，劳动少女才有的性感身材。

然而在美容店前她动摇了，她半信半疑：财主眉、眼主运；先谋形象，再谋生谋爱。最终她还是把半个月工资交了出去，为了改运！

家里这两年一说话就拐到岳父的房子问题。焦真是以工人名义调入特区，住房由工厂解决。吴乃以暂调入法院工作为由，为他申请招聘干部房过渡房，明年五一才能交房。焦真很想把石南盖房子的事说给酸枣，但又得扯到"下海"。话到嘴边，不知后面怎么讲就咽回去了。

焦真今天有讨好老婆的话题。

"酸枣！"焦真装出有大喜事的样子，"电视机不要改装彩色的了，批下来了，我后天就出香港，一大件两小件！"

特区的干部或经贸人员因公出国或港澳出差，可以免税带一大件电器和两件小电器。大电器就是彩电或冰箱。这是老百姓流口水的福利。

酸枣明知老公在法院设有出港澳的理由，还是给北京夏金鸣打了电话："来特区还真是来亏了，老焦就带来 49 块 5 毛钱工资，加上特区补助每月 120 块，就这儿一点点，又没有亲戚朋友帮忙，真是社会最底层，比企业，公司业务员每月都一千、两千的，机关干部出港澳吃香喝辣……老焦没个理由，要什么理由？都是托门子'业务考察'，老焦就不能考察学习？"

夏金鸣无语，沉思了一阵，酸枣的话都没错、是实情。他忽然觉得对焦真二人有一份责任，心头满是内疚和自责；不就是一句话嘛，再说香借真有事可以叫焦真参与。夏金鸣当即给深圳外经委的熟人打电话：有外商项目，想咨询特区法律，想想办法给焦真办个通行证出香港。夏金鸣的话真灵，通行证两个礼拜就办下来了。

酸枣骂焦真："死要面子活受罪，社会上谁不求人拉关系！"

其实酸枣也是个不求人的个性，她是老红军后代，那会看别人的脸色？这些年她慢慢懂得了她父亲的老资格只是好看光鲜，不当现官不穿皮鞋，走路放屁都不响。

吴乃就生活得很好。父亲"文革"后恢复广州的领导职务，深圳许多部门领导从广州调来的，吴乃就是老爸朋友安排的，如鱼得水。

"酸枣姐姐"，吴乃沿用沙河时对酸枣的称谓，请焦真夫妇饮茶、吃海鲜，都被酸枣拒绝。她对焦真说："人家吴乃有人埋单，你呢，我们呢？一顿早茶百拾块是你半个月的工资！我们能回请吗？"

吴乃出入官场，官场离不开饭局酒场，晚上是麻将牌场那些地方是交际的场所，这是第二办公室。，

酸枣想：焦真窝囊，自己除去毫无实用价值的"光环"也是窝囊，究其原因是社会底层人。底层人历代都是受苦的命。

3

话虽如此，可在汉江要比深圳总要好一些，办个事熟人总是会个笑脸，讲个面子。

酸枣常常能够叫自己兴奋的回忆，也就是"高光"时刻，就是"文革"中副食品公司造反队挑她当广播员，尽管只有十四岁，在市体育场大喇叭上她随意广播一篇篇"打倒"这个、"揪"出那个，她朗朗的声音赢得一阵阵欢呼声，她至今还能感受到那时心头的痛快。从那时起，她就坚信自己的能力比周边人强，骨子里支撑她这个认知的是潜在的出身优越感。

当焦真的女友罗红叶香消玉殒、焦真陷入"人渣"、千夫所唾的困局中，酸枣果断地拉了他一把，把他招为"东床驸马"。她下意识地认为她对焦真取得了支配权，她的自信渐渐发展到了偏执。

她不会使用叙述性的话语同焦真说话，她是一个否定性人格。焦真一开口，连话还设讲，她就说"不对！""不行！"，就粗喉咙大嗓子的发怒训斥，焦真事事都做不到她心上。而她又不会把她心里想的讲出来。她是一个在生活细节上天天挑剔的人。

其分水岭就在干休所长大的她是城里人，而焦真是从小天不收地不留的农村人。

新婚前夜，当酸枣看到焦真砖印子"纹身"似的黑脊背，听他讲

小时候用三个萝卜换黑面，为的是母亲喝上一口面汤，而被抓，砖厂劳教四年时，她一边伤心着，一边轻轻地吻着焦真老茧般的黑背，啜嚅着："我可怜的人儿，我可怜的人心啊！"

然而过后，当酸枣回到现实生活之中，当她理智的时候，焦真的这个"前科"像个阴影重重地罩在心头，又时时提防单位同志知晓或议论这一耻辱的事。她常常后悔，不该感情用事选择焦真，要是不反抗老爸的安排，嫁给二婚的李科长，现在已成了局长太太了！

婚后不久酸枣就发现：自己一切不顺心的根源就是一个走不到人前头的焦真，真没有钱，没有人样，一个女人想要一样也没有：个子低、工资低、社会地位低。

酸枣是个初中生，能看点书报懂点时尚。供销社小小门楣，就像一个了望社会的窗户，也可谓见多识广，每每看到人群中的帅哥，满肚子都是气。回到家里，横看竖看焦真都不顺眼：小脸大鼻子难看，眼睛小下巴短难看，走路螺旋脚难看；以至于喝水咕哝声难听，吃饭吧哒嘴难听，睡觉打呼噜难听。

酸枣虽出身于一个"行伍"家庭，但却心翼一个有极好教养的丈夫。酸枣想往文明、讲求礼仪，这是值得赞许的。

焦真受知书达理的母亲，潜移默化的影响，加上他博览群书所受的熏陶，可以说已是极富有修养和气质的人，但是酸枣视而不见。

在一个金钱至上的社会，如果没有物质前导，令人折服，那么所有的文化都是苍白的；如果一个女人对你不崇拜，爱情一天都不能维系，你再好的教养都白搭。

酸枣说起话来常常上挂下连，乡间人俚语粗话张嘴就来，薄情嘲弄不知不觉成了她的口头禅："扫个地像给龙老爷划胡子""连个桌子都擦不干净"——酸枣嚷嚷着对着阳光照出来的划痕，要求焦真一遍两遍的重擦。

焦真每每此时只要多说一句话，酸枣反唇相讥的话，就会像雨点子密集喷来："跟你娘一个样，农村人只会扫屋里的土地！"

焦真感冒发烧，胃口不减想吃饭。酸枣说，有病的人还想吃饭？说明没病；叫他把一大铁盆衣服洗了才能吃饭。

逛街时焦真叮了两句嘴，酸枣一发火，叫焦真马上把呢子外套脱了："这是我爸衣服给你改的，脱！"焦真无奈只得脱掉。可大冬天着白衬衫怎么回家，街上都是熟人。焦真只好抱起双臂小跑，佯装健身。

何谈南下转运？情绪失控、情绪放任，酸枣把山区婆姨骂人的话，骂祖宗八代的话，都痛痛快快泼到焦真身上。

有时仇恨攻心，不顾焦真高喊"我要开庭"，上手抠烂焦真的胳膊、脸颊。法庭简易案件审判员都着便装，天热别人都着 T 恤，焦真不得已穿长袖、戴口罩，说自己有病。

现在酸枣终于不闹了。她冷冷地说："我不会放弃涉外会计班的课；到了特区我才明白，一切要靠自己！酸枣需要一块"敲门砖"，敲开外贸企业的"大门"：穿着西装工服，出入五星级酒店；而她不再是一个送毛巾刷厕所的房务员。

酸枣是个聪明人，她学会白话（粤语）：广州话是标准的白话，她听出了广州人讲白话生硬，她跟着香港电视学粤语，上班时是一口流利的软软的、抑扬顿挫的香港话。她一张口，几乎迷倒所有的住客。住客们说她的广东话比广东人讲的都标准：潮汕自成语系，潮汕人学、说白话口音很重；粤西多农村，农民文化较低学说白话不流畅。人们都叹息道酸枣是可惜了的人才！不少港商、土财主是真是假，嘻嘻哈哈的搞价钱要包养酸枣。每在此刻，酸枣就捋起袖口，伸出手，怒目做出给对方掌脸状。

改运，要靠自己，走自己的路！

她深深吸了一口香烟，又重重地把它吐出来，在空中形成一个个闪光的烟圈。

十三

在奇光异彩的香港，
他想起了罗红叶和巴山

1

天天隔海看见香港，晴天清晰，能感受到对面酒店落地玻璃窗反射的蓝色的光；阴天鳞次栉比的楼房像披了一层白纱，蒙胧中看到少女般的羞态。晚上观去，对岸灯火冲天且连绵无边际，包裹着背后的楼房和山水。

焦真回望自己四周，地广人稀一片黑暗，仅点点渔火。朋友调侃，香港是资本主义因黑暗所以需要光明，我们这里是光明的社会主义不需要灯光。

焦真结束了雾里看花。他怀揣着酸枣给他换来的港币来到了香港，这钱是酸枣为父亲保管的钱。

焦真置身于电影中看到过的车水马龙，目不暇接。他按图索骥，在位于中环皇后大道和毕打街交界的钟楼附近，找到了香港大酒店。在咖啡厅里等了五个多小时，直到晚上十点多钟，才等到要见的港商。

不过这位俊朗似电影演员的港商，讲一口流利的北京话，他着一套得体的米色西装，他微笑着讲话，不时地轻轻点着头，极有礼貌，焦真不由得对他有些好感。

他说他姓何，小名七七，"您就叫我，阿、阿七吧！"他大约口吃，顿了一下，继续说，"老爸土八路，没文化，您看起的这名……"

　　焦真立刻明白他是高干子弟。再一瞅，何七七不仅英俊而且透着与众不同的豁达、自信。说话间，何七七左手食指和中指夹了一张镶有金边的名片，手背对着焦真递了过来。

　　焦真还是第一见到如此贵重的名片。正面是英文，焦真不懂；背面是中文：香港、格尔凡电子发展有限公司、总经理、何赛文。

　　"哦，是何总！"

　　"嗨，片片，就是骗骗而已！"何七七自嘲地一笑，话锋一转，"你和夏副司长"，他口吃了一下，"老、老夏可他妈的真像，不是外甥就是侄子？哈哈哈，是吧！"

　　何七七刚才颇讲礼仪，瞬间就显出"见面熟"粗言出口，焦真一时接不上话，木讷了。何七七讲话的京味倒是个娘娘腔。他三十上下岁的年轻人，而夏金鸣就职务不说，年龄可作他的父亲，可他却一口一个"老夏"。焦真恍如对面坐着的是一位老干部。

　　"喝，这是蓝山咖啡！"望着走神的焦真，何七招呼他。"刚才的鲍鱼鸽片饭不错吧？喝点，这蓝山在加里比海一个岛上，叫牙买加……"

　　"何总，你看都快到十二点了，你该休息了，要我办事你请讲……"

　　何七七又是爽朗的哈哈哈的笑，轻松摆摆手："不急，不急！这里的夜生活，真正的生活还刚刚开始！"

　　说着，拉焦真站起来，指着窗外："从维多利亚码头你看回来，每一幢金融大厦的窗户灯光像星星，如同一个个星球。穿过 SOHO 区，兰桂坊有上百酒吧、上千俊男美女夜夜狂欢，自由释放自己……"

　　何七七咽了一下口水顿了一下，又回到现实。说，"走吧，先见见我的老板！"

　　何七七领着焦真走过皇家堡、买醉 KTV 街道，走进一家洋人出入的大酒店的地下夜总会。

　　他边走边说："我的老板是个大姐，是北京大公司的董事长，我很幸运，就是大姐昨天夜里一句话，今天就给我公司账上拨了三百万港币……。你知道他老爸是谁吗……"

焦真在一个豪华的包间里，透几个空酒瓶，看到了后面的尤大姐。她红着脸，真年轻！后来才知道，叫她阿姨也行。后来才知道，一瓶酒一万五港币，还是普通的拉菲。何七七说事成之后，他要请大姐喝 1787 年的拉菲，一百零二万元一瓶。

记得能在深圳的饭桌上遇到的，都是干部子弟，各自讲的要莫是父辈难忘的光荣历程，要莫是国内外上层社会豪华生活见闻，都是见了骆驼不说牛，啥大说啥。

尤大姐大个子，极有风度极富态，胸部饱满，从陷下去的皮椅判断，她有一个宽大的臀部。尤大姐微笑着说："夏副司长说到过你，果然不错，老实人！"

看得出她是一个颇懂礼仪人，她给焦真斟了杯酒，接着用领导做报告的腔调说："对于特区，八五年意见最大，但是改革开放的历史趋势不可改变。现在国家提倡股份制公司，七七要在特区发起成立公司，你帮帮他，常言道，天上无云不下雨，地上无人事不成，有个人熟人照料也好。"

说到这里，大姐瞄了一眼何七七，收敛起柔媚的目光，正色地以长辈的口吻说："七七是我们的孩子"，她顿了下，似乎觉得有必要解释，"我们打江山老革命的后代。"

她浅浅地啜了一口酒，轻轻地甩了一下刚修剪过的长发，头发散发出暗香，高级发胶的暗香，"他又刚刚从英国学了两年金融，在深圳历练一下也好，我们邦他办公司，国家的钱不给他花，也得给别人花！"

到此，焦真才明白，夏金鸣安排他赴港的用意，是帮助何七七在深圳办公司，办什么公司，焦真出于礼貌，别人不讲，就不要问。

2

　　何七七把焦真带到一间装饰着竹林的茶室。何七七把黑色的公文包摆到桌上。何七七呷了口茶水，指着包包说："皮尔卡丹，法国的；尤大姐的闺蜜夏大姐给的。"说着，手有些轻微颤抖，打开公文包，掏出一叠文件，"哥们，咱们也该干点自己的事——大事，爱火不爱柴，火从何处来？

　　"现在国家提倡股份制公司，发行股票。夏大姐是银行的，正在找发起人，在全国找，已经找了七个了，都是大的银行和金融公司，认股伍千万元人民币。我跑腿，还顺利！"

　　说到这，压低声音，神眉鬼道："我拿着夏大姐银行盖章子的协议书，还得会说话，到了下一家，我说我们仅是协议，现在不要打钱，公司成立，大家打钱你再打钱，到时候你不参加也可以退出！——能去找的都是夏大姐的朋友、关系户地方银行、能源企业，不就是盖个章子嘛，好办，最后都把章子盖了！"

　　"咯咯咯"，何七七仰起头，胜利地笑了。

　　焦真认真地在听，耳目一新。在这个新知识新领域面前，焦真如听天书似懂非懂。

　　看到焦真不语，而眼睛却闪动着好奇的目光。何七七热情不减，直接说明来意，"还差几家，完了我准备在去深圳注册，深圳有影响力。"

　　何七七仰脖子喝了一大口茶，喉结震了一下咽了下去，目光对着焦真，神秘而又轻松笑道："大哥，你发财的日子来了！我们把新星科技公司列为股东，你的地头，和石总能搭上话，事成了，我给你中介费；再拿些原始股，转身买了就是好几倍！"

　　何七七像个传道士滔滔不绝地讲着。在全新的知识面前，焦真没想到这么快就有操作的人，提着木偶出现在自己眼前。何七七一直信心满满，所以脸一直是微笑。

　　而焦真也只能用微笑回应着何七七。但这微笑挂在脸上，像木雕一样。不过心里透亮了，清楚夏金鸣安排他赴港的要办的事了。不过，像吃了一大块五成熟的牛排，得慢慢消化。

　　酒店健身房明亮灯光下，一群人运动，撸铁、提伸、跑步。

　　焦真抬头看了一下表，早晨六点，于是奇怪地问："他们睡觉没睡觉？"

　　"这些都是白领"，何七七淡淡地笑了笑，接着解释道，"刚起床，为了好身材，为了形象，上班之前来健身。"

　　到了街头一家小宾馆，何七七说他白天忙，要陪大姐去置地广场买晚霜化妆品。说着走进宾馆，给了前台一张一百港币，"你就在这里睡吧，我就不管你了！"

　　说着，重重地拍拍焦真肩膀，拉起焦真的手，亲热地说，"哥们，不，老哥，认识您很高兴，深圳见！"转身前伸出两个指头，做了一个西方人胜利的手势。

　　焦真心里有点慌，吃不准这是不是握别，忙说："关于特区投资的法律问题，我们还没有谈呢！"

　　何七七只说"到了深圳再说"，再次举手"呗呗"，转身健步走了。焦真挎包里是深圳投资文件，在罗湖到香港岛的地铁上，焦真脑子里认真地过了好几遍外商投资优惠政策，什么企业税收两免三减……

　　小房间，一张塌陷的单人铁床，床上一张席子；没有空调，一只落地风扇。太阳光射进深色玻璃窗户，空气热烘烘的。刚才还是五星级酒店的"客人"，此刻沦落到"下等人"的落脚点；"宾館"如同内地县城站前的小旅馆。焦真心里一颤，他知道，这就是他在他们心中的真实地位。

　　闷热混淆着走廊厕所的恶臭味，烤醒了刚才迷迷糊糊入睡的他。

　　夏金鸣给他安排的第一项工作，就是这样"完成"了。

3

　　第二天，焦真在不远处，找到了开业不久的花园国际酒店。这也是夏金鸣安排的赴港公干。

　　荷兰一家公司想在深圳投资自行车实心轮胎，咨询法律。外商还录了音，中间还有翻译，有意思的是，翻译小姐是香港人听不懂国语，在场的秘书讲国语，把焦真的话给小姐姐翻译成广东话，小姐姐再用英语讲给外商。前后大约有两个小时，有用的话大约四十分钟。

　　时间到了饭点，秘书说外商没有问题了，说送客，说非常感谢。焦真满肚子不高兴，在内地这样的场合总会礼貌地说"一起吃饭吧！"就是你们说了，我也不会别扭地跟你。们吃饭。难道我回答的问题他们不满意？

　　此时，听到秘书的声音："焦律师请留步！"焦真一扭头，秘书拉他在一张小桌旁坐下，"这是你的律师费，请签个名！"

　　焦真一看，红艳艳的两张港币两百块。焦真马上泛上内地人的思维："邦个忙怎么能要钱呢？"连忙推脱，"不，不不，怎么能要钱呢？"

　　秘书愣住了：是不是嫌钱少？

　　焦真马上反应过来，如果我不收钱，他们怀疑我法律人的身份，刚才庄重的咨询，就会失去可信度甚至归零。"好好，可以啦，我收下！"

　　两百港币，一千四人民币！焦真喜出望外！他给酸枣买了条项链。反思道，非亲非故，人家为何要请我吃饭呢？给钱痛快！

　　中环，富商、富人区，是观察香港最好的角度。街上鳞次栉比高楼大厦望不到头。各种肤色、各种奇装异服的人，川流不息，接踵而来。一个个商场发出不同的叫卖声，混合着汽车声、行人的交谈声，形成了一个无休止的嘈杂声。

　　焦真在这个新奇的、没有一个认识人的"世界"里行走，自己如同孤魂野鬼。尽管如此，焦真还是怀着好奇心态，脚步匆匆地浏览那些纸上早已熟悉的景点：太古广场、女人街、兰桂坊、太平山……。

他还特意到政府文件发放处领取了一些香港公开资料，在深圳家里他是通过书报，了解三权独立的香港架构。这次他专门跑到到尖沙咀香港历史博物馆看了大半天。香港，想看的东西太多了！

焦真不知道是从深山长大、骨子里对生命对世界已有的认知来评价眼前的香港，还是这几年在特区的见闻，拼凑的时尚的认识来评价眼前的香港。前者是封闭在人身依附土地形成的观念，混合着自己对"人性复归"美好愿望的景仰，而后者则是建立在大规模市场经济之上，混合着人性自由而以金钱为轴心的运动，社会的各个角落充斥并体现着金钱的效力。

焦真置身于眼花缭乱之中，内心各种思绪不停如翻江倒海。那种"到哪里都好好工作"就是人生全部意义、而自认"对价就是任劳任怨"的观念冰释了！而这里对金钱的诠释淋漓尽致，它紧紧连系着人的价值。

在这个时刻他就想起罗红叶，小人物在社会是没有价值的，尽管你的灵魂面对阳光是干净的。

罗红叶楚楚动人的玉女身姿，似乎伴随着他游历崭新的世界。

尖沙咀古树蔽日，树叶层叠有加，不时飘落下来。焦真想起古时候，有过一片题有诗句的红叶，飘到御墙外：流水何太急，深宫尽闲日，殷勤谢红叶，好去到人间。

焦真心里问罗红叶：你那边还好吗？在香港这个陌生世界，自己是孤独的，不由眼睛湿润了。

4

焦真手握免税电器的提单，当他想象到了酸枣看到彩电时的笑脸时，心里不觉泛起被人怜悯被人施舍的羞愧的感觉。一台进口彩电，对于赵镇长这样的人来说是小事一桩。他们每人都持有一本多次往返港澳证，每年都有"一大两小"的指标，沾光的亲戚朋友皆大欢喜。可酸枣却眼红心碎，骂咧咧地想用钱买他们的"指标"。每陷其时，焦真自惭自己不是个男人。

在回皇岗口岸的车上迷迷糊糊睡着了。一路上他想起一个叫哈姆雷特的人，他一直被生命的意义和是死还是活所困惑。他自己就像出生地大巴山山间的野草，随遇而生。来到这个世间的呆呆，不时地问自己：我来干什么？

今天的焦真，面对车水马龙的街市，这个叫深圳的地方，他又问：我来干什么？

焦真理出了一个头绪，自己个子虽矮但决不再站在大个子傍作陪衬、陪衬演出。要不被束缚地活着。

"下海"，做一个个体户！碗边上的饭，吃不饱人；不一定能发财，但要自由，要试一试。

酸枣在屋里察看"香港"物件，作为否定性人格的酸枣，先是会对衣物作一番挑三拣四不满意的评论，显然都是针对焦真的笨拙而言的。焦真内心本来就焦躁地翻江倒海，他的逃避只能是走向走海边。

海空悬挂是明亮的上弦月，连星星都比往常多。海涛没有大的喧响，只是呼呼的寂寞地翻来复去。

香港怎么说呢？他看到了一个既熟悉又陌生的世界，也可以说是人生。他问：自己的世界呢、人生呢？好心人夏金鸣、吴乃把他引进到南方，像火柴盒那样把他安置到木枫镇。

当他第一天在法庭上班坐到椅子上，他就想逃离。他在"劳教"中已经习惯以恐惧、滞呆交替的面孔、目光，面对领导难以改成迎奉、微笑的面孔。他和大多数来到特区的人想法一样，先站住脚再说，好在法庭是个小天地。没想到最怕和"人"打交道的焦真，不知不觉、莫名其妙的和赵镇长、肖望成纠缠在一起，成了木枢镇正统社会里的异类人物。

焦真要一个自由身，在深圳做得到。在老家巴山那时候做不到。否则就是"氓流"（没有村组织开的外出介绍信、没有钱没有粮票），盲目流窜要被"收容"，公安要关起来的。自由身，深圳人人都是；随时可以"跳槽"，跳来跳去找奶吃。

从巴山来到深圳，在图书馆可以看到香港报纸，到了香港书店看到了英国 18 世纪工业革命的许多资料。焦真发现了一个陌生的新的讲究人权的世界。

他想到自己，想到自己对世界的无知。我想到这么多年的碌碌无为。

他想到了家乡巴山。自己的见识就像从小被锁在家里的孩子，半生都似得了环境闭锁症。而那里的人们至今仍不同文明世界相向而行，且心理阴暗：美丽罗红叶可怜的自生自灭。

他向遥远的山林家乡作别，他要向过去的世界作别。

下海！他自己发现自己，自己成全自己。"理想很丰满"——不再在别人世界里卑微为奴；"现实很骨感"——那就在自己的世界里孤独前行啊！

十四

赚不到钱老婆嫌，

穷在街头却有远亲

1

对于焦真辞职下海，酸枣无话可说。刚才吴乃来家里看他。看了上个月的工资条：四十九块五的工资加一百二十块特区补贴，就这么多。吴乃暗笑：焦真老实人，真是没有其他渠道！

焦真桌上摆了两本书，一本《柳文指要》，另一本是《局外人》。吴乃好气又好笑，说道："全深圳大概只有你在看这些书！"

"你没看到我在整理书嘛，屋子乱的，酸枣总在嘟囔！"

吴乃望去，焦真正把柜子里的书，放倒摞起来放省地方。书堆里有二十多年前出版的四卷本马恩选集。吴乃记起焦真在发表的小产权那篇文章引用过马克思一段语录。可这在深圳当下人们议事语境中太稀罕了。

吴乃和焦真真是患难之交。吴乃常记起"文革"中的逃难：将进"牛棚"的父亲，嘱保姆将他带出广州，奔大巴山老区，投靠"老乡"掩护，为的是留下"革命火种"。听不懂几句北方话的初中生跟着焦真"挂坡"消磨时光，大白天吴乃一出汗就要"冲凉"，有两次不是焦真看得紧，差点儿在水库淹死。

焦真和吴乃说话不掖着藏着，他直通通地说："深圳这地方，人人在谈钱，人人在搞钱，人们一进深圳，就像疯了一样！不是有句话，时间就是金钱？"

吴乃顿了一下，话锋一转，"就拿小小的木枫镇来说，有的人常拿四大家族说事，可，可哪里没有呢？骂就骂去吧！百姓呢，是挣钱，不要命的挣钱！"

吴乃盯了一眼焦真，目光移到窗外，自问自答地说，"在这里谁有钱谁就有本事，受人羡慕、受人尊重！钱，就是人的身价！搞不到到钱，没钱，没人看得起！"

对于吴乃的好言相劝，焦真都能听得进去，那正是自己的短板。但是在自己心烦意乱中也和吴乃发生了争执。

吴乃不冷不热的规劝了他一句："不要总活在自己的世界里……"后面的话焦真没听清楚。

焦真心里火了，他是窝火。他总是小心翼翼的适应社会，看着别人的脸色过日子，怎么是活在自己的世界里？

他盯着吴乃。

吴乃少见的焦真眼睛里有一丝凶光。

焦真高嗓门，带着质问的口吻："怎么，我不能有自己的世界？"然后他从鼻子里发出重重的"哼"的声音。

如鼓点在焦真心头敲打着那句话："没钱，没人看得起……"

酸枣喊起："家里像个猪窝，你还摊……只摊不收拾……跟农民工有啥区别……"

"是，是，我马上收拾好，就好，就好！"

没有钱，不要说外人，连老婆都看不起。

酸枣骂焦真胸无大志，换着样嘟囔："你还能赚个大钱？看你那熊样，睡觉都萎缩倦成个蛋蛋，苦愁个脸！"

吴乃看着坐在地上整理书籍的焦真，两鬓有少许白发，手指顺势插到他浓密的头发里，贴着头皮也有了几根白发。心里油然产生一种怜悯的感情。

2

在他的内心里，人生最恐怖的是受制于人。

年少时在巴山，粮票油票绑定人身，没有走出大山的意识，既就是想飞没有翅膀。做个小生意也要本钱。他爱读书，竟然推个人力车开书报摊，在"比基尼"画报前转来转去。

来到深圳眼花缭乱，他最想的事就是下海，做个自由人，但又不知怎样下海、做什么。

他茫然，他能感觉到的仅是人的躯壳，酸枣骂他整天六神无主，没有了灵魂。

"没有灵魂"？这句话像一把剑深深刺到焦真心里。多年来焦直对自己前路迷茫，莫衷一是。酸枣无意间一句话，道出了他的问题的实质，他没有灵魂！

他猛然想到，当小学同学给他贴"小右派"条子的时候，许多同学没有摸过报纸、不知报纸为何物，而他则囫囵吞枣在读一个名叫车夫的人写的名著《怎么办？》，他就在疑惑人生中寻找自己的灵魂了。

焦真坐在礁石上。他想用大块的时间想一想罗红叶。那是他生活中唯一一块暖地。他曾经和罗红叶共同读过一首叫《源泉》的诗，没想到罗红叶至今仍是他生活信念的源泉。每天醒来，在朦胧中就仿佛听到轧辊的隆隆响声，接着罗红叶的身影在脑际飘过。晚上睡不着的时候，不由得又是这么一幕重现。

从罗红叶又想到酸枣。焦真从小这种天不收地不留、没人疼没人爱的人，遇到酸枣可谓祖上烧了高香，稀里糊涂有了个家。但是焦真一直感觉到的是，至今自己如同没有结过婚似的，他不记得男女同暖一床被的感觉。他常常莫名其妙地期待、等待。他冷静时又问自己，在期待、等待什么，一连自己都说不清。

海浪平缓了，似乎听他的心声。他想起家乡，想起大巴山深处的家乡，他十岁前没有穿过鞋子、他十二岁被劳教、从此离开的家乡。

他从金属材料厂开始，尤其是到了深圳之后，他的地址在家乡传播，经常有称什么亲戚的来信借钱：治病、小孩读书、儿子结婚……。有的要求安排工作，有的提出工商、城管等具体部门。焦真几乎没有复过，不是不想复，只是不知如何复，过了十天半月也就忘记了。

家乡人解决燃眉之急的盼头寄托在焦真身上，对焦真的希望太高了，家乡竟然流传焦真在当副市长……

焦真像电影画面那样，把深圳香港和家乡对照来看，山区人家简单地用石头支持着厨房灶头，那生活像是刚迈进钻木取火社会之后，一直滞留在那里。

沙河里的朋友们写信说，想从新疆买旧翻斗车，来深圳揽沙石土的活。吴乃说行，有活，只是二包转包的工程。焦真把土方量、运距远和单价报了之后，遭到一阵奚落：没见过这么低的运价，还是特区，狗屁特区！

很快家乡人传开了：呆呆坏恁，不给家乡人办事。

很快家乡人传开了：呆呆在特区混得不咋样。

焦真不能再想了，他要屏蔽大巴山的生活，永远屏蔽了自己过去的生活、过去的人生。

十五

焦真上访被内控，
节日维稳被监视

1

国庆节放假，早晨人们起得晚。小区还是静悄悄状态，伴随着敲门声，传来了吴乃的声音："焦真家吗，起来了吗"？

酸枣忙喊："有客来？"

门打开了，焦真一愣，是吴乃！"大清早的，你怎么来了？"说着，焦真有些尴尬地把吴乃让进屋里，吴乃身后还跟着一位女的——小唐，区法院政工科干事。

唐同志和吴乃很不自然，不知道该说些什么，只是点点头问候："早晨，早晨！"

唐同志先开口，她面部肌肉抖动了两下，不自然的微笑着望了望酸枣，"我们早就得知焦真法官太太的父亲是老红军。过节，区政府，赵区长叫我们过来看望你们！"

吴乃点点头。

吴乃呢，拉住小孩子明明的手，乐呵呵地说："明明又长高了"，说着朝明明脸上左瞅右瞅，皱着眉头，假装不开心的样子，说，"怎么越长越像女孩子，那么秀气！"说完与唐同志对视了一下，一起哈哈大笑。

吴乃虽说不常来，对这里并不陌生，便一屁股坐了下，按照潮汕人喝功夫茶的习惯，在这里喝上"功夫"茶了。自己反客为主，从茶几下面取出小酒杯大小的茶杯，用滚水烫杯，倒茶叶之后又洗茶……

二人慢慢地喝着茶。

吴乃终于说话了："关于酸枣父亲来深圳安置的事情，很快就会批下来的，老红军的级别高，要报到军区，由军区批。由于要来广东定居休养的离退休军人比较多，得要排队。不过现在好办了，分两部分走，退休金调整要上面批，住房我为大伯疏通关系市里先给解决，明年招聘干部楼下来就给你们一套。"

"慰问"的话已经说清楚，又重复了几次，成了车轱辘话。

然后吴乃无话找话回忆起沙河滩时候的事：常常晚上饿肚子，等焦真收工给自己做饭。现在还记得焦真做的汉中干面皮。又扯到广东人天天要冲凉的习惯，深秋下水库洗澡，冻得小腿抽筋，要不是焦真救的及时，他早就没命了，恩人呀恩人！

再没说的了，竟然不着调的当着焦真的面，夸奖酸枣当年的小靓女，有多漂亮，还说大伙都心动过心，他也是。……

焦真真的不明白，今天这是怎么啦，大过节的，家家都安排有事，这二位怎么如此闲悠，像是串门，又像是邀请来的客人。

二位没有走的意思，拉起明明打扑克斗地主。

焦真试探性地说："二位，今天就在我这一起吃饭好吧！"

二位也理解，这是中国南北都听得懂的送客的话。

吴乃一看墙上的钟，十一点二十了。唐同志和吴乃互换换了一个眼神，说："哪，哪，我们就走了！"

唐、吴二人又对视了一下。

唐干事像是从嗓子眼挤出来的话，缠绕得听不真："那就不打扰了，我们走了。"

二人起身。

焦真察觉自己刚才说的话有点假，便表现出真诚的样子，补充道："老兄弟，平时请你都不过来，留下，喝杯酒！"

吴乃有些愧意地推辞着，明显是想隐瞒什么。

吴乃："不，不，改日一定喝喝…"

二人走后，酸枣说："这俩人真是太怪了！"

2

吴唐二人并没有离开小区，而是在小区大门口的小吃店坐着。唐干事的眼睛一直注视着 7 楼焦真的家，又不时地低头，警惕地注视着一楼的出口。

而吴乃则大口大口地吃着快餐饭盒。

酸枣不经意望楼下一望，吃惊的大叫一声："焦真——"

焦真顺着酸枣手指的方向，轻声说，"他们没走？…，…"

焦真倒吸了口凉气，他真想不敢想，自己被监视了！

他忽然一下子明白了，前天，他去了趟信访办，想知道国庆节前有没有什么消息。

对了，市里把他列为了"老访民"，社会不安定分子，怕节日和其他访民那样上街闹事，才派人监视，阻止上街。

当然吴乃相信焦真绝不会无趣的闹事，但是作为上级的统一规定，就得走走过场。上级特别点名，要吴乃守着焦真，毕竟熟悉，方便。

焦真这两年在体制内，对体制内的事，连这个还不明白？

唐干事似乎也觉察到焦真看到了他们，便一不做二不休，拉起吴乃公然再走上门来。

吴乃的脸是尴尬的。

房门口，唐干事直言不讳、郑重其事地告知："住房问题我们会配合有关部门的，希望你们要正确对待，节日里保持稳定情绪，记住了？"

她又特瞥了一眼焦真，"焦、法官，你是懂得政策的，这里是两种制度交汇处，阶级斗争很敏感……"

焦真恶心地听不下去，一把把吴乃拉了进来，气愤地质问他："吴乃，你……"

吴乃脸涨的红红的：我，我不配合不行啊，派下面的民警，就怕你怒气大；——有火朝我发！"

酸枣手指顶住吴乃的额头骂道："吴乃你真是个小人！"

焦真愤怒地："滚！"

吴乃决定撤"兵"，唐干事跟随其后，慢央央地离去。

吴乃走后，酸枣焦真二人无语，无语地坐着，陷入被侮辱的气氛之中，半天都缓不过神来。

3

焦真家窗外，万家灯火。

这么一天下来，吴乃心累，两腿沉重。他找了偏僻的小店坐下。他叫了碗烧鹅濑粉，尽管鹅汁香味扑鼻，吃了两口，没胃口，放下了筷子；口干，连饮了两杯滚水的熟普洱茶。

他思量着焦真。

对于深圳人来说有"三怕"，一怕家乡认识不认识的人来深圳要住到家里，二怕家乡的人要帮忙找工作，三是怕家乡的人借钱。

当焦真来信打探工作时，吴乃却满心欢喜、潜意识里还有责无旁贷的责任。为焦真顺利的安排工作，以工人身份调进深圳，挂在一家工厂；又以电大法律生借调法院工作，可谓完美。

这一切的潜意识里，是感恩之情。一个广州保姆照料的初中生，一下子到北方山区，无意的"保姆"就是长他两岁的焦真，还两次把他从水库"冲凉"的他救起。

这些似乎被这两年的现实冲淡了，屏蔽了。

他开始怀疑这么贴心安排焦真是否轻率、感情用事。他记得焦真用头发刺破他手掌水泡时的眼神，打死他、他也不会相信焦真是个坏人。然而山里出来的人不认识社会，不懂得如何与人相处。

焦真为人的正直、判断是非的敏锐、高效的办事能力。但是，焦真不懂机关做事潜规则。他不懂在机关工作，"力"不可使"尽"，不可"全心全意"，要悠着点。焦真猛张飞似的工作，周围同事不说，连领导都怕。用一句通俗的话来说，做人不懂得低调！反之，一杯茶一张报，见人无语只微微颔首，急事缓办、可办可不办的事不办的人，有没有能力，没人知道。这样的干部，领导一想，想不出这个干部有什么缺点错误，一拍脑袋"好同志！"

黄副庭长、赵镇长对焦真的工作，不是他们看不到，而是他们不愿意看：在机关这些对于领导是没有意义的，而偶尔的片言只字的意见，瞬间形成的印象，将以好恶锁定你的操行，认定你好就是条龙，说你不好就是条虫。，

吴乃感到了心头的压力。凡认识焦真的，都知道他背后有一个"铁杆"弟兄吴乃。舌头底下压死人，这对他的地位（他已经有地位）及升迁都会有负面的影响。吴乃的父亲即将退休，德高望重，现任的领导都关心他，也都问起过他的儿子。他父亲敏感地告诫他："要戒骄戒躁，要谨慎！尤其是最近！"

吴乃头脑轻松了许多，放下茶杯站了起来。

十六

钱嘉恒把控运作，

焦真携款行贿段局

1

焦真最早认识钱嘉恒是在街上，只见他一个人在一地盘大广告牌下，掏出小本子，抄房地产广告。边瞅，边念，边写："繁华地段，价值无限""黄金商铺，坐地发展发财"，"首付 3 万，三年能赚 15 万"。

当他和石南在一起的时候，焦真才知道他是新星公司的副总，现在专门管基建。钱嘉恒是个高级工程师，原在北京中科院工作。

那几年国家经济形势大好，一九八八年 GDP 增长了百分之十一点多。他和几个同事一拨人响望这个民营经济第一城，寻找高薪的职业，便听从一位高干子弟招聘，下海来深圳兴办光缆企业。

说得很好，这里有丰富的创业资源：资金支持、技术合作和市场渠道。然而在深化改革、物价闯关中，全民经商官倒横行，国家治理经济环境、抑制通货膨胀、压缩固定资产投资规模，光缆企业资金三年多没有到位。公司人员就像泼到地上的水银：无人理会，公司牌子还没撤，等候投资，员工四下各自找食吃。

那时，何六六摆开了真开发房地产公司的架势，成立了金银滩房地产公司，在报纸上刊登了招聘广告。何六六一见钱嘉恒，是从北京单位来的、高级工程师；既有南方人的精明，又有知识分子的诚恳，当即委任为常务副总经，主持日常工作。

钱嘉恒却是一个聪明人，当时没有房地产教科书，他很快就从特区土地规定中，悟出了房地产的运作。

当何六六要转让土地时，钱嘉恒说出了道道："房地产赚钱，一是转让土地出让合同，转手就是钱，但赚钱有限；二是建好房子卖房子，投资大，周期长，费耗精力风险大，当然利润也大。如你真想脱手回京，可以卖图纸，——就是说搞完勘探，做完设计，卖图纸可以卖个好价钱。"

何六六是个豪爽人："好好好，就按说的办，你来办！"

何六六嘴上说好，没有留下钱就回北京了。

这时钱嘉恒找到了下家湖南湘宝公司。湘宝公司正在收购地盘，后面跟的是金融机构放款。何六六飞来深圳，和湘宝公司老板拍板成交。湘宝留下钱嘉恒主持运作，他们又去了海南买地。金银滩大厦烂尾了。

钱嘉恒走不了，还在找合作方。他好久联系不上何六六，听说何六六出国读研去了。又过了不久，得知何六六早通过湖南国投公司拿到了卖地款。可是，可是，何六六答应给钱嘉恒的提成呢，泡了汤。他大骂何六六半边人脸半边鬼脸，人情薄世情恶！钱嘉恒被骗了，气得几个月胃疼得直不起腰。

2

钱嘉恒应聘到新星公司，是希望尽快技术归队，做科技产品的研发。免得英文字母ABC都荒废了。可石南看他是江浙人，精明，就把金银滩大厦婆婆妈妈的事暂交他管起来，给他许下发财的愿。钱嘉恒是明白人，一眼就看到了房地产实际开发中与公与私的油水，便热情满满的干起来，多年损失补回来。

当焦真抱着一纸箱自己的用品，走出走法庭大院，一辆黑色奥迪车早停在路边，只听有人朝自己喊了声"焦总！"定眼一看，钱嘉恒下了车，忙给他开门："焦总，请！"

焦真回头感慨地看着法庭大院，钱嘉恒接过纸箱，放到汽车行李箱里，焦真回过神来问："你叫我什么？"

"焦总啊！新星公司法务部总经理啊！"钱嘉恒微笑着点了点，拍了一下焦真的肩膀，像是诚挚的祝贺。

焦真上了车，又瞟了大院一眼，钱嘉恒开车驶入了马路。

石南在办公桌前还没有停下手里的公事，不停地查找着资料，不时还拨打电话，一看焦真到了，立即停止大班台上的工作，拉焦真坐到沙发上。

钱嘉恒雇不得石南和焦真打招呼，掏出小本，抢先地和石南说几句话。看来钱嘉恒和石南平日谈基建的事都挺难，石南对融资开发没兴趣。

"石总啊，我们现在不缺工程款！"钱嘉恒从公文包里拿出一摞纸张长短不齐的文件，有几分兴奋地说，"又有内地五家银行上门服务要给我们贷款！用房号抵押就行！"

石南眼睛放光地看着钱嘉恒："前一阵子钱都愁死我了！钢厂、砖场、还有什么绿化公司，半夜电话都打到我家里……"

钱嘉恒很会说话："我们石总啊，吉人天相，赶上好时候！"

他为初来乍到的焦真热心地介绍情况："去年中央结束了货币紧缩政策，大规模投放启功资金，现在经济复苏呼声很高。去冬中央增加货款一千个亿，今年上半年又增货六百多个忆，四月八月又两次降低利率。……"

钱嘉恒口若悬河，"现在连北京信用社的人都来深放贷，有几家银行的人拿着钱住在酒店，不拿到我们的合同不回去！"

石南哈哈大声，焦真有点听天书的感觉。

这天大的好事就怎么砸到咱们头上？石南思忖之后，轻轻地摇摇头，感叹地说："我怎么感觉到，这房地产开发和科技有相似之处，步步险棋呀！要么一败涂地，要么取义成仁！"他按着钱嘉恒的肩膀，

"就按照你的想法把运营细节完善了，写出来，先给焦真看看。"

钱嘉恒"好、好"的应承着，站了起来解嘲地说："这是赶鸭子上架！我弄电脑键盘的，竟然盖房子，而且是无米之炊！"说毕，对焦真摇头苦笑。

石南站起来抱住钱嘉恒的肩膀，体谅地笑了，笑出了声。

石南拎着一串钥匙走到了焦真的面前。

焦真："怎么回事，给我房子？"

石南："按照公司规定，给高级员工临时租三房二厅的房子。等咱们大楼盖好了，随你挑！哈哈！"

焦真打开画册，惊喜地喊道："这么漂亮的房子？"

钱恒嘉打趣的提醒他："别忘了我们是东南亚 A1 大公司！"说着挤了一下眼，拖长了腔调，"狗廋羞主人！"

阳光下的城市显得充满希望。

这是一个精装修的电梯楼房。公司派人给焦真搬了家。

夜里酸枣不习惯，心里乐的睡不着，想不到三年等不到的房子，第一天"下海"第二天就住上了。她不由得东瞅瞅西看看，好像屋里藏着鬼似的。

焦真说："石南说了，等公司的大楼盖好了，随我们挑，公司的高层，一人奖励一套类。"

酸枣站在阳台上，鸟瞰市容，嘴里发出啧啧的赞美声。她特意打开煤气炉，火苗扑扑地跳动。酸枣喜得心想，再也不会叫焦真扛煤气罐，每次两瓶扛到七楼。现在有房了，酸枣在筹划，怎么早点把老父亲接过来住……

3

石南、钱嘉恒、焦真站在窗前。

窗外不远处是建筑工地，偌大的基坑，竖立着待开工的打桩机。

钱嘉恒："一开工，工程出了地面做到正负零，就达到了投资的百分之三十。现在规范了，投资百分之三十以上，才可以拿到预售证了，可以签售楼合同，到时大把的钱就回来了！"

石南点点头。

三个人回到办公桌前坐下。

钱嘉恒："段局长分明是拿天然气加压站卡我们嘛！"

石南："我们报建十二层的时候就没提到这个问题，说是天然气加压站由政府搬迁，现在加建，搬迁费怎么叫我们出……"

陈荣生："六百万啊，拿什么出？"

石南喉咙里哼了一声，"这个问题他推托说是市里的问题，可加建的容积率是他可以批的，却不批……"

三个人沉默了，石南一筹莫展。

石南从抽屉里拿出一个牛皮纸包装的四四方方的纸包。"看来不得不这么做了！"

他低声有些神秘地对焦真说，"下午请你办个事，段局长家里电脑坏了，你跑一趟，顺便把这个东西送给他老婆。"

焦真："你知道我不会修电脑……"

石南按了两下他的手背，"这个东西送到就返回。"

焦真眨巴眨巴眼："我去说什么？"

石南与钱嘉恒相视苦笑。

焦真的目光落在了纸包上。

石南嘿嘿一笑："深圳把我教会了，钱是最好的语言。你什么都不说。"

焦真什么也没有再问。

话说段侯彦是武汉招聘来的干部，在武汉已经是市里一个设计院的副院长，市里的优秀党员。

他在武汉的绯闻是和夜总会的一个叫带玉的女孩不清不楚。当他离开武汉时，发生了一件引起不小轰动的事情：一向和善低调小老头的他，竟然提出和老婆离婚。而武汉女人的强悍是全国出了名的，差点儿闹出血案。老婆跑酒店捉奸，好笑的是医院出具"阳萎"的证明。段候彦只好一走了之，"离"掉了，往事也就翻页了。

敲开段局家门，焦真看到的带玉，果然娇小可爱，一打开门就笑语盈盈："欢迎，我知道你们要来修电脑的。"

焦真把纸包放到茶几上，带玉却把焦真带到卫生间，指着梯子，又指着天花板的边脚线，很不尊重地使唤焦真："你先帮我把这边线钉好，要不天花板要掉下来了！"

焦真应声，踩到面盆台上，向上顶了顶，藏的有东西，钉好边线。

焦真回到客厅，告退离开，"段太，那我就先走！"

带玉笑着："谢谢，谢谢。"

二人目光不约而同地停在了纸包上。

焦真走后，带玉拿起电话："茄子茄子，我是秧苗，电脑已修好！"

电话那头是段候彦的声音，悄声应着："秧苗，秧苗，知道了！我就不信他不来修电脑！"

一局之长，他是霸道的。他是农村穷孩子当了领导、就认为当了官，与人等级不同。他在局里，规定局长、副局长、科长、副科长和科员，桌子、椅子尺寸、高低不同，房间、桌子摆的鲜花品种不同。

他设秘书把门，没有他的同意，副局长都不能随便进他办公室。

段局长门外，钱嘉恒抱着图纸，低声接过焦真打来的电话："电脑修好了，OK！"

钱嘉恒挂断手机，段局通过秘书召见。

段局长热情地："哦，新星公司的。好，好，市里重点扶持的高科技企业！"

钱嘉恒赶紧殷勤地递烟。

"段局请。"

段局长："不会。不看我连茶都不喝？白开水！"

"段局清廉早有耳闻啊！"

段局长面部平静："好，好，我们业务部门要支持嘛！加建 32 层，增加容积率……"

段局长从抽屉里拿出一个卷宗，在"报告"上批示"同意"，递给钱嘉恒，"到办公室盖个公章，然后到规划科办手续吧！"

钱嘉恒暗喜，刚想转身，又小声地问："那天然气加压站——"

"嗯，"段局长沉吟了一下，"我再给市里要求，等一等好吗？"

他站起身，礼貌地摆手送客，"搬迁费都由政府负责——不给企业增加负担，不用担心！"

钱嘉恒连声道谢，可他笑不出来，段局长还是给他留了个夹生饭，未解的"尾巴"。这开工证还差手续，这"工"还是开不了，咋办？

焦真回到办公室，倒了一大杯凉白开，他不明白自己干的什么事。

十七

一少妇：我恨你们，
这是我种草皮的地

1

但凡中国人，这二三十年无不和房地产打过交道。对楼盘、对售楼部都熟悉不过。金银滩大厦售楼部是一样的。

金银滩大厦建筑工地，工人正在搭建工棚，高高的打桩机正在加固基座，施工人员你呼我叫，车进车出，十分忙碌。

最亮眼的是建筑工地一角是刚建的售楼部。售楼部白色、简约，欧美风格，不一般的时尚。石南申请了外销房，无论香港还是内地人，一站在这里，一想住到这里，立刻就会感到自己属于高端人群。

吸引人注目的，是电子屏幕上的金银滩大厦形象效果图。售楼部草坪四周，"面海黄金地段""绿色家园""火爆销售"的字样灯光闪烁。广告的下段特意摆出开发商："新星科技开发公司"的名称。

门前，着西装的售楼美女向路人派发宣传画册。

其中显眼的一位中年男销售员，向咨询的人群声音不大，但很诚恳地解释道："开发商是新星高科技公司，没听人说嘛，北有联想南有新星！"说着，他手指左侧广告牌一组新闻图片，有北京来的领导和市领导视察新星公司的情景。人们发出"啧啧"的赞许声，目光转向售楼部门口"火爆销售"几个斗大的彩色大字。

售楼部内一片繁忙景象。

办公桌前焦真埋头审阅这一摞文件。

房内聚集了一群购房者。钱嘉恒向众人大力推销着。

钱嘉恒："金银滩大厦六个月后正式销售，现在属于认筹阶段。到那时抓阄选楼层，选户型。朋友们现在签订认购协议，现在交三万，签订正式合同时抵六万！……"

购房者甲："半年就翻一番啊！"

人群中有不少农民工。其中就有望春，栓栓。

栓栓说："卖瓜的不说瓜苦，卖酒的不说酒薄！"

望春发现焦真时眼前一亮，定目一瞅，惊喜地喊道："焦法官，是你呀！"

望春挤过去走到焦真面前，瞬间又低下头，不知说什么好。顿了下还是说出口："为了我们的工钱，叫你丢掉了工作……真是……"

"不不，"焦真说，"跟你们没关系，不说了，我下海了，就在这家公司上班。"

一旁的售楼小姐姐插嘴说："他是我们公司法务部焦总经理！"

焦真端详了一下认出了："哦，你叫许望春对吧！"

几句话过后，望春单刀直入发问："我们不买房，到时这钱能不能拿回来？"

"怎么，你们也来买楼啊？"

栓栓："不、不，工友们说是这里卖楼花，几个月就可以赚大钱……"

焦真："没问题，放心！"

焦真就像个入戏快的演员，一月不到就熟悉了业务。围过来的人多了，他就越来劲，侃侃而谈，"现在金银滩大厦的主楼叫望海楼，也叫新星大厦，我们钱总是位房地产专家，在后面还规划了两座楼叫望金楼、望银楼，简称金楼、银楼。深圳的海景越来越奇缺，海景不可复制。公司实力雄厚，你们那点小钱亏不了。

"公司讲诚信，对每一个人都要讲诚信！诚信才是立身之本啊！"

说着，他指着墙上叠印的报纸照片，"新星公司是市里重点高科技企业啊！

"石总可是在美国一流大学学成归国的高科技精英！"

众人听得神情专注，流露出向往的神情。

栓栓，乐的眯起小眼睛："好嘞，那我们心里有底了，回去准备钱去！"

女工铃铛一时不知叫什么好，还是叫了声"焦法官呀"，接着说，"你人帅心又好，开完庭之后，望春常常念叨你呢，我们都是你的粉丝！"

众人笑。

望春低声对焦真："我有法律问题想咨询你呢！"

焦真："没有问题，下了班都行！"

2

像微风抖动了一下似的，焦真停下了手中的笔，抬眼一看是位少妇，她打扮时尚，穿着一件黄色细毛线上衣，下身系一条深蓝色的长裙，头戴一顶灰色线织无沿帽。她黑亮的眼睛，闪过一丝莫名轻蔑的目光。

焦真礼貌地站起来，微笑着招呼道："美女，你看房呵，我有什么能邦到您？"

"美女"环视一遍墙上的广告，又瞅了一眼前的模型，突然抬起头，对焦真轻声说："我恨你们！"

焦真吃惊地倒退了两步，确认她的目光是轻蔑的。

两分钟停顿之后，大约"美女"也觉得她唐突的话，使听众莫名其妙，她淡淡地哼了一声，她谁也不看，轻声地说："这里是我公司的地，种草坪的地、桃花盛开的地方……"

说完她又环顾四周，留恋、张望地走了，刚刚的高跟鞋声消失了。

当地的一个员工，目光瞅着她的背影，愤愤地说："镇上收回你的地，你跟镇上去争呀，到这里撒什么野，真是的！"

人群中焦真看到一个人是吴乃，站在沙盘边。"高跟鞋"走远了，吴乃开了腔："谁敢再在这里撒野，那就是寻衅滋事罪，我枸了他！"

他看着焦真，吭哧一笑："我这是为企业保驾护航！"

焦真微笑着，慢慢向他走去，把他带到里间，在咖啡机上做了两杯拿铁咖啡。

"真的来看房的？"焦真真以为吴乃是来买房的；深圳半城人都知道，他能不知道？——金楼银楼是高档楼盘，而且八角形的八卦外观，户户可以看到阳光，外墙全白色，宛如白宫，谁不喜欢。

吴乃的手敲打几下销售画册，连声说好。但就是不问认筹的事。

吴乃不紧不忙喝了几口咖啡，皮笑肉不笑，使工作正忙的焦真不禁有点烦躁。

"总该不是又这里来'坐稳'的吧？"焦真略带蔑视瞅了他一眼，趁机发泄宿仇，还透出逐客的意思。

吴乃身子前倾了一下，低声中带着满满的诚恳："你又打我的脸不是？"他咽了一口咖啡，"以后再说这话，咱就不是沙河的兄弟了！"

焦真不想跟他绕圈子："你没看我正忙着干活审合同，要怎么买房就直说！"

"好！"吴乃正色又有些神秘的低声说道："我不是为我，这地盘"，吴乃下意识的眼睛眨了眨，"地盘"有着双重含义，明的是指金银滩这地盘，暗的是要焦真明白这里是木枫镇，是有人管的。接着说，又难开口，但还是讲出了口，"我是代个话，给你交个底，上一家，买地时给镇上许诺的，给房的事，还有房号，你可要记住，心中有数！"

焦真对此事略有所闻。他装着一点不知道，反而吴乃："有你一套？"

"是，是，不是我，是我小姨子！"

石南接手前"烂尾"的事，焦真知道个大概，这几年事情经的都经怕了，能不掺和就不掺和。

焦真装作轻松的嗤然一笑，"我是个打工的，这类事是老板的事，你给老板去说。"说着就站立起来。

吴乃站起来，有点严肃，"焦真，你别让赵镇长不高兴……"

"哼，又是赵镇长！好嘛！"焦真不屑地说。

3

没过几天，望春怀着梦想和栓栓来到售楼部。

焦真带领望春交完款。焦真嘱咐望春把收据保管好！

望春微微颤抖的手里捏着收据，心情极不平静。她和同乡的少男少女走出大山，就凭一双手老老实实地赚钱，就没想到还有比汗流挟背更快的赚钱路子，这不就是做生意吗？又兴奋又半信半疑。她有点失态地朝着焦真脸上看，好想看出花来。

望春说："这是我和铃铛攒的钱，是要给爷爷治病的；这里还有借工友的钱。能不能赚钱不重要，本钱不能丢了啊！"

焦真看到望春紧张庄重的神情笑了，说："我保证！"说着，用手作切割头状。众人笑。

铃铛说："我可真崇拜你呀，是你的粉丝！"说完抛了一个媚眼。又引起众人笑。

传真送望春他们走出门，焦真极为诚恳又十分轻松地说："你看看我们新星公司灿烂的明天，大可不必担心，我用人头担保了不是？"

望春回过头，望了一眼焦真，半开玩笑地说："焦法官怎么一下变得能说会道，讲大话？"

栓栓笑道："放心吧，这个人可是个好人，老实人！"

焦真重重地点点头，自己肯定自己。

十八

山里人吃海鲜大歹，

第一次收红包心猛跳

1

上午快下班时，钱嘉恒带着公司财务部经理来售楼部结账转款。之后他特意留下，走到焦真桌前，满脸堆笑地咬耳朵说道："焦总累了多日不是？今天赶巧，我请你吃个工作餐！"

不由分说，他簇拥起焦真，朝海边一家颇具特色的海鲜店走去。

钱嘉恒已经习惯了应酬，点菜很得体：菜量合适，特色突出。

脆皮鸡、葱姜海蛇、菜蔬，黄鳝饭。

对于吃蛇，看到盘子端上来，还是有点怯场，尝一口、两口，肉嫩且滑，味道鲜美。

"能来深圳，我们都有缘啊！"钱嘉恒仅要了一小支啤酒，每人倒了一小杯。焦真本无酒量，且下午还要工作，钱嘉恒酒的分量点到为止，这便焦真感到舒服，钱嘉恒是善解人意的人。

"前一阵子瞎忙，现在资金到位，该松口气了，你我都是农村出来的，咱兄弟俩好好唠唠！"

几口酒下肚，钱嘉恒倒出心里话："我家在浙西农村，同你们陕南有山有水又是贫困县相似。我就是学霸，硬考上北京的名校。可咋样呢，留在了北京又咋样呢？在研究所我熬到了高工，在知识分子扎堆的地方，清水衙门穷的叮当不说，绿豆眼睛却都互相提防着谁发财。

"单位里一位高干子弟，拉杆子下海到深圳成立光纤公司，我和太太都辞了职，八四年就跟着来了。光纤你懂吗，新技术应用广泛，通讯、大数据、医疗都用得上。

"三年时间老板都没拉来投资，大家都成深圳的流浪汉。回去？回不去，都辞职了；就是能回去，也不回那个人踩人的单位。这么多人来深圳，不说发财，就是想过上舒心的日子。嗨，后来湘宝公司招聘人，我算是和金银滩结上了缘。"

木枫镇的人都知道，钱嘉恒是湘宝公司的招聘的副总经理。湘宝公司从何六六手里接过土地，没有开发，又急着去海南抢占不毛之地，那时刚宣布海南办特区。钱嘉恒说费点事卖"图纸"会多赚一些。设计图制作完成，湘宝公司拿着几家银行贷来的款去了海南，留下钱嘉恒守着烂尾楼烂摊子。

"敢为天下先"，这是湖南人的性格特点。深圳办特区的初期，湖南人就进来了。火车站广场一大片土地，就是湖南公司开发的，成为深圳繁华的商业中心；其中的阳光酒店是最早的豪华国际酒店之一。

"他们跑海南了，我守了三年的烂摊子，买家谈的不少，实打实的买家只有石南石总！"

说着眼圈红了，他摇摇头："不说了，不说了，……岁月啊！"

焦真虽理解，但毫无意义的岁月，如同钝刀子杀人。

"我听石南说，你太太是名人？"焦真转换一个暖意的话题。

钱嘉恒没有谦虚，"是啊，原来是妇联干部，在深圳高不成低不就，窝在家里给报刊写点文章，有点小名气！"

焦真也以诚相待："我是山区农家出身，也没有正规上过什么学"，他没说他打零工流浪过。接着和钱嘉恒重重地碰了一下杯，以示相识的缘分，"稀里糊涂来到深圳"，未来茫然，不知该怎么说，——混呗！"

焦真为人正直，不与人窃窃私语周围同事的来历，钱嘉恒更多的背景焦真不清楚。

接着二人都说了些与石南、与公司生死与共的话。

2

晚上下班时钱嘉恒打来电话，说是晚上包工头骆经理请客。今晚酸枣给孩子开家会，已打电话给焦真晚饭自理。故此焦真也就没有拒绝。

骆经理，即小骆，焦真早就熟悉。小骆是汕头人，起初在焦真家的小街口盖了两间小的铁皮房，买日用杂货。小骆小个人，三十岁不到就拉扯了三个孩子。铁皮房白天黑夜热得都像蒸笼，他和老婆孩子晒得像非洲人。焦真都操心他们怎么过日子。

小骆为人诚恳，会做生意。小街里的住户要买桶油买袋米，他都扛着送到家。街里有的是内地派驻的单位、分公司，小骆定期送货的时候，都悄悄地给领导送两条外烟。街上的都喜欢小骆，小骆的生意在稳步扩大。

不知何缘故，小骆扛袋米拎一桶油，爬七层楼梯，给焦真家送来。焦真拒绝无果。小骆还是大约两周送一次。焦真再三追问，小骆吞吞吐吐讲了话："听说你认识区文化局罗鲍局长，我想请他吃顿饭，帮我批个投影室。"

焦真为难。小骆衣履不整，一年四季趿拉个破塑料凉鞋，干部怎能和他坐在一个桌上吃饭？小骆不在意，继续给送粮油（这对小骆来说就是能拿出手的重礼）。送得焦真都不好意思了，主动提出安排与鲍局见面。

投影室项目批了。当时流行投影放映室。小骆租了个六七十米的一个车间，买了一个香港二手的投影仪，放香港武打功夫片的录影带。晚上农民工挤破头来看，一块钱一张票，一个半小时。小骆进钱很快。

不久小骆就和老乡合买了辆旧货车，运输沙石土，这半年拉起工程队，当上了个小包工头。

饭局上，他不吸烟，也喝不了烈性酒，他却赔着笑脸不断敬烟倒酒，围着客人转，几乎没有坐过。他说，银楼的工程是老板分包给他的，都是用的"齐力公司"的名义。他得知焦总和大老板施太克是老乡，希望焦总牵个线，请施总出来喝喝茶。

今天饭局埋单的还不是小骆，是小骆带来的梁老板。梁老扳是阳江人，最早在广州、深圳做装修工程。现在广东城市做装修的大多是阳江人，许多人都知道，阳江是个"装修大学校"。梁老板这次是为承揽金银滩大厦装修工程而来的。

饭后老套路去卡拉 OK。焦真坐在厅里，面对红红绿绿闪动的光亮，他想起菜场拣菜的情景，烂的红辣椒青辣椒拣出来了，手指头却疼得夜里睡不着觉。这个场面使他心情骤然变坏，他唱了两首歌就告退了。

今日之重点来了，钱嘉恒送别焦真之际，暗中给他公文包里塞了一个信封。焦真不解的要掏出来看看，给钱嘉恒按住了手，"这是给明明的广告酬金，收下！"

焦真强用力攥紧手，真心拒收，他半辈子除了领工资之外，没人给他送过钱。

钱嘉恒没有松开捂他的手，在耳边说："我们是民营企业，又不是机关单位；施工方降点取费（按二级建筑企业计价收费，自动降为三级企业取费）是给公司回扣。常言道，喂牛得犁喂马得骑，拿上拿上，不多！"

钱副总这么说，焦真也不知说什么好。

钱嘉恒看着焦真的样子，若有所思，望着深不可测的夜空，说："我常问，深圳你能给我什么？"说罢，摇头笑了笑，搂了一下肩膀，"好了好了，回去吧！"

3

  焦真回到家里，匆忙走进书房。打开信封时，小心脏又像钱嘉恒把钱塞到他口袋时那样噗噗地跳个不停。

  "啊，伍万！"厚厚的一沓票子！焦真的手抖得很厉害，他不知道怎样给酸枣说。

  酸枣生气地说："不会喝酒就别喝，又这么晚回来，搅得全家都不好好睡觉！"

  焦真喷着酒气，跌坐在沙发中。

  焦真被钱的事弄得手足无措，胡乱地说："人在江湖走，怎能不喝酒，啊？"

  焦真边喝茶边走向酸枣，也不顾她是否爱听，便侃侃而谈。

  "今晚去的那个市里的会所，才叫开了眼，不但每层楼电梯有密码，包间还有密码呢！饭局是小盘围绕大盘转。海鲜火锅，食材又全是小动物，穿山甲、牛蛙腿，这个爪子，那个爪子……还有什么我们在山里没有见过的灵芝，只是肉皮上的一层白粉……"

  酸枣已经在公司参与项目多回，对大餐见怪不怪："……行啦行啦！"

  "你说怪不怪，吃完了，骨头堆成小山。看上去，越吃显得越多。阳江那个老扳把吃过的虾皮，摆成一个有头有尾的整条虾……"

  "快闭嘴吧！"

  焦真："不行，我得带你、咱爸和孩子去吃一次。"

  "你心里还有孩子？"

  "明明怎么啦？"

  "孩子怕羞，整天都有人在校门口等着小童星，把明明额头都划了一道指甲，卖个房子印广告还用得上孩子……"

  焦真脱掉外衣，白衬衣肩头有一个口红印引起了酸枣的注意，怒问："这是什么？"

焦真看了看，忙辩解：“哎呀，我没叫 KTV 的小姐陪唱，我带的铃铛，铃铛要练歌，我叫她陪唱……”

酸枣瞪着眼：“你还带打工妹——”

焦真：“没得事，没得事！”

说着焦真赶紧拨打手机，急切地问：“铃铛，我衣服的口红是怎么回事？”

焦真打开扩音，铃铛的声音：“嫌你没请小姐，别的小姐恶作剧，我忘了告诉你……”

酸枣一边整理明天上班穿的丝袜，看着焦真拨电话的背影，喃喃自语着道：“焦真，你变了，你变了……”

小孩屋里传来明明的梦话，叫“爸爸、爸爸”。

焦真坐着，朝着酸枣望去，不知该说什么：“我，我——”

“还不去洗洗？”

焦真走进睡房拿出信封，抽出那一沓钱，讲了经过。

酸枣思忖了一下，扑哧笑了。

“还有人给你进贡了？”酸枣拍了拍信封，“常言道，马无夜草不肥，人无外财不富。”

尽管酸枣大肚，已经笑纳，焦真还觉得这信封及大钞，如同烫手的山芋，不知说什么好。

十九

何赛文揣计划书而来，
要成立大公司

1

夏金鸣在北京的单位，管理着特区的一些投资业务。两三个月就会来一趟深圳，多住在新建的格兰云天大酒店。每次来大都会喊焦真两口子来吃饭。不来深圳的时候偶尔也有电话，问候一两句。

为什么双方总有联系，夏金鸣说不明白，焦真也不想。

今天的电话不啰唆很简单："听说你和石南成了好朋友，很好。他将会是计算机汉卡南方的巨头。"之后说到正事，"何七要去深圳，大事有人接待，小事要找你的话，你尽力帮帮忙，陪他玩玩，他很有背景！"

何赛文，北京亲朋昵称他何七、七七。

几天之后何七到了深圳。何七也住这个有石油央企背景的大酒店。

这里值得一提的是，何七到深圳的这一天，正是焦真下海的第一天。

桌上摆了一件黑色的公文包。何七呷了口咖啡，指着包包说："皮尔卡丹，法国的；尤大姐的闺蜜夏大姐给的。"

说着，有些轻微颤抖地打开公文包，掏出一摞文件，"哥们，咱们也该干点自己的事——大事！"。

"现在国家提倡股份制公司，发行股票。夏大姐是银行的，上次在香港我给您谈过，现在发起人，已经找了九家。我跑腿，还顺利！"

　　焦真佩服何七执着的精神。但对何七下一步的运作还是不甚了解。

　　看到焦真不语而眼睛却闪动着好奇的目光，直接说明来意，"我们公司在深圳注册，在全国才有影响力，这是我说过的。"

　　何七嘬了一小口咖啡，喉结震了一下咽了下去，压低声音，目光对着焦真，神秘而又轻松笑道，"但是我们必须在深圳有一家入股，成为根据地。多家公司想参与，我和夏大姐还是首选新星；高科技，撑门面，是吧，哥们，你发财的日子来了！"

　　说到这里，不知何七想到了什么，以一种审视的目光瞥了焦真一眼，说了一句富有哲学味道的话，"我和您都在一个起跑线上啦！"

　　何七意味着把焦真看成好兄弟，捆绑在一起，一荣俱荣，好大的面子！

　　"起跑线？"焦真玩味着这句话。往后好多天，焦真都在想：我有起跑线吗、我的起跑线在哪？是在烫砖压在背上的那一刻、还是弯腰挂坡抛洒汗水的日子？

　　何七以为自己把公司运作没讲清楚，焦真才显呆呆状。他摇了一下焦真肩膀，端起咖啡杯送到焦真嘴边，他忽儿有领导干部的些许庄重，但眼神中却夹杂着狡黠的光亮，细声慢语地说：

　　"我们做工作，得向大姐学习，智商情商都得高度结合。大姐有个闺蜜是一家大银发展部的头儿，由该行作为发起人，并自认出资一亿人民币。接着大姐几个闺蜜—老公都是头头，物色公司，为了解除人家出资的担忧，告诉人家现在不是来要钱，等召开股东大会的时候愿出资多少，或者想退出都成，现在找你只是盖章。我跑腿，事真好办！"

　　何七像个传道士滔滔不绝地讲着重复多次的话。在全新的知识面前，焦真没想到这么快就有操作的人，提着木偶出现在自己眼前。何七一直信心满满，所以脸一直是微笑。

何七来之前，夏金鸣在电话里，嘱他配合何七把"大湾融银"股份公司成立起来比什么都重要。现在临门一脚，在深圳找办公场所，石南搞房地产，把石南拉进来……

焦真牵线，石南来到何赛文的酒局上。石南还带着他的副总钱嘉恒。任凭何赛文回答问题一一应对，滴水不漏，第二天仍遭到石南的谢绝。

钱嘉恒为石南分析，他们两手空空，想抓我们这个实体"题材"，评估作价三个亿，给我们找了婆婆；我们等一两年"创新高科技"自己不可以上市？我们做自己的婆婆，不好吗，也有大把的钱不是？

石南不吐口，何七也不闲着，继续联络朋友。由于北京大姐电话打招乎，深圳不缺招待何七的老板，酒桌上有一搭没搭几句话，立刻就熟悉了，原来父辈们直接的、间接的都是战友，一谈起哪个战役、哪场战斗，一下子把大家联系起来，亲热地议论个没完。

三五天不见何七的面，焦真却一直犯难，如何"复命"。当何七再见面时，焦真作中介给他联系空置多层的一栋大楼："南海油大厦"。这座大楼是一家南海油田钻井公司的后方基地，是请法国人设计的，大厦外观及庭院别极为致，住房是家庭公寓式，办公加吃住行一应俱全，十分方便。

何七汇报大姐，大约是大姐在北京的运作，第三天管理公司就找焦真说，北京总公司同意十三层到十五层三层作价入股"大湾融银"。何七狂喜："我们有房了！干革命有根据地了！"

何七又逢焦真下海，心头一喜，公司办公室主任有了，有人跑腿了，可谓神仙配！可焦真脸色平平。

"大湾融银"啊"大湾融银"，钱啊，大把的钱就要到手了，可焦真心脏却是死水微澜，激不起好奇、激不起追逐的欲望？

焦真只是言不由衷的微笑着说："等等，等等。"

何七感到奇怪："等什么，你在深圳是树无根枝无叶，还不跟着我干？你以为我们是空手套白狼，胆子这么小，想发财不？"

法院不时有招聘干部"下海"，有人怕熟人误认为犯了什么错误，首先找一家国营公司，在报纸上发一个通栏聘请法律顾问的启事；有人买整版篇幅，宣布成立一家大型房地产公司，自任董事长兼总经理；有的找个公司借辆小轿车，在市区马路兜風，亮相气势不倒，均为以正视听，不影响形象，走夜路唱歌自己给自己壮胆撑面子。

当然，机关也有"打枪的不要"，悄悄"下海"，这些人不在少数。这些人都是有资源背景，"下海"是为了对接，他们是权力转化为权利的需要，为已有的项目而去。

而焦真呢，为的是挣脱精神上绳索、不听命于人的自由而"下海"，他唯情绪价值至上，而这恰恰是在一个权力叠加、整齐划一的社会里，没有明确的前路，却黑夜出发。这是人们，尤其是知识分子，致命的人格缺陷。

在焦真看来，做个体户是我自己的事，为什么要给外人看呢？岂不知，每个人身边都有几十甚至上百双眼睛有意无意地看着你，异样的眼睛估摸着你会不会发财，期待着嘲笑你的落魄。

在劳改监狱唯唯诺诺以至分分钟恐惧的经历，至今笼罩着他。每天早晨醒来，脑子里就出现背砖的情景：快速排队走进在高温未褪的砖窑，当背起高过头顶的砖摞的那一瞬间，砖的灼热不由得哼出疼痛的一声。而直到现在，每天晚上睡不着的时候，这个如鬼魅的情景就会撞入眼帘。

从那时起，中学初一，被五花大绑在学校早操示众时起，"胆怯"就成了他看不见的性格的主宰。

对于何七，焦真羡慕：他活得那么自由、任性和潇洒；他是活在阳光里的人；这个世界是他的，更准确地说是他们一群人的。与之相比，而自己半生却一直疙里疙瘩，活在背光的角落里。

他还胆怯和他走近：他凭盖了一圈章子就会有几个亿的资金，这是变魔术吧？他觉得虚、觉得空。尤其做他的搭档，实则上是跟班，把自己推到前台。他担心，会不会是个坑？如果有坑，何七有人拉着拦着，而要他跳下去的、或被推下去的是他；他命不硬。

他思前想后，还是跟老同学打份工踏实。

2

焦真决定不进何七公司，但是该帮忙还得帮忙。他熬夜把整个申办股份制公司文件该起草的起草、该填表的填表。文件准备完毕。

何七说："老哥还得帮忙：要吸引股东还得要有几个项目不是？我分析了，以珠江口为界，粤东是深圳潮汕毗邻香港，商业活跃，一片繁荣。粤西珠海江门虽毗邻澳门，澳门太小，老鼠拉不动大铣，粤西还是大农村。因此我们的项目向西倾斜，开发粤西。有这么几个设想，开辟深圳到台山到阳江航线，搞活旅游，上川岛、海陵岛号称东方夏威，在上川岛、海陵岛各建一个直升飞机场，在上川岛开发南拳武术城，在深圳南澳开发南方影视城。你给我一周写出可行性报告，我要和当地政府接触，作为要土地的理由；作为股东会成立的文件……"

"七七，你说梦话，这些我都不懂——"

"我不管，我赖上你了"，何七拦住焦真的活，"你是个笔杆子，读书又多，你只要写出来就行，没人笑你；实话告诉你，这些是给人看的，不一定是要做了，你懂的，我们需要敲门砖。快点，我等着回北京！"

秀才见了兵有理说不清。焦真熬了七个夜晚，编造出貌似专业的五份可行性报告。何七喜不待言地装进公文包。

何七抱怨广东真不是个好地方，天气闷热的汗出不来；一出门太阳就像在头顶，走十分钟路人都要窒息。要不是这里来钱快，打死也不来。他急着要回北京。

虽然，他拒绝了何七盛情邀请，没有进他的公司；不过他推荐了一个人：肖望成，一拳打得百拳开的深圳通。

二十

阿貌独坐海边，
在长椅拴了第五根毛线

1

焦真"下海"短短几天，虽说忙、虽说乱，却不受人摆布，心里畅快多了。

他来到南方，他爱上了大海，他喜欢望着它辽阔、深邃。有点兴奋的事或有点不痛快的事，他就到海边走走，似乎向大海无声的倾诉心里就悒悒不乐。

夜深了，海风里裹着一股潮湿的气息，焦真抚摸脸颊，感到有些凉意，他缓缓站起身子，他正要走，听到有低声的呻吟声，是痛苦的声言。

周围有人？他望见不远处的长椅上独坐着一个女人。

忽然间那女人"哇哇"地呕吐起来。

焦真赶忙跑出来走到她的身旁，小声询问："小姐、小姐，怎么了？"

她手里是滚落的毛线球。女人不想回答，只摇摇头，用手撑住头，身子颤抖。

焦真看到了她的脸，心里便吃一惊：这不是在售楼部里发飙，很像罗红叶的女人吗？

焦真瞅着她满脸和脖子绯红，"你在发烧？"不由分说道，"我打电话，叫120！"

女人抬起胳膊："不，我有车！"

焦真忙搀扶着她走向车子。焦真带有磁性的声音，使女人判断这是一个很有教养的人，就依他而去。

女人要开车，焦真却把她扶到了副驾驶的位置，双手按捺了一下她的双肩，示意要她当心坐好。

焦真驾车又稳又快，就像呵护摇篮中熟睡的孩子。这是闭着眼睛的女人的感觉。

药费是焦真付的。又搀女人坐在输液的沙发上。

焦真坐在女人对面，端详女人的面容：白皙的瓜子脸一副甜甜的样子。瞅过去，啊，罗红叶？这个女人的面孔、身材和气质极似罗红叶！

不同的是，那忽闪的大眼睛和那挂着微笑的嘴唇，及圆润的臂部洋溢少妇成熟美。谁看到她都会有怜香惜玉的感觉。

"我叫焦真，我们见过面。"焦真静下心来，自我介绍，并解释说，"我看到过你，觉得你有问题，一定是病了，又一个人……。"

阿貌抬了一下头，她看清楚了焦真，又听说"见过面"，她想起售楼部的事，当时她记住了那个很有气质的男人。她眯缝着眼睛，先说了声"谢谢"，然后羞愧地一笑，"那天的事，对不起！"

"不是事"，焦真接着问："是不是得通知一下你家人？"

女人："我一个人在这里工作。你就叫我阿貌。"

这时焦真才得知女人叫阿貌。

这几天，阿貌在等男朋友小朋的电话却始终没有。

岸边的长椅，这是她和小朋常坐的一个长椅。她想小朋会来这里找她的。

一个人独坐到深夜，她一阵思索着男人们，一阵又什么都不想。一连几个个晚上了，都坐在这条长椅上。她来时做了打发时间的准备，拿来毛线织毛衣。毛衣织不下去的时候，她失望的要回去的时候，她就揪一节毛线，拴到长椅扶手的铁花上。她盼望着小朋能看到，这已经是拴的第五根毛线了。

2

　　每一个来到深圳的人都有自己的故事。

　　阿貌原名叫阿毛，要上了中学，再叫阿毛阿狗不好听，又是个女孩子，便自己给自己改了名，叫美貌。叫"美貌"，似乎俗了点，但美貌长得不俗。打眼一看一般，越看越耐看：身材中等但苗条，白皙的瓜子脸，忽闪着一双黑亮的大眼睛，樱桃小嘴；走起路来，扭着蛮腰，显示出少女诱人的风韵。

　　为了避俗，名字去掉"美"就一个字"貌"。阿貌本姓上官，姓名就叫上官貌。大夥都叫她阿貌。她读到高中一年级辍学。在班里她是绝顶聪明，尤其是数学和英语，英语竟然是标准美式发音。考试总是前一、二名。

　　"走出大山，南下去深圳！"阿貌的家乡在河南伏牛山的一个溪水旁，那里有一片片绿草地。

　　她和阿才的这一决定，激动得两人四目放光。

　　傍晚，村口的山坡上，土地散发出的湿气夹着野花香气，弥漫在空气里，被爱情陶醉了的阿才，像听话的孩子躺在阿貌怀里。两个你一言我一语诉说着远方的城市，诉说着远方城市中未来的他俩！他们要在那里安家，像城里人一样生活，相亲相爱一辈子！阿貌的爱，是阿才的动力。方圆十里相传的美人啊，我要终生为你，为着你活着！

　　阿才勇敢地辞去了镇农技站的"铁饭碗"，阿才在火车站候车室住了一宿，被太湖边一个种草皮的老板招聘去当种草工人。

　　在这里头戴着草帽背顶着如火的骄阳的苦累中，让阿才吃惊的是种草可以发财。巴掌大的半尺见方的天鹅绒草皮，卖到广东竟然是3块、5块钱！这种观赏的草，虽平整美观，却容易"毡化"、枯萎。几家公园买了之后，一直埋怨，老板也无奈，为生意能否长久发愁。

　　夜里阿才想起了自己学过的草种课，忙在电脑上查资料，广东引进一种草叫天堂草，叶丛密集，践踏后易于复苏，适用于高尔夫球场，草地网球场，一块贵到二三十块。

　　老板听了阿才的话，喜出望外！立即命阿才研究试种高尔夫草，购何种种子、如何养护成活，全由阿才拿主意；为了激励阿才竟大话出口，与阿才7:3分成。

　　该阿才走运，八亩试种成功，阿才分了三万多块。阿才说，这才是阿貌让他转的运。他拿了钱，请了婚假，高高兴兴地回到家乡。摆酒席，迎娶了阿貌。

　　阿貌过门三天，便被阿才拉着箱子，南下深圳，一口承包木枫镇20亩地，成立了公司，自己做老板种草皮。

　　木枫镇传统种植花卉，花农持有一日往返香港的通行证，把鲜花送到对岸。为了花卉成长，夜里数百盏灯光照耀花圃，阿貌夫妇又种植草坪，形成绿色"草原"，好一道风景线，对面香港同胞都翘首远望。阿貌又把北方桃树引进到这里，桃花盛开；花农又把草皮带到香港售卖。阿才阿貌收获一把一把的港币。

　　阿才承包外交，阿貌带着工人种草，阿貌本来就是能吃苦的人，大多数的时间，一双赤脚都是泡在泥土里种草、施肥、浇灌。阿貌的能干，还有她的美貌，成了远近的小名人，都叫她种草仙子。特别是好色眼馋的男人跑到田头，抽支烟看阿貌干活。

　　阿貌为了管好公司账目，挺着大肚子还晚上读电大，取得了会计专业毕业证。阿貌的和善精明，把二十多人的公司管理得井井有条。

　　五年过去了。公司有些积累，阿才在江边为阿貌买了一套两房的小居室，总算让阿貌成了城里人：为阿貌买了工作车，特意买了部适合女人开的红色本田雅阁。尽管如此，劳累不息的阿貌，还是叫老公心疼坏了。于是叫年轻妻子待在家，带孩子。

　　，阿貌从小勤快惯了闲不住，爱干净，一天拖几次地，地板随时可以照出人彩，特别是她重操旧业一打毛衣，从家乡带的签子又有了用场。阿才嘲笑她：商场的机织毛衣多的是，现在谁还打毛衣呀？阿貌说："我从小就喜欢自己动手，按照自己的想法织毛衣。"

她做好饭菜等丈夫回来，她带孩子在小区散步，她开着小车迎送亲朋，这一切都引起周围人们羡慕的目光。

时光要是能停留在这样幸福的日子里该多好啊！

阿才也变了，阿貌为了阿才在外面生意场上体面，把他打扮得十分得体：有时西装革履，熨得棱角分明；有时休闲便装，款式有活力。

3

碧波连天的高尔夫球场，阿才常过来观察草的生长情况，有时也常常和一些来打球的公司老总聊上几句，喝着服务员倒的咖啡。觉得蛮有味道。

那天，阿才穿上一件阿貌为他织的深红色的翻领上衣。证券公司陈总，看着阿才，又指着他身旁一袭红色连衣裙的高挑女孩："哈哈，你俩真是一对金童玉女呀！"

女孩娇羞地依在陈总肩头，斜眼含笑地望着阿才。阿才知道今天与老板一起来的她，是东北大连模特队的姑娘。

在老板打球去的时候，红衣女孩借着品茶留下来和阿才搭讪。

"我叫美美，人家都叫你财老板，真的吗，你会永远发财吗？"

"哪，哪。"美美明显鼓起两个乳峰的红上衣，一闪一闪的反射着阳光，阿才语塞了，额头的发际沁出细密的汗珠。美美浓妆，细细弯月的眉毛下，眼睛比阿貌还要大，还要亮。长长的睫毛闪动着。宽大而又性感的嘴唇旁，有一对浅浅的酒窝。

和他的阿貌给人的感觉相反；阿貌乍看一般，但相处久了，或者多看几次，独具亲和力的气质、温文尔雅的举止再加上善良的笑脸，持久地吸引人，难以忘怀。

而美美，当你走近瞅她第一眼时，任何一个男人都会立刻被震撼，袭来的魅力像电流似地冲击者全身，久久傻傻地盯着她。任凭ZZZ 降降的心跳。

美美礼貌地伸过手与阿才握手，阿才竟不知松开。美美轻轻地甩开了阿才的手，吱吱地留下一串笑声，像一朵轻云飘走了，这个十九岁的女孩！

阿貌却很满意现在的样子。她还学会了打麻将，常常和方姐等女友去喝下午茶。阿貌人虽聪明，但打麻将却输多赢少。打麻将上瘾，阿才就为她买了台自动洗牌麻将机。早餐后开局，有时直落到午夜。

这期间人困马乏，方姐提议去健身房锻炼，另一全职太太却建议去不远处的文化宫跳舞，又省钱，同样达到锻炼的效果，之后经常去文化宫。女人们说，阿貌举止得体，高贵优雅：男人们说，阿貌十足的女人味，能搭上几句话就是福分。

宵夜时，常常是阿貌埋单，她是个小富婆。

阿貌的日子是开心的，是欢乐的。她是木枫镇的名人。

她也知道阿才忙公司的事，又要跑高尔夫球场拉住生意，至于回家，回家过夜的日子也越来越少，她倒没在意。

阿才说他很快就要发大财了，老板们是在办公室里谈"高尔夫"，到了高尔夫球场才真正谈生意。阿才给两个融资的香港老板跑腿，事成会有一大笔的佣金。

在一大笔佣金面前，种草算什么？阿才对自己的草场公司也疏于打理，阿貌不得不顶着草帽，带着十多个工人下地种草干活；还要联系珠三角的绿化公司推销草皮。

4

阿貌是从苦日子过来的，苦累对阿貌来说却不算什么。然而如同晴天霹雳的事发生了，木枫镇要收回土地，北京来的人兴建金银滩大厦！

一个只有几行字的简单的通知书发给了阿貌："为了适应特区发展，木枫镇要进行房地产开发，限一个月之内清理完毕地的建筑物和附着物。"

种草公司和村民小组签的合同，承包期限是二十年，才过了七年。阿貌眼巴巴地望着施工队把厂房水塔拉倒、草皮铲平、引水管网挖断，阿貌的心碎得只是流泪！

她拉上阿才找镇政府要赔偿，赵镇长说无效合同要什么赔偿？阿貌愤愤地说，有你们镇政府的"见证"章，怎么就无效？一旁的工作人员说，你们再这么上访、这么闹，就是寻衅滋事，犯法！赵镇长一句话，吴乃局长就把你们先拘起来！

一群奇装异服的模特儿到来，带来了欢乐，似乎成了沿江高尔夫球场的节日。球场的行政总裁免费提供卡拉 OK，晚宴和食宿。

阿才被陈总挽留了下来，深夜阿才一个人躺在床上，墙壁传来两声敲打声，阿才坐了起来，竖耳再听，又是"笃笃"两声，显然敲给他的，他扬起脖子试探性地问："谁呀？"没人回答。

电话却响了，是谁呢，哦，她！美美含情脉脉地说："陈总跑了，我没伴了，和你一样……，我这里有好茶叶……我没锁门……哦？"

阿才的好奇心，终于使他蹑手蹑脚走到了她的房间门口。

美美一手拉开门，另一长长的手臂，轻轻揽过阿才的肩膀，当阿才还没回过神，就被美美依偎住了。

阿才像被电击了一样的感觉，飘飘欲仙，这种感觉是从阿貌身上不曾得到的。亲吻的时候，阿貌的嘴一直是紧闭的，嘴唇不动的，而美美却不是，是张着嘴的渴望。

阿貌乡间的那种刚毅的性格，使她不能蒙辱。她死活把阿才拉到民政局，扯了离婚证麻友方姐请阿貌喝咖啡，又重复她那经验之谈："我早说过，这年头在深圳要把男人看紧，花花世界，谁有钱谁变坏！"

文化宫广场的音乐，才能使她暂时忘却烦恼，以前跳舞只是农村人的好奇心，驱动着试一试，而现在她却把它看成生活中不可缺少的一部分。

小朋算是个固定舞伴之一，他是阿貌的老乡。每当跳舞时，他就不自觉地贴紧阿貌，女人总是敏感的，但她装着若无其事。而在这种紧贴中感到了某种快感，她喜欢闻男人身上的味道。

小朋与阿貌同岁，单身。推销园林机械，重庆，江门，珠海都有他的网点。小朋已经做了六年生意。还住在租的一间民宅小房里，是房东把三房两厅的单元房改成了五个单间，且一楼又潮又暗。小朋说货款难收，而上家又追得紧，只能忍一忍，自己赚的钱就在货款里，一旦追回货款，一切就会好的。

为了生意，小朋常常和朋友吃喝，有时也带着阿貌去。起初阿貌觉得小朋说得也对，朋友多了，信息多，酒杯一端，合同就签。时间久了，阿貌发现，这些社会底层的人，酒桌上都说些不着边际的大话，空话。一个个夜晚就这样让阿貌坐在一边陪着。末了，阿貌还得开车，把一个一个送回家。

小朋又借车了："我送廖老板回长沙。"

"送到车站不行？火车直达比开车方便还舒适，再说他与你又没有生意做！"

"是没有生意做，可是朋友圈的人，要人家知道我够朋友！"

"车保险都过期了……都……没买……"

"不怕，很快我就会有大钱！"

小朋念叨着年尾会进大钱。说得有鼻子有眼：那个园林处八万、那个公司五万、算下来四、五十万。

小朋说这是他多年的"业绩"，钱一进账，马上就迎娶阿貌，并且带着孩子敏儿春节去泰国旅游。

阿貌听得也就迷迷糊糊，盘算着结婚的事。女人能靠谁呢？就是靠一个好男人。小朋就是好男人，他虽没什么积蓄，但肯吃苦。为了自己还有自己的儿子，终日奔跑却从未有过一句怨言。而且小朋最大的优点是不"花心"。在现在的社会上，去哪里寻找不花心的男人呢？

5

连夜独坐海边长椅，顾不得风寒，机械式的织毛衣。每来一个晚上就在椅子上系一根毛线，已经系了五根毛线。要不是遇到好心人，她昏倒岸边都无人知晓。

两瓶吊针打完，阿貌转危为安，焦真这才回家。

阿貌记住了这个个子不高，面部俊朗，目光有神的中年人。交谈虽只有几句，但他说的那句话"不行啊，你得有个事做呀"，她记住了。遗憾的是，只知道他是个售楼员，没有留下他的姓名电话，也…说声感谢的话。

对焦真而言，特区就是个万花筒，各色人等都有。

阿貌发现焦真遗忘在车上有一本书，书很新却眉圈了不少，叫《第三次浪潮》，阿貌甚喜。她从小就有阅读的习惯，只要能接触到的书杂志有什么读什么。现在她孤独的时候就是读书。

来到深圳能看到买到的书就多了，你在饭店喝个茶，就有人兜售书报及香港盗版书。可是阿貌还是喜欢阅读名著。她相信焦真读的书一定不错，晚上有事干了。

阿貌酷似罗红叶。整个晚上焦真心绪不宁。他慌张地告别阿貌，他、面对海风，他要好好地想想罗红叶。

焦真，仿佛看到了罗红叶，不知怎么罗红叶老了，变成了一位老太太的脸。突然，轧机隆隆，罗红叶忙捂住耳朵。焦真向大海张望，他再也看不见什么了。

罗红叶那样的善良姑娘，罗红叶那样与世与人无苛求的人，怎么会夭折呢？不会！焦真多次在人的海洋里寻找着。

罗红叶消失在这样的初秋。那时大巴山连日绵绵细雨，还透着阵阵凉风。木枫镇街头显得空旷，远处只有林带上端被罩上白蒙蒙的雨雾。林带不时发出扑簌扑簌的响声。散落下来的叶子，变成了茶色。焦真在风雨行走，一把把地抹去脸上的雨水："红叶，你在哪，显个灵吧！"

还有一个细雨蒙蒙的日子，不过那是初夏，刚刚与罗红叶初识的时候。罗红叶说，她喜欢散步，还说希望将来有一天，能见到大海，在大海的沙滩上散步，那多美啊！

现在有了大海，可你在哪呢？

回答他的只有汐水拍岸的声音。

二十一

港商施太克，竟是小学同学

"三剑客"棒槌

1

焦真不会让己闲着，在销售部见到来人就笑脸相迎，忙递上宣传册，不等客户张口，他就大讲金银滩大厦的性价比和公司的诚信。他正忙得团团转的时候，石南打来一通语言激动的电话，焦真也没听清，只知召他马上见面。

我的天呀，做梦也想不到，站在他对面的着一件蓝格子西装上衣，白色西裤，精瘦，目光炯炯的中年人，竟然是沙河滩的棒槌！

焦真定目之后，冲过去一把拉住棒槌的胳膊喊道："你是棒槌！"

棒槌已知呆呆的存在，心里还是有几分激动，但却显得平静，身子挪动了几步，左手握住焦真的手，脸微笑，"是我，棒槌！"他眼里投射出的是一束热乎乎、深情的亮光。

还没等焦真再张口，石南拥着焦真的肩头，"你看有意思吧，棒槌，不，现在官名是施太克，我们的施工方，香港奇力集团董事长。呃，你们说巧不巧、巧不巧？"说着又搂住了棒槌的肩膀。

石南拦住了棒槌"晚上再好好说"的话头，迫不急待地关上办公室门，告诉秘书谁都不见。他从柜子拿出两瓶新近托人从老家捎来的巴山老白干："家乡酒，五十六度，醇香，不上头！"还有一包花生米。

醇厚的酒香立即弥漫了整个屋子。

棒槌脱下西装摘下领带，放在桌上的"大哥大"上面。"大哥大"

就是手机。那时刚兴起手机没几年，手机像砖头那么大，广州人民币卖到两万多，入网的也只有万把人，那是商人炫耀社会地位的标配。由于香港演艺一位"大哥"最早使用的缘故，便把砖头手机尊称"大哥大"。

石南连干三杯为敬。口吐莲花："球，什么天下，门一关，就是咱家的天下！"

三人成虎，有说不完的话。石南、焦真二人对棒槌多年来的经历算有了一个了解。

棒槌父亲属于精明能干也苦干的人，山里解放时给定了富农成份。棒槌高考时虽高分但政审未过，沦为沙河挂坡，不期与小学、初中同学焦真相逢为伍。

一个贩沙老板买了辆拖拉机运沙，他看中棒槌，招他为助手。

那年头，"珠江水""广东粮"开始流入北方，因之南方成了一个神秘有诱惑力的地方。拖拉机的"突突"声，每天都震撼他的心房：棒槌出生家里就没有了土地，可村里人什么时候见到他，都鄙视地喊他"小胖子小富农"，他必须走出去，走出大山，走到一个有大学的地方去。于是他放下手中的方向盘，只身带了一只小饭锅，即可以烧水又可以煮粥，做了饿不死的打算，南下广东。

广州东去，到了汕头朝阳峡山，当时（七十年代末、八十年代初），这里是广东大的自由市场，是进口走私真假货物集散地。一个小老板低声坏坏的怪笑说："这里不是共产党的天下！"

棒槌从贩卖几块钱一只电子表开始：走私赚钱。

他瘦削的身板酷似高仓健，他穿着浅米色风衣，戴一顶草编纯色礼帽，显出稳重而又时尚感。他不再用几只手表"贿赂"列车员"蹭"火车，而是乘飞机带十几条三五牌香烟到西安脱手；他在广州火车站红棉酒店门口，十块钱买来一只假名牌阿玛尼口红，他带一小箱子，到成都春熙路化妆品小店里五十块钱一只脱手，徐娘半老的老板一百二一只又卖出去，其贪心令棒槌吃惊；老板娘却说卖得便宜没人要，名牌好出手！

工商部门整治了"峡山"，按下葫芦起来瓢，又搞活了"流沙"（普宁县的镇）。这里又是各种走私商品的集散地。好奇的是，这里竟是冒牌西装的生产、销售一条龙。这正迎合人们服装多样化的要求，棒槌又贩卖起西装，不避寒暑向西南西北市县推销。

2

深圳是各路神仙出没的地方，是冒险家的乐园。棒槌仰望着国贸大厦旋转歺厅，低头平视出入写字楼、西装革屐的男女，感到自己跑单邦的卑微。

小左，一个刚在街头吸烟借火认识的朋友却说，什么卑微，看不出嘛，这年头谁有钱谁就是大爷！当小左带他到京鹏夜总会，北京来的歌舞团的时尚女孩轻捶他的肩膀，轻声唤他哥哥的时候，他信了，他挺起了胸膛。当小左的手伸进女孩上衣，坏坏地叫道"这扶手是真的"时，厅里响起一阵乱糟糟的猥亵欢乐的笑声。

小左是个捎客，专门接内地偷渡香港的客人到蛇口过海。恰好老板当天缺一个开船的，小左引见了棒槌，机动小船上的发动机和拖拉机一回事。

棒槌干了一周，这利润如同用面粉袋装钞票太快了！他以自己手头全部的现金五万块承包了船主的船自己干。船主不用每天担惊受怕又每天都有"银子"收，也就痛快地答应了。

从蛇口一个偏僻的渔村到香港新界角落的渔村，只有 3.5 海里约 6 公里，5 米长的塑料冲锋舟，配 30 马力的汽油马达，夜里绕过两边的缉私船，一个小时到达对岸。收偷渡者每人六千到八千，凑够四个人，一趟就是三万块。棒槌挣钱发疯了，晚上两三次跑船，不避两边巡警探照灯危险。

三个月后一个暴雨夜，一个妇女急于去香港生孩子，在香港打工的老公急得打电话过来一次次加价，加到了十万港币："生死与你无关！"

十万港币到手了。然而在返程到渔村的时候，却被查看灾情的民警带到了派出所。棒槌闭口不招，招致轮番殴打，聚光灯 24 小时照射脸上。十五天之后身子虚弱的他，步履蹒跚、高一脚低一脚地走出了派出所。

之后他到泥塘里挖出自己隐藏的六十万元钱，改邪归正，承包了一家省建公司的一个工程部。没想到干了十年工程，刚成立自己的巴山建设公司。

3

棒槌到香港投资了一千万港币（实际上有部分是向朋友周转的），拿到了香港居留证，成了港商。香港一个移民公司的女士，带他到中美洲一个小国一转悠，拿到了英联邦成员国伯利兹的护照，成了外国公民。这几年以投资中国为名号，总部设在广州，贸易、中介融资、工程什么生意都做。没想到手下项目经理揽到的金银滩大厦工程，老板竟是石南。

焦真他们如溪流归大海那样是缘分使然！

高兴、兴奋！不醉不归的兴奋！如果酩酊大醉方刻即死，棒槌亦觉无甚憾事！

一别三十多年，人生不易，三人心里的共识，各自脱胎换骨了好几回！

施太克董事长在广州天河盖起了一座办公楼。那时候，天河可是荒郊野外。这就不得不佩服棒槌的眼光，不久天河就变成了一座现代化繁华的都市，寸土寸金。

棒槌就奇怪，给甲方，条件开得够优惠：工程垫资到正负零（即出地面），才开始付工程进度款；而基础工程一般来说占总投资的三分之一。首期工程款早早就付给了工程队，却迟迟开不了工。

这就是棒槌，不，施总来深圳一探究竟的原因。真是机缘，不只是现发了石南，又见到呆呆，当年的"三剑客"聚齐了！

问题就卡在煤气站搬迁费用，市领导曾明确表态由政府负责，而规划分局局长段候彦故意卡脖子，而石南又厌恶再上贡送钱。

棒槌猛喝了一口酒，手捂住酒杯，沉思地顿了一下，显得极有城府地说道："深圳特区这个社会有它的语言，那就是'矿'。焦真你和涌进来的农民工他们的语言是汗水（顺从和善良）。这两种语言是无法沟通的。"

棒槌感慨良多，一度动了感情，眼睛湿润，专门讲给还在社会底层挣扎的焦真听："在当下中国，要被尊重，一、你披着什么社会成份，说透了，官阶大小与被尊重程度成正比；二、和你的财务多少成正比。有了钱和谁都有缘。你没有钱，你穷，你麻木，谈何要求人家尊重你、尊重你什么、尊重又有何用呢？"

这个社会，谁有钱，谁就有了话语权。相比之下，棒槌有话语权。

石南满杯双手举过头顶："今天真是想不到的喜相逢"，说着一饮而尽，"天不生无用之人，地不长无用之草！喝，喝！"

焦真咽不下去的酒，从嘴角滴出来。

石南瞅着焦真的憨样，朝他挤了挤眼睛，自嘲式地说："我们是没发财啊，但是，弱马也有一踢，对不对？"

三人哈哈大笑都说着谦词："哪里，哪里！"

4

接着转入正题。

焦真说"地中海"局长是个耙耙，老婆，金屋藏娇的嫩妻是个匣匣。

"什么，嫩妻？"施太克问。

焦真讲道段候彦是武汉一家设计院的头头，迷上夜总会的女孩，连升迁、老婆、房产都不要了，跑到了深圳。

"哦"，施太克吃的一笑，脸上是坏坏的表情。"我专门是搞定搞不定的事，奔着开工证来的；我来试试！"

"怎么个试法？"

"自有办法！"他自嘲地说，"匪气是不需要语言，匪气就是语言，能和各种语言沟通。"

二十二

"大湾融银"成立，
焦真徘徊门外只为买点股票

1

不长的日子，湾区相竞成立了八九间股份公司。大都是依托自己的实体而应声而起。如华侨种植农场就起名华侨实业发展股份有限公司等等。市民都在抢购内部发行的股票，期盼有朝一日股票上市，会成倍、几十倍的翻番。

机关干部大捞了一把：他们有的审批或者传递过腔股份公司成立的文件，有的是上级部门或者是各管理部门的人员，各人靠着各自的关系借钱买出来股票又转手倒卖。而一般百姓只能翘首干部们买出股票后再二手三四手的倒卖。

一时间满城争说股票，空气中都是浓浓的铜钱味道。

机关无权的普通干部人生第一次发了财，那些平日受贿心里惶惶不可终日的官员，也直起腰杆，"一白遮百丑"，后来反贪时都说是股票赚的钱。

何七，何赛文的故事，正如他讲给焦真讲的哪样，按照"剧本"预期进行得很顺利。

当北京一家银行作为第一家股东，在发起协议书及认股书上盖章之后，事情就凭夏大姐及朋友出面的或不出面的游说，而游说词大致相同：帮个忙、就在协议书上盖个章，现在不要钱。不要钱的事都好办，面子是要给的。

当十二个章子都盖齐之后，各发起人才意识到是真的股东的时刻到了。在亚湾南油建设大厦十八楼首次召开股东大会，香港会展策划师，把会场布置得中西合璧，中英双语标语、标识牌象征着公司外向型经济的发展理念。

北京带来的主持人是电视里常见的熟悉面孔，使入会股东代表倍感亲切，他们字正腔圆地宣读有关领导部门、有关首长的贺信，使会议隆重又热烈，动静相兼。

礼包是从香港定制的真牛皮公文箱。会议达成响应国家推行股份制号召的协议，两天之内把自家认购的伍千万元人民币汇入了何赛文设立的公司账户。

大湾融银股份有限公司成立了！首次股东大会推选北京大户银行为董事长，又根据董事长的提名，北京干部家庭出身、香港经贸公司历练的何赛文为总经理，在会议掌声中获得通过。

当地人办公司，被称为是渔民办公司，是趁机把偏远县的亲属招进特区。而"大湾融银"大手笔，专门向京沪招聘高学历人才。

当公司向内地人打出古人"借水还油"的口号，开发旅游项目，甚至一万块卖一百平米住宅地的同时，"大湾融通"的员工穿着笔挺的西装，在落地玻璃窗的会议室里，论证开辟深圳粤西、深圳通往北方港口的航线问题……

2

"大湾融银"门庭若市，比肩继踵。以各种关系的名义要见何总的人，嘶哑着嗓门。抢股票就是抢钞票啊！那时一听说那里发行股票，深圳人是见水就渴见饭就饿，一个抢字。

焦真没有去挤，而是在远离人群的地方，无声地站着。

昨天夜里，酸枣骂了他半昼：般不拢岸岸还要拢船？窝囊！吃死胆大的，饿死胆小的！来特区混得什么都不是！死要面子活受罪！咖啡厅进咖啡厅出，给家里办成了一件事无？就是多了几瓶洋酒！

焦真在冷风中站到晚上落班的时候，门卫通报之后，很快就进了何总办公室。何赛文忙的一天下来，疲惫使之木讷，淡淡的一笑，从抽屉的底层拿出两千股，歉意地说："老兄海涵，就这么一点！"

焦真庆幸，毕竟拿到了股票。而酸枣抱怨，"法院的人哪个不是一拿就是一、两万股！拿个三五家股票转手就赚几十万！你下海真好，真的能赚钱？"

焦真低头，低声叹息，何赛文闭口不提"顾问费"（起草项目策划书）的事、也不提房屋中介费的事，这些都是原先何七再三许诺的："你的辛苦费起码是百万！"现在何七成了何总，转身像换了一个人似的不提此事。焦真低头、再摇摇头。

酸枣说得好："这年头虎口抢肉都抢不到，还会有人把钱给你送上门？这和做梦娶媳妇想得美是一回事！"

眼前的事，焦真悟到了一点现实：改革开放使有权的人有钱，打工人更多地流汗。

焦真想向何七收取咨询劳务费，空口无凭，但一直没有向何总开口，知识分子的臭毛病就是爱面子，自己至今向朋友一谈到钱，就张不开口。

酸枣常骂他那句话："死要面子活受罪！"

3

夏天，深圳的太阳新近的如在头顶，加上海风的潮气，人身上的热气散发不出来，浑身湿乎乎的，烈日下行走十几分钟，堵得气都出不来。秋天干燥，阵阵海风不停，挟裹着泊滩的沙子直扑人脸。酸枣极不适应这里的气候，不顺心的时候就骂天骂地。

她的眼睛总是红红的，医生把结膜炎说成通俗的"沙眼"。

酸枣每从"大湾融银"大厦门前通过，总忘不了多看几眼，心里酸溜溜的。要不是焦真胆小如鼠，今天也是副总，她就是副总夫人，出入有专车，吃喝不愁都可以签单，在街坊姐妹中多有面子。

世上的事情总有缘分，阴错阳差地想什么来什么。

4

"大湾融银"找专人策划媒体宣传的时候，当各级各部门发文填表登记的时候，令何赛文头痛的是，公司缺"党建"这一块。尤其是木枫镇党委，以"党组织要块块管理"为由卡"大湾融银"。

何赛文心里明白这是报复，过山不拜土地爷，"大湾融银"成立大会，没有把赵修普安排到主宾席上。何赛文后悔在北京家的时候，着急的是文凭，是敲门砖，搞了个经贸大学在职研究生结业证，而忽视了政治这一块。不会有人怀疑他根红苗正，用不上。

他寻思身边的人，忽想到焦真，焦真说他不够资格。是嘛，你要是党的人会从法院下来么？何赛文鄙视的心里想道。

焦真说我给你提一个人你看行不行，谁，酸枣，八年的老党员，父亲是伤残老红军。

何赛文一喜，酸枣根红苗正，重要是没文化山里来的，听话好管理。立即聘用酸枣即田永红同志为公司党支部专职副书记，享受副总经理待遇。

酸枣心里惊喜之时，心里感念父亲，老父亲目光看得远。她还是供销社售货员时候，老爸一再催促她要写入党申请书，"娃呀，你不是组织的人，将来啥事都轮不到你！"酸枣的脾气是不愿意给人下话的人，末了，老爸托当领导的战友给把手续办了。

一连多日酸枣都沉浸于喜悦之中，常言道堤外损失堤内补，我这叫老公损失老婆补。

焦真家的生活大大改善了，但酸枣的脸色没有改变。

二十三

棒槌吻带玉给段老公看；

次日拿到开工证

1

在施太克的圈子，包括过往的圈子的人，都认为施太克是个无所不能的人。棒槌私人给焦真讲，无非就是不按常理出牌而已，对跟你不讲理的社会、不讲理的人，你就得横着来。"呆呆，山里人的命，在城里人眼里，就是苦力、如同一条狗，怕什么！"

他厌恶阿谀奉承，给人磕头，违心"上贡"。对于再一次给段候彦送钱换取开工证，他摆摆手："暂不必，让我试试，做戏离不开锣鼓人"。

他从焦真随口说的美女带玉，找到了突破口。

带玉出生在湘西偏僻的山区。村子风景优美，一条名为玉带河的山溪绕村前流过。溪水晶莹透彻，冰凉甘甜。那时刚长大的带玉和村子的小伙伴跑三十多里山路，到镇上看电影，电影是《红楼梦》。以后黛玉便成了她的偶像，坐在玉带河边她，把自己的名字毛头改为带玉。黛玉的美丽她有，缺的是富庶的生活。

她和村子里的大男大女走出大山南下广东，到中山市三乡镇打工。灼热的橡胶臭味混合着刺鼻子的胶水味弥漫在空气中：从车间到宿舍。每天腰酸背痛工作十个小时，月薪三百多块钱。她和一个闺密走进灯火闪烁的拱北，她看到了"富庶"；当她到粤海东路歌舞厅坐台一晚，小费二、三百元。

她和闺蜜不再走回头路，回工厂了。

拱北是个练习场，带玉有了胆量的时候，迈过边境线到澳门寻求自己也说不明倒不白的"发展"。既然她的偶像林黛玉"高冷"，她绝不做"阻街女"、糟蹋冰清玉洁的身体。

她穿了一件新款复古蕾丝桑蚕丝上衣，绿底小白花点缀，斜门襟盘扣，她缓缓扭动匀称有致的身材，冷艳得楚楚动人。

她游走在老葡京的赌厅里。

她驻足了，她面前的男人，不是因为他海地式的光明头，而是他手气，"大押小"连赢五次，竟然押的倍数也能赢！此人不是别人，正是段候彦。当他再下赌码时有些踌躇，这时耳旁一个甜美声音说"压大！"荷官喊"请下注"第二遍，段候彦来不急再想，十万元赌码压到"大"上。已经开了五次"大"，还能开"大"？赌客有人直摇头。铃响揭晓："大！""大！"赌客们一片喝彩声。

段候彦起身一边把赌筹放到手提袋里，一边朝后扭头一看：一张甜美的少女的脸！这张脸正朝他微笑。柳眉杏眼，有男人无法抗拒的勾人心魂眼波。

"天呀！"段"光明"见到如此别具一格女孩子，还是第一次。而她则是喊他"押"大的女人，他的财神！

他腿脚发软。当然他腿脚发软，不只是因为带玉，他在赌场已经一天一夜了；只不过见了甜心心跳加快罢了。

带玉趁势扶住他，搂住他，替他拿过手袋，双方走出赌场，向酒店走去。

村姑身体的健美，与多名男人厮磨的经验，使段候彦第一次感到性的美妙，进而感到人生的美好。

澳门，男人的天堂，女人的银行。此话不假。

为了不使"美妙"随风而去，他打破了坛坛罐罐：离掉"老基本"、辞掉了正处级的"院长"，跑到深圳，做起领证的夫妻来了，使过去"翻片"。

局家门，"金丝鸟"以为老公回来，以吊带裸肩、露

门迎接。

到不是有光明头的老公，而来人趁势把她拥入怀中。

扎无用，仰头一看，认识，广场的舞伴！拥舞害得她湿了裤

他太像《追捕》中的男主人公那个硬汉子。这两天，白天无聊且
长，她就想他，幻想与他亲热的美好的情景。此刻是不是在梦中？
她脸涨红，仰起脖子，口中呼出的热气喷到了硬汉脸上。

伴随着门铃声开门声，她心口一颤：这不是梦，老公下班了！她
紧张地要推开硬汉，然而硬汉非但不慌张、不躲藏，反而紧紧地抱着
她不动。

硬汉无畏的气场，使得带玉受到了感染，她身体松弛下来贴紧硬
汉。

段候彦用钥匙把门捅开，被眼前这幅情爱塑像怔住了。脑子嗡的
一震，他第一反应是自己走错了门，他扭头端详门上的门牌，是自己
的家啊！他忙端正了一下眼镜，走到二人面前，端详带玉面孔，没错
是带玉啊！

可带玉却向他微笑，故意仰起脸颊朝那男子下巴蹭了两下给段
候彦看。

段候彦立马明白了，带玉勾搭男人了！他愤怒，憋得脸色发白，
冲进厨房抓起一把菜刀过来，随之问施太克"你是谁？"。

施太克在空中抓住段候彦手腕，两眼平静地直视他的脸，显示了
不一般的掌控力。他很有定力，故意夸张地亲吻带玉，喉结上下滚
动。

极有绅士风度的段候彦，没有过激行动，只是愤愤又似幽道："徐庶进曹营一言不发！"

他顺眼瞥到鞋柜上，"金利来"红蓝相间鲜艳领带放在"大哥"上，他看不明白来客身份，向带玉发出探询的目光。

此时带玉开了口，对段候彦命令似地说道："M 老骚狗还不跪下

所谓"M"，是渐入国内的西方性爱游戏中，施虐者对被施虐者的称呼。

段候彦一听一声 M，猛一惊，一怔，他缓过神，眼睛一亮，心头一喜："这是我们同道，终于找到要找的人！嘴里忙说："是，是，主人！"然后就像狗一样伏在地上。

段候彦这些年几乎天天被包工头包围着，喝酒，不胜酒力，常常酩酊大醉；唱歌，公鸡嗓音，别说别人自己都讨厌。但他，却喜欢歌舞厅 KTV 包房左拥右抱女孩子的感觉。只可惜男人的功能渐渐失去了。

为了掩饰抬不头，又不想失去乐趣，便学会了做"游戏"。他做 M 性的被调教者，带玉做 S 性的调教者，在他身上施虐，他做被羞辱的无助的性奴隶，寻找刺激，寻找性乐趣。

得不到性满足的带玉，也希望受虐得到刺激，她叫段候彦用皮鞭抽打她的背。她要疼痛，疼到身体分泌内腓太，痛是一种快感；她甚至在这种痛的快感中，童年农村一幕幕穷困生活、无尊严生活的痛苦情景，也变成了快乐。

段候彦既无能做爱，便不想勉强做爱出现的尴尬，但想往男女做爱的美好情景。他的愿望实现了；他要带玉和这个外地商人做爱，他脱光自己衣服静静地观赏。

……

3

当第二天，施太克走出段候彦办公室，拿到了区府承担煤气站搬迁费用的文件，还有开工证！

石南办公室，只剩下棒槌和焦真两个人。棒槌从石南柜子里，拿出巴山老白干酒。

焦真不胜酒力，看到酒就先胆怯。

棒槌给两个玻璃杯倒满，他拦住焦真挡酒的手，睁大眼睛盯住他："你喝不了，剩下，我喝，该可以吧？"

举杯相碰，放下杯子，棒槌重重地朝茶几上的开工证一拍，轻声地笑骂道："段局那个老狗，不是障碍的地方，处处设置障碍；恨得我要把他老婆摇晃死，他倒开心至极地鼓掌！"

说到这脏事，棒槌一点也不难为情。

事毕，带玉掩胸红着脸朝我淫逸地笑，嘴里还低声说"嚒嚒达"。老狗敬我了一杯茅台，还说"好兄弟啊好兄弟""交个朋友"！

"我'呸'了他一口，嗤笑着在他脸上打了一巴掌。他愣了一下，似乎还浸沉在游戏之中，心领神会地学狗叫，好呀好呀地叫！"

焦真眨巴眨巴眼睛，强压下心底泛起的恶心，朝空中望去，也不知是嘲弄局座的无耻，还是嘲弄棒槌的"花花"本事："魔鬼藏在细节中！"

棒槌自己喝了一口，不屑地摇摇头："现在的干部，要啥有啥，缺的就是无聊！可是那些金科玉律对的全是百姓！"

棒槌自己干了一杯，舒展肩膀，话锋一转："你的脾气我知道，头些年，我出道，我也像你一样，是个'羊'。到了社会上才知道，你手里没有刀，你是一天就混不下去的。老弟我悟出一个真理，对'狼'，你更要'狼'；唯唯诺诺，没有人看得起'羊'的！"

说到"羊"，焦真心里咯噔一跳，这是他的性格的短板。

棒槌继续："初一开学不久，你、石南和我，成了全校有名的"三剑客"，三人成天胳膊夹看书，在操场辩论。你俩离开了，我高中还被誉为'最高学者'，县文科状元，不怪大学不录取，是富农成份的学生，压根儿就不投挡。那时我痛苦地哭地抱着书着要跳汉江，结果把书丢到汉江，人没下去。

"我知道，在没有尊严的世道上，只有钱才会使自己挺起腰杆。你看深圳这个码头，人与人交往就一把尺子：钱。赚到钱，是人；赚不到钱，是鬼。有钱，敬重你，是朋友；没钱，轻视你，疏远你。"

焦真重重地点头，深有感触。他说："现在社会上有多把尺子。制定了多把不同的尺子——对自己和对别人。

"譬如这几天的影视剧吧，皇帝天天翻牌子睡不同的女人。用给老百姓制定的尺子看，乱睡女人是地地道道的流氓，睡未成年女孩子是犯罪、死刑犯；但用衡量上边人的尺子，这是天经地义的。说也怪，这时老百姓不按自己尺子却顺从上边的尺子，不但不斥责皇帝流氓死刑犯，倒喷喷地从心底羡慕宫廷生活；自己当不上皇帝，能从影视上欣赏，心里得到美娱的满足。我们的银屏怎能少得了'后宫佳丽三千人'呢！"

"——尺子社会的尺子，是乱伦的尺子。"

棒槌说："是的，我知道我是混蛋，我是渣男，我也骂我。我一刻不停的、拚命地找钱，有钱了，钱多了，就是混蛋也不是混蛋，渣男成了处男。你看我领带上挂个金链子，不伦不类，你不知道我们'三剑客'孤芳自赏的清高嚜？没办法，得装逼。"我走进政府机关，干部心里也嘲笑我土包子，但是，我看到他们从内里发垂涎三尺的羡慕。

"到规划局去，我抱了两箱浪潮牌传呼机——那时刚流行 BB 机，别在裤带外面很时尚，从楼上到楼下，挨着人头发。现在办事，我在家里，一个电话搞定！"

少顷，棒槌紫涨的脸上，嘲讽的眼神瞥了焦真一眼，瞟向空中，几乎是回忆往事的遥远的空中。

"现在有人说，理想美好现实骨感。呆呆，你还记得，在沙滩上你找了一块石头，给我讲的故事嚜？你说一躺上去，闭着眼想看到什么就有什么。三厘田，早晨种，中午熟，晚上收，养活一家人。你一觉醒来，周围正是老样子。大伙都哈哈大笑！"

焦真听罢，朗朗地笑了，人生如戏，甘苦自知。

而对现实，焦真瞅着棒槌由内向外向远处散发着勇气。和棒槌一接触，被他感染的，是他内心极度的自信，他会为你踩平你面前的不平，他会为天大的难事兜底。

棒槌呷了一口酒轻轻咽下，长长地叹了口气，说："来深圳这么多年，我领悟到，我给你和石南讲过，这个社会有它的语言，那就是'矿'。我们农民工的语言是汗水——顺从和善良。这两种语言是无法沟通的。"

焦真瞅了一眼棒槌，但从感情上理解棒槌无奈的苦衷，油然心疼他，他被他的担当所折服，但他不能赞扬和附和他，只能是啼笑皆非。

他对棒槌总结了一句话："一身匪气！"

棒槌接过话茬的话是，"匪气？我是明匪气，还有更厉害的暗匪气呢！匪气是不需要语言，匪气就是语言，能和各种语言沟通！"

"深圳这地方，就是个匪气的地方。在深圳这个地方，要崛起就要作战狼！"

棒枢呷了口酒，屏气憋息。再开口时他像个老低沉着嗓子，拨雨撩云似地讲道，"在这里你看到了改革，改革是什么，你说过，是使有权的人来这里发财有钱，是使穷人来这里更多的流汗！"

不胜酒力而又不畏酒力的棒槌，双眼红的像狮子，"你以为我装上了西服打上了领带，我有了钱我就幸福吗？错！我们沙河拉沙人要的是把我当人看！可我，可我现在什么也没有得到，得到的只有钱了，我没有朋友，我没有真心，我没有爱，没有家，真如戏言：穷的只剩下钱了！"

棒槌呷了口酒，盯着焦真的目光闪动着爱怜，"在这个社会里谈读书，人们侧目：幼稚，可笑，傻帽！到了这里，许多人明白了，知识改变不了命运，智慧改变命运！智慧是什么，玩弄人心于股掌！"

这是对初中读书的"三剑客"的反思嚷？焦真能感觉到，棒槌在敲打至今的自己。这也许是社会的共识，要莫搬家的时候，酸枣把他的书两毛钱一斤几乎卖光，大吵一架有何用？卖光了也好；不能当饭吃，牵肠挂肚有何用？

在这里竞争就是"秀肌肉"，你有什么可"秀"？自己是自我精神的强者，生活生存的弱者。

回想起来，焦真这大半生竟无一个朋友。他想自己是社会底层的人，无权无势，没有分量，无人理解，能交到什么朋友？记得在菜场做临时工那些老头老太太，都没正眼看过自己，仿佛身边不存在这个人。每到此时，焦真就低吟曹植的两句古诗："利剑不在手，结友何须多"，没用！——焦真的"手术刀"常常在解剖自己，以求自新。但是难，纵然有一张老虎的嘴，却不不知在哪里、怎样下手。

酒不醉人人自醉。当他们把心里的龌龊、虚伪、懊悔、无奈，欲说还休的伤痛发泄出来，仿佛是他们醉酒的呕吐物。棒槌光着膀子，白衬衣皱巴巴的踩在了脚下，醉卧沙法，打起了呼噜。

焦真把持半盏残酒，还算清醒，他瞅着眼前的这个家伙，站起是条人、一条大汉，醉卧在这里就是一个庞然动物。他是喝狼奶长大的，形成了畸形的价值观。焦真反问自己：自己的呢，自己的价值观又是什么呢、在哪里呢？

4

焦真第二天晚上看本地新闻，啊，大吃一惊，是棒槌，视频上的"明星"是棒槌！

棒槌给木枫镇香港小学捐赠人民币两百万元，作为"计算机编程训练营基金”。

捐赠仪式很隆重，镇长赵修普出式，有意思的是，段候彦和施太克笑眯眯站在一起。

此刻的施太克，笑容可掬，彬彬有礼，谦恭虚己；衣冠楚楚，白衬衣袖口熨帖得平平整整。

棒槌极有心计。他曾给焦真石南讲过，说刚出道，你看到香港人吃饭时，不时抽住纸巾擦擦面前的桌子，为何，他不知，但他东施效颦，装出极有教养的样子。此后他专门请人教他礼仪、教他吃西歺、教他跳舞。一绝不叫城里人笑话我们山里人"土包子"。

焦真看着电视里的棒槌，觉得有些滑稽，不禁哑然失笑。又一想，难得的是大巴山"三剑客"有人才啊！

棒槌大家风范的讲话："我们要培养学生科学思维体系，注重培养学生实践能力和创新思维，而不是知识的深度和难度！我们要学习欧美快乐教育、微笑育人的理念！"

天呀，棒槌在哪学会这些时髦的词语？他还推出新星公司两名前端开发工程师，作为训练营导师！

电视里，学生家长不断报以掌声。赵镇长接受采访时说，施太克先生是一位有成就有爱心的外商，他关心祖国下一代的成长。尤其是让我们木枫镇学童走上科学前沿，走在深圳的前列！

新闻报导还说，木枫镇正在筹备成立外商投资商会。施太克讲话赞扬木枫镇是特区投资的沃土，一定会大有作为。

镜头一遍遍摇过一簇簇鲜花，在阵阵掌声中，穿蓝色格子西装的棒槌频频招手。

二十四

腾笼换鸟鞋厂停业；

钱嘉恒贪污两伎俩

1

新星公司财务部。

墙上的销售业绩单直线上升，站在前面的钱嘉恒啧啧称奇。

财务部女主管不悦地说："二个月卖楼花的钱，都支付了外地推销的费用了！"

钱嘉恒自以为是地说道："这叫战略，一百万的宣传费，就会有五百万的销售额！"

钱嘉恒拿着一张请款申请单递给了女财务主任。

"建筑公司骆经理硬垫资的一千万，打到了我们账上，他又请款，一千万，我批了！"

财务部女主管："好的，我找建筑公司的账号，这就办！"

"哎哎"，钱嘉恒伸手拦住她，"还像上次一样，开支票，写上金额，账号，户名空着。"

财务部女主管皱起眉头："这，不符合财务规定。"

"嗨嗨嗨，你又忘了吧，我一支笔吧？"

财务部女主管无奈地点点头。

看官请注意，这是钱嘉恒第一个"伎俩"。他手握的支票只有付款人，公司弄不清这笔款付给谁了。这笔款就轻而易举地落了钱嘉恒的手里，他可以自由支配。肥了和尚瘦了庙，钱嘉恒是有钱人啦。

财务部门口传来敲门声。麦存先推门进来。

"哎呀，钱副总啊，找你可真难！"澳门长大讲粤语的麦存先，讲普通话别扭不说，还得提高嗓门，就像唱歌一样，"两个月我都没给工人发工资了，报上的宣传报道我都看到了，你是有钱。

劳动密集型工业被人称为夕阳工业。镇上有人不指名的指责佳人鞋厂，制鞋业用的化工原抖污染空气。赵镇长说镇上和市区要连片开发，劝麦存先转行，成立绿化公司，环保是朝阳产业。佳人绿化公司第一单生意就是金银滩大厦的马路风景工程。

别人告诉麦存先，钱副总工作很忙很辛苦，只能在两个地方找到他：一个是售楼部他收款，别一个是财务部他转款。这是不是有点讽刺意味呢？

钱嘉恒堵住麦存先的嘴，拉着麦老板走了出去，"少不了你的；走走走，到我办公室去！"

在钱嘉恒的办公室，他先是翻看资料，心不在焉地跟麦老板说着话。

"那先给你二十万吧！"

"二十万？刚够材料欠款……"

钱嘉恒一脸不耐烦："公司工程款一时周转有困难。下个月，下个月一起解决好吧？就这样吧！"

说着，麦老板就半推半就地被钱嘉恒送出了门外。

2

在门口钱嘉恒一看见骆经理，一把把他拉进屋里。

"我正要找你呢！先给你三百万，明早到账！"

骆经理紧扎了一下工衣，又轻轻跺了一下脚："那，那哪成啊，这远远不够啊！按合同：形象工程到十层的时候，工程款要付到二千五百万……"

钱嘉恒板下脸，一本正经地："这是个垫资工程"，他眼睛闪烁着令人捉摸不透的暗光。不知道他什么时候学会了"打太极拳"，他不紧不忙软中带硬地接着说，"按合同，你还要垫一千万呢！垫呀！"

骆经理一副无助的神情，声音有些沙哑："钱副总啊，合同签的没错，我借不来呀没办法啊……"

在基建火热发展的年代，项目是开发商的市场，建筑商被动且竞争激烈，进城的农民工程队被三包、四包还得垫资。双方明明都知道垫资是违法的，但没办法，"楚王好细腰，宫中多饿死"。

钱嘉恒摆摆手，打断他的话，"你没看见我们去北方的销售团队喜讯频传，钱都在路上呢！"

"不是那个意思，我相信公司会有钱，可……要是能借，别说一分两分，就是三分我也借呀！"

骆经理沉默了。

"三分？"钱嘉恒眼角余光闪动了几下，心里一喜，又有生意来了。他盯着骆经理的脸显出诚心帮他又有些没把握的样子："那我帮你找朋友看看。"骆经理感激地拍拍他的肩膀："好好好！"

窗外，是新星大厦建筑工地，不时传来繁忙的施工声。过了三天，晚上临下班，钱嘉恒叫骆经理快来，"钱找到了！"

办公室里钱嘉恒吸了口烟，拿起一张纸在看。

桌子一边的是骆经理，显然这张纸是骆经理写给他的。钱嘉恒虽是农民出身，受过高等教育之后表现出来总是温文尔雅，这使农民出身的骆经理感到亲切，对他敬仰，比起大小"衙门"办事员的任意呵斥，骆经理得到了少有的尊重。

但人生阅历浅薄的骆经理，尚不知道人世间有虚伪，什么叫虚伪；而虚伪总是和别有用心相连，互为表里。

钱嘉放下纸条，抬起头说："骆经理呀，这年头钱难借啊！——没法子，最后只得找我弟弟，从他公司借了五百万。月息三分可是你说的，借期六个月，一个月十五万，六个月九十万，利息先扣，下午我通知我弟弟把四百一十万元转到你账上。"

骆经理认真的像孩子似的傻傻听完钱嘉恒的话，脸上表情木然，陷入无奈和忧伤之中。

这是钱嘉恒阴险发财的伎俩之二。这笔款本来就是骆经理的钱，日前"硬垫资"打进了公司。所谓工程队为开发商垫资，分软垫和硬垫两种。软垫是机械工具、材料和工程费用如工资等等，硬垫就里将现金汇入开发商帐户，给开发商用于工程开支。

钱嘉恒不但把骆经理的钱不拨付骆经理，反而用骆经理的钱又高息贷给骆经理，并且先扣除高额利息。这就是用人家的骨头，熬人家的油。

此时窗外工地灯火通明，劳动的声音此起彼伏。

3

山坡。望春、铃铛、栓栓等农民工望着新星大厦工地。

工地灯火通明，吊塔转动及劳动的嘈杂声。望春想到焦真拍胸脯保证并作割头状，甚是开心。

她几次约焦真吃饭，被谢绝了，他说晚上加完了班就找她。

焦真刚走上山坡，望春就欢快地说："我们天天都看你们的杰作呢！"

焦真说："我也喜欢看！"

众人嗑着瓜子哈哈大笑起来。

望春给焦真塞了一把瓜子，笑道："这是给你的咨询费！"

山坡夜幕中的望春，心情变得沉重起来。

"我要咨询的是我爷爷的事。爷爷是老知青，大半辈子在村里教书，现在政策取消了民办教师，国家有文件说采取切实措施，让他们生活得到依靠。都三年过去了，县里什么退休金劳保啊，都没有给，我真想打官司！"

焦真听罢，皱了一下眉，摇摇头。

"这属于政策问题，法院不受，只能投诉，向政府部门反映。"

"反映过好多次了，不顶用。爷爷行动不便，好，过几个月我就回去再去上访……"

熬夜，不顺心，再加上卖房子、守工地人，人来人往的应酬，焦真也学会了抽烟。焦真掏出支软中华，刚吸了两口，一瞅眼前的女士，说了声"失礼"立刻揉灭。他抬起头，顺口就问望春："望春，你是哪个县呀，好熟的口音！什么南巴县……我是东巴县，临县啊！"

望春亲热地说："是大老乡啊！"

一旁的玲玲打趣地笑道："常言道，老乡老乡背后一枪！"

说罢几个人一起都笑起来。

"这一枪"虽说是说笑，可望春却敏感起来。她水灵灵的眼里充滴着期盼，乞求似地问焦真，"我的钱，我的钱黄不了吧？"

"你想歪了！"焦真依次拍拍望春、栓栓和玲铛的肩膀，"我说过，公司售楼势头这么好，你们若有急用，我可以帮你们赎回变现的，放心了吧！"

接着他提高嗓门："我们信奉古人名言：借水还油！到时候要房有房，要钱翻番！"

他不是帅哥，手伸向天空，像个演员。

4

在返回公司的小路上，星星稀疏，灌木枯枝不时地牵拌焦真的裤腿。他不经意的和自己打趣："妈的，这是什儿预兆？"

刚才望春说起她的爷爷，焦真联想到一个人，是他小学的启蒙老师，姓许也是民办教师，同样也会被辞退的，不知道现在过得怎么样？岳父说过，那可是个好知青，舍不得娃娃没学上，就没返城，在南巴的临村子成了家。焦真记得许老师每周往返三十多里山路来村子上课。现在也六十多了，该退休了吧？他脑海里浮现出老师亲切的面容及往事。

焦真把手指向天空似乎是表演，隐约中一种看不见的力量把眼前的少男少女和遥远家乡，竟以缘相连，将要上演悲喜剧，那位望春"爷爷"老师正是焦真的启蒙恩师，然而他却预言过焦真会是人生失败者；"背后一枪"，也并非戏言，倒下的竟是这位老师！——这是后话。

5

和工地灯火相呼应的是，石南办公室的灯光还闪亮着。

石南发出爽朗的笑声，他放下了报纸，露出了灿烂的笑脸。他对焦真说开个碰头会。

坐在他对面的钱嘉恒积极地汇报着。钱嘉恒年近六十，时至深夜毫无倦意。

石南放下钱嘉恒写的计划书，迟疑地看着他。

"三个月能回来两千万？"

钱嘉恒温和地望了焦真一眼，缓声说道："不过，石总，我还有个大胆的提议，和焦总商量能否扩大楼花的售楼款中再拿出五百万用于北方省份打广告，组织团队现场销售，今年就能回笼一个亿！除去成本呀、税收呀净赚五千万，三座大楼的电梯款、水电设备款全有了！"

石南又连连击掌，"好，好！"

金银滩的开发硬是市领导给套上的笼套，是白手起家啊！石南整夜整夜的睡不着，科技楼、金楼、银楼，那一砖一瓦都要钱，钱在哪呀？倒像是三座大山压得他作噩梦，许多人身兽面扑他而来要钱，再一转换，手里捏着锋利的泥瓦刀。

听钱嘉恒这么一说，建设资金落实了，还很充分，是天大的喜事。

石南习惯性敲敲键盘，他也有了运筹帷幄、决胜千里之外的帅气："你给包工头骆经理说说，请他再垫资一千万，两个月有回头钱，都给他！"

钱嘉恒的"生财之计"得到了老板的首肯，他满意地笑了。

"有你一支笔，资金可要把好关，眼下科研就停下了，给你让路啦！"

钱嘉恒猛吸了一口烟："没问题！"

他的笑令人捉摸不透，石南、焦真谁都有觉察到他目光的诡异阴鸷。

石南同意钱副总布局之后，这才转向焦真征求意见："你看呢，行不行？"

焦真听的似懂非懂，还是听不进去，只能说："对财务运作我不懂，听你的。"

石南站起来，给三人打开三罐啤酒，他举着酒说："建设特区，就需要一批敢想敢干、敢为天下先的人，就是我们啊！"他仰望窗外深邃的夜空，像诗人抒发感情。

石南转身坐下，压在钱嘉恒手背上，"你呀，钱高工，IT 专家，一荒废的太久啦，对不住啊！"

钱嘉恒惺惺惜惺惺，带有感情地"唉"地叹口气："顾全大局呗，再说，干啥不都是为赚钱，是吧？"

真正下大棋的不是石南，而是钱嘉恒。他的"大棋"是偷偷地把工程款流进自己的口袋。金银滩大厦工程在不祥的阴影之中。

6

回到家，焦真一屁股坐在沙发上。

对公司出现的乱象，他长长地叹了口气，自言自语："这个石南，到底在干什么啊？"

门打开了，儿子明明低着头走了进来。

"哟"，酸枣问道，"小明，你这是怎么啦？"

明明委屈地看着妈妈，顿时地哇一声大哭。

焦真忙问："怎么了？在学校被欺负了？跟爸爸说！"说着拉明明同他面对面地坐到沙发上。

明明说："今天同学们都来问我，什么时候能住进大房，春暖花开，面向大海？"

焦真说了话："你的同学家里大多从粤东山区来，开排挡、杂货店，住的是铁皮房，他们也想住好房子，要理解他们……"

酸枣："那你怎么回答的啊？"

明明抹干眼泪："我说到时候，请他们到我们家玩！"

酸枣认为孩子做得对，赞许道："你真有礼貌。然后呢？同学就欺负你了？"

明明委屈地点了点头，又哽咽起来："他们说我们家有钱，我说我们家没钱，他们说我不诚实！"

焦真不知说什么好，不禁重重地叹一口气。

酸枣中午请公司两个同事吃饭，还为家里晚饭打了包。"好啦，乖，今天有你喜欢的汉堡。"

边说边拉明明去卫生间洗脸，"那也不是你的错，过两天小朋友们就忘了这事儿了！"

焦真有什么不好预感，心里很乱，在房间里踱去，然后开门要走出去。他对酸枣说别等我吃饭了。酸枣赶紧从厨房探出头来，"我给买的意大利甜馅煎饼卷……"

在公司，酸枣迎来送往常去西歹厅，她的饮食视野放大了。

不容妻子问清原因，焦真已经关上了门。酸枣摇了摇头，回到了厨房。

7

　　佳人鞋厂机器声响起。麦存先利用原有机器，转行生产绿化设备，供应金银滩大厦。

　　穿着工人服的望春走出了车间门口，给老家的爷爷打电话。

　　"爷爷，你就安心养病，配合治疗，等我把楼花钱赎回来，我陪你去县里的医院去看病。"

　　电话的那一端，老人在轻声咳嗽声中"哎哎"地应诺着。

　　加班加点的厂房依然灯火通明。履带从工人们面前转过动，工人们双手敏捷地装配零件。

　　栓栓和两个工友从车间里跑出来。栓栓望着望春伸了两个懒腰，气冲冲地不停抱怨着。

　　"加班，加，只管饭，不给钱，不干了！"

　　望春叹气："又是拖欠！"

　　话毕，又低声地劝栓栓，"忍忍吧，再有两个月，拿到楼花钱，咱就回老家。"

　　麦老板也跟了出来，着急地招呼工友们回去加班。

　　"工友们，干活呀，干活呀！人家新星公司，市里重点扶持的企业，不会老拖欠我们钱的，人家老板说下个月回来大批房款……你们看，人家新星暂时困难，你们看人家的大楼……"

　　不远处，新星大厦工地灯火通明，在繁忙的施工中。

8

　　新星公司门口，几个人个人围在一起窃窃私语。

　　焦真假装没有看见他们，直径往大门口走去，路过他们的时候，放慢了脚步，想听听他们在谈些什么。

　　有人说："我真怕弄假成真了，我没钱买房，签那个购房合同是钱副总为了套银行的钱，我付首付的十几万块是借给新星的，为的是三分利息。"

几个人附和他的人："是啊，是啊，别房子盖好了，要我们履行合同，银行催还贷就糟了！"

议论的人声音不大，焦真听得断断续续。这个事情焦真偶尔听钱嘉恒提到过，具体的不清楚，现在看来也是一个潜在的问题。

二十五

紧缩银根违贷暴露；

意外却获百万信息费

1

只要是项目，只要是开发项目，必然要资金运作，资金是由人运作的，人的贪欲，人的本性必然显露出来，常言道是肉人人都想啃两口，只是明暗不同，贪欲大小不同，而贪欲大小实现与否和支配的权利成正比。

开发项目是为了赚钱，那生财之道是设计项目。金银滩群楼项目最先就是被设计出来的。

深圳特区成立之后，不断受质疑。第四个年头，特区还要不要办？争论公开化。当"改革开放"再次被明确之后，特区发展逐步加快。北京是资讯发达的地方。一位"海归"的高干子弟，带了一封信来到深圳。

为吸引外资投资办企业，尤其是高科技项目，政府颁布了税收等减免优惠政策。历来和北京鲜有接触的广东地方干部，看到北京条子十分重视。

而这位青年说要投资项目的提前是要土地。他已经考察了，要距离香港近、交通方便、风景优美的水乡木枫镇。

赵镇长，赵修普多年励精图治，干一番大事业的愿望要实现了，小舞台可以唱大戏。积极配合，动作迅速，叫停金银梭电子公司、花卉、草皮等用地，为新成立的"金银滩房产开发公司"让路。

赵镇长为了和这位年轻老板建立长期友好关系，中秋节给北京快递广东月饼，六七月荔枝成熟，派人乘飞机到北京专程送荔枝。这是后话。

金银滩房地产公司注册的董事长是那位年轻老板，名叫何六六，何六六正是七年后来深圳成立大湾融银公司的何赛文的哥哥。

何六六与木枫镇签订了土地出让合同之后，自己没有出钱，而是让承揽工程的包工头交了二十万定金，再之后由施工队垫资施工，欠了设计院、探测公司。设计院一屁股烂账。

湖南人敢为天下先，跑到深圳开发。他们付了何六六两个亿，买下了项目，买下了公司。然而金银滩大厦正要开工，湖南人又拿着资金跑到海南跑马占荒买地去了。金银滩大厦成了烂尾楼。

这时石南来了，镇上就把新星公司抢过来，镇上有了独占东南亚鳌头的高科技项目，又盘活烂尾楼。赵镇长给石南出谋献策：开发金楼、银楼，作为高档外销房赚的钱，就是中间的新星大厦；资金由赵镇长出面筹措，银行表示大力支持。新星大厦就是木枫镇的地标！

石南获得了金银滩大厦的开发权，也就承接了这个项目的债务，包括确不知道的隐性债务。

石南来深圳赶上了好时候。上一年国家结束货币紧缩政策，的经济复苏，大规模投放启动资金，年未增加贷款一千个亿，当年两次降低利率。全国各地的银行、投资公司，甚至农村的信用社都跑到深圳，抢着放货，上门放贷，只要公司有个项目，当即放款。而房地产项目，成为贷款的首选，土地、在建工程作抵押，银行低风险。这样企业瞬间有大把钱用，信贷员一竿子又有回扣，皆大欢喜。

钱嘉恒就是这时上阵的，如鱼得水。

后来人在回顾金融乱象时说，当时的印象：望广东大地，房地产"一路高歌"。

但是世事难料，仅两三年广东房就"一路高歌"，国家抑制通货膨胀、房地产过热，1993 年 6 月终场哨声吹响。

像当年"上门送贷"那样，一批批银行人员迅速来到木枫镇，把在建的大厦通过法院，分割查封了：只能建设，不能出售，销售款必须转入法院账户。

新星公司接到一份又一份法院送达的查封通知。

石南怒火中烧："金银滩"是金银滩，"新星"是"新星"，"金银滩"欠债为什么要"新星"来还？

"新星公司承接了金银滩公司的项目，就享有该项目的债权也要承担该项目的债务。"

石南眼睛直直盯着焦问："谁说的？"

"民法通则上是这样规定的。"

石南气得指着焦真说："好啊，你也帮人家讲话……"

石南后悔当初轻信赵镇长说该项目多好多赚钱，笼统地说了个债务数额，不知道现在有这么多债务，一个一个像地雷暴了出来！

石南决定自己亲自来抓房地产，清仓查库，彻底搞清账目。他还暗暗下了个决定，工程不停，要给人看。

钱嘉恒以母亲病重为由，请假回了上海。

这个骨节眼上，法律咨询就显得尤其重要，焦真搬到了公司来住，竭尽全力扶助石南渡过难关。

焦真对债务梳理出头绪。一是把在建工程重复抵押给银行、金融机构，获取贷款；二是向社会假购房真借款集资，公司向集资人借款人十五万，便可获月息三分利，然后与开发商签订购房合同（双方都知道是假的），作为首付款，在银行办理按揭手续，以合法形式掩盖非法"集资"的目的，公司从银行拿到按揭款。

钱嘉恒是何六六、湘宝公司的副总经理，明知弄虚作假，可当时就这么主持运作的。在焦真来之后，不敢再签假合同，改为销售楼花。

现在一缩紧银根，新老三角债立刻显现。新星公司有几十件纠纷在市、区法院，焦直疲于应付。

2

在这忙乱时刻，跳出一个人，不是别人是肖望成，火急火燎地星夜找焦真。这两年肖望成可谓是无业游民，他凭借地缘、人脉的优势靠介绍项目、帮人融资收取一点中介费度日。但是也难，谈十个九个是空的。

他当年出入黑色桑塔纳纳小轿车，风光不再，现在大太阳下步行戴一顶布料大圆帽。人一穷被人看不起，在街上不偷也像个贼。一个被镇党委镇府培养成闻名全市的"五四青年劳模"，沦落到这步田地，其原由没有人能说得明白。

这还未了，还成了赵镇长赵修普眼中刺，几次嘱咐公安分局分管治安吴乃副局长，把肖望成列为内控对象，随时可以以寻衅滋事的疑犯把他关起来。

肖望成找到焦真，二人现在不再去咖啡厅而在马路沿上坐下来，嘴里冒着烟谈话。

肖望成说："北方投资公司来人了，来晚了，没有空房子可查封。来的经理是当年的经办人我们认识。他现在急得团团转，投资的六千万要打水漂，没法回去，回去没法交代。"

"空房子都封完了，我有什么办法。"

肖望成："要不才来找你嘛！"

焦真急着要回去，肖望成拉住他的袖子，"焦总，你——"

肖望成话音未落，不远马路沿"霍"地站起一个人来，三步并两步跑过来，使劲握着焦真的手："大哥，你可得帮帮我呀！"

"谁呀？"

肖望成忙介绍："我说的那个朋友。"

来人敦敦实实的，大头大眼。"我从沈阳那嘎达过来晚了，全得靠大哥帮忙！"话语间塞过来一个厚厚的信封。

焦真重重地推了回去。

敦敦汉子乞求道："只求大哥跑一趟法院，打听打听情况！"说完，就仰脸看着焦真，"这六千多万的投资要是打水漂了，一分钱拿不回去，我老板，还有我这个经办人都得坐牢！"他仰起脸，似乎等期给他一个死活的"判决"。

焦真常常觉得自己是个对社会、对朋友无用的人，有人如此哀求自己他心软了，明知无用，还是恳切答复他俩，明天去趟法院。

事末办成，敦敦千谢万谢。而肖望成把焦真拉到一边低低声说："他老扳说了，只要能拿回去，我们中间人要多少钱都没问题！就怕投资款成零蛋！"

焦真想起一个案子，一个多月前焦真去应诉过。

案情：原告是三十几个自然人，和钱嘉恒签订了六十多套房子的购房合同，交了首期款。合同之外还有一张补充合同。补充是合同写明首付款是给开发商的借款。开发商支付月息三分的利息。诉求是该合同无效，退还借款，不再交缴房款。"

应人事小误人事大。第二天焦真还是去法庭走走。恰好这个案子判了，要焦真代表公司签收。

法院判决：明为购房，实为高息揽存，购房合同无效。

焦真快速找到肖望成，把他拉到一边，兴奋地说："意外的好消息，原告购房合同无效，原告查封的这些房子没有法律依据了，自然会解封。我把房号给你，快去找北方公司的人，马上写个简单的诉讼保全申请递给法院立案，先重复查封这些房子，然后就起诉。等待无效合同的判决生效（三十几个自然人不上诉，十五天判决生效），原这些房子必然就判给北方投资公司，落到北方公司手里。"

有望成瞪着眼笑了，但他马上收住笑容，问："大概总房款多少？"

"九千多万吧？"

肖望成眉毛动了一下："败棋有胜招！"咽了一口唾沫，"我给他开口，咨询费百分之二十，咱俩平分！"

焦真这几年见的多了，尤其是中介，就叫作生意。他常常想尝试。万万没想到就这么发财。

焦真问："人家娃答应吗，分这儿多？"

肖望成拍了两下焦真肩膀："老兄，放心；要不，我们介绍给没查封够的其他银行，照样有钱拿！"

握别时，肖望成很江湖地说："你公司事忙，后面的事交给我，小弟决不食言！"

敦敦汉子和他沈阳来的律师，转身径直去法院，持单位手续，提供新发现的被告新星公司财产，即未出售的房屋的房屋号数，申请诉前保全，价值六千多万元。

接下来，敦敦向公司报了喜，再下来要给人家兑现信息费。

总经理犯了难，当时饥不择食，什么条件都答应。现在要给这么大笔钱，谁点头谁将来都说不清，会受牵连。最后老板通过敦敦向肖望成表态，既然有协议，就拿"协议"叫法院判，法院判多少我们给多少。

肖望成有事干了，又和敦敦（北方公司代理人）打半年官司，法院认为信息中介合同有效，被告北方投资公司应履行合同约定的义务，支付六百万元给原告肖望成。判决书下达的时候，焦真的刑案在审理中。肖望成也讲义气，把分给焦真的一半三百万留在了法院。

二十六

工厂欠薪又停产，

爷爷病危望春急返乡

1

底层社会小人物做生意是艰难的，没有背景没有人帮。

下午上班，阿貌的手机响了。是小朋的呼叫："阿貌救我！"

电话是从工商局检察大队打来的。小朋因走私剪刀机被扣起来了。

阿貌赶到时，小朋大叫冤枉。"我是从广东肇庆进的货，是国内贸易，怎么走私呢？"

小朋又一次遭到工商大盖帽的训斥："你还敢讲！你单证不全，知道吗？接着就把一张五万元的罚单交给了阿貌。又对小明说："叫你太太拿钱来，就让你先回家过年。也不是我们心好，是公安要过年，除了杀人放火的案件之外，别的案子不收。"

"阿貌，我一天都没有吃东西了！"小朋哭丧着脸，祈求着阿貌。

"五万元！去哪找呢？"阿貌说，"对了，你不是说今天有钱进账，进了吗？在哪儿？说了我去取！"

"哎呀，哪里会有钱，就指望这单生意！"

"那你是骗我？"

小朋捂着脸，点点头。阿貌气愤之极："你呀！真混！"

"别啰唆，快去拿钱来，要不还真的想法子把你掷到'号子'里，过了节再说！"

"别，别！"小朋向阿貌伸出了求救的手。

阿貌离开了工商局大楼，车开得很慢。她给小朋的几个生意上的朋友打电话，回答似乎是研究过的一样："不是不帮忙呀，这两天债主上门，躲都躲不及呢，哪里还有钱帮朋友，过了年，到了十五看看吧！"

阿貌又找到几个平时老粘着她的几个老男人，一听到钱的事，都热情的首先说一定帮忙，末了回答："过几天我给你信""年前不方便，过了节一定办！"

阿貌无奈中想到了楼花。她想到了抛售楼花，请焦真想想办法，亏本也行。

当她兴冲冲赶到售楼部时，眼前的景象让她怔住了；特别是焦真被骂骂咧咧的人围住，楼要烂尾了！她看到眼前的情景，心情一下子沉重起来。

她缓缓走出来，耳边响着一位女工呵斥焦真的话，"要的是救命钱！"而焦真一向诚实的面孔此时却尴尬、无奈，对他寄托着美好感情她，心碎了。焦真，真如你所言，你是精神世界的强者，却是现实生活中的弱者。

她决定明天一早去二手车行把车卖出去……

2

售楼部一片混乱。叫的，喊的，争吵的。打探情况的，嚷嚷着要求退房的。印刷广告的来要帐的。

焦真坚守在办公桌前。焦真回答着各种咨询。

望春从人群中窜到前排，拉住焦真，"焦总，焦法官……"

焦真看到望春等农民工，心情沉重，不住地道歉。

公司对不住你们，我对不起你们！"

望春："啥时间能给退钱啊？会不会没有了？"

焦真坚定地说："不会没有！"

望春失望极了，他用焦真说过的话反问他："用头担保？"

像一闷棍突然击来，传真顿了一下，不，决不会使打工妹失望，他知道那血汗钱意味着什么？他瞪大双眼，决不食言，下意识地举起拳头："用头担保！"……

3

山坡上望春等人望着星火点点的工地。

望春和老家的姑姑通电话："……好的，好的，姑姑，我拿到钱就回来。什么，我爸带着钱又东莞往回赶，好的，知道啦！"

挂断手机后，望春告诉了身旁的铃铛坏消息：爷爷要住院急着要做手术了。

忽然间，金银滩大厦建筑工地灯火瞬间全部熄灭了，望春他们骤然紧张地站起来，面面相觑。

望春紧紧地抱住铃铛。

工厂车间门口，麦老板正在带人锁上仓库的大门。

栓栓冲了上来，妄图阻止他们，却被麦老板身边的助手推到了一边。

栓栓愤怒地喊道："两个月的工资都没发，从上个月拖到这个月，昨天又说下个月发，现在连工厂都要关门了，你欠我们的工钱不想给了？"

人群中爆发出声音："不给钱就别想走！"众人围了上来，把麦老板包围起来。

麦存先赔着笑脸说："哎哟，各位工友，你们也看得清楚，我们被新星公司给坑啦，欠的工程款追不到啊！"

工友们怒视麦存先。

麦存先顿时害怕了，瞬间一边装出可怜状，也又诚恳开始安抚大家："前段时间让大家加班实在是太辛苦了啦，这两天正好给大家伙放假休息一下。我现在就去银行以这些货、厂子的设备作抵押借钱，我保证，拖欠的工资一定发！大家，就不要担心啦！"

工友们刚一静下来，麦存先趁机赶紧冲出人群匆匆离去。栓栓看着麦老板逃走的背影，气得说不出说话来，眉毛抖动，咬牙切齿。

这时望春想到什么似的，嘴里自言自语叫了声："不好！"

望春想到的楼花，楼花钱怎么办？

说着，拉着铃铛的手就走，栓栓紧跟其后。

4

面对暂停生产的通知，和发不出去货，面对天天要吃饭的工人，黄存先像热锅上的蚂蚁；他的如意算盘也要泡汤了。他的确去了银行，但不是去贷款的，向工人许诺的贷款是一时搪塞工人的话；而银行正在逼他还贷，他来银行是请求银行展期的。

他无处可去。银行都落班（下班）了，他坐在外面的台阶上，点燃一只又一只低价的"良友"牌香烟。他忽然想起小时候跟老爸出海打鱼，也是眼前这样的黑天，在大海深处，小船随浪拍打、摇晃，心里恐惧极了。此刻就是那熟悉的心情。

他是卖粥起家的。在澳门关闸旁的棚户区，先天泡米，夜里四点磨米；在澳门开的是小鞋厂，只是觉得累，但没有烂事缠身。

在深圳办厂是大了许多，拿着澳门的配额，赚钱是没问题的，但杂事太多。无论是镇机关人员、亲戚朋友，一批一批到澳门旅游的人都得回去接待，安排吃住，每人还发五百元澳币零花钱。对去的人来说只是麻烦一次，对麦存先来说就是数不清的几十次。还有借赌资的人是输是赢都不会还的。

令麦存先不能说的是赵镇长赌性极大，他傍上了麦存先，输得一分不剩，半夜敲麦家门借钱。麦太太劝他不要再赌了。没想到赵修普一下子跪下了："最后一次，一次，三千块……"

麦存先连货款都留到了澳门，鞋厂亏损，银行的款有借无还。

这些焦真都知道，心里啊明白，压垮"佳人"厂的并不完全是新星公司。

5

望春准备赶夜班车返乡，在宿舍收拾行李。

电视上正在播放新闻：石南被推搡的照片。

记者的画外音："我市高科技企业新星公司金银滩厦工地，资金链断裂，购房者纷纷要求返还楼花款。"

望春拿起手机，焦真仍然关机。

望春仰天掉泪："工厂拖欠工资，买楼花的钱又没了，这让我怎么办啊？爷爷又重病住院催回家。焦法官到底在哪了呀？"

栓栓说："咱们都相信焦真了，唉！"他气愤地把拳头握得格巴格已响，"下海还没几天，也学会骗人了！"

望春无奈，深感委屈，"啊呀"地悲叫一声，放声大哭。没人劝阻她，只有栓栓拥着她肩头往外走，哭泣渐渐平息。

望春眼瞅当前的厂子，又抬头望金银滩大厦工地，又远眺灯火辉煌的深圳市容，心里呐喊道："生财的路就这儿难！"

她想的发财梦，与现实仿佛隔了一玻璃，看得见，走不进，摸不着。

二十七

石博士后悔蹚浑水：

牛被人牵走留了个桩

1

石南电话讲个不停，银行逼债、包工头要工程进度款、购房者要退房退楼花。声音此起彼伏，石南口干舌燥。

秘书轻轻推开门，给他手边放了杯热咖啡。

石南转动背椅面向墙闭着眼。没好气地："没我命令不许人进来！"秘书灰溜溜地退了出去。

石南烦躁地索性把所有的电话线都拔掉了。

瞬间安静了下来，他看着桌子的一堆"催命"的文件，身子缩了下去，把自己在老板椅中埋了起来。

焦真推门进来了。

"我不是说过吗？，不许打扰我！"

说完，石南才转过身伸起腰。

"怎么是你？不是已经下班了么？"

焦真走过去匆忙把桌子上的文件装进一个带子，一只手抓起石南的外套，拉着他和公文包不由分说地就走。

远处传来喊叫声："堵大老板去！"随之人流涌了出来。

要出事了！焦真跟着出来。

公司大厅里也是乱成一片。

焦真穿过混乱的人群，往楼上走去。

石南从办公室里偷偷溜了出来，混在人群中。被两个人看到了，焦真担心的目光紧随着他，石南想偷偷溜到他身边。

不知道那里传来了声音："他就是老板！"

石南顿时被人围住了，场面顿时更加混乱。石南被人连推带搡的，他时不时地扶住要脱掉的眼镜。

"咔擦""咔擦"的照相机的声音，有人照相，画面定格在一瞬间。

焦真赶紧上前去拉扯，连他都遭殃挨了一拳，衣服也被扯坏了。他还是想挤进去把石南救出来，却被挤到了一边。

冲出大庭，天已落下夜幕。焦真给刚要上车的石南使了个眼色，把自己的外套掷给他，指了指后门。

几个隐藏在暗处的包工头打扮的人瞬间涌了出来，围住豪车。人群中一个老板模样的人，他压抑着怒气，礼貌地敲了敲车门。

车窗降了下来，是焦真的脸。

焦真："您有什么事？"

众人面面相觑。

2

穿着焦真外套的石南偷偷溜出门口，登上了焦真的自行车快速离开，消失在夜色中。

一包工头老板暗骂："妈的，被他金蝉脱壳了！"众人怒气冲冲地看着焦真。焦真故作镇定。

一个包工头："妈的，不给他点颜色瞧瞧，就不知道马王爷三只眼！我们今晚就停工，看他来找我还是我打他！……走！"

说罢，几个人离开了。焦真看着众人离开的身影，松了口气。

"这个石南，到底在干了些什么啊！"焦真在寒风中瑟缩发抖，孤独的身影在路灯下越走越长。

路过一家小吃摊，焦真转身正要买一份小吃。

一个人一把拉住了他，吓了焦真一跳，。他猛一回头，竟然是吴乃。

焦真："怎么是你？"

吴乃："新星公司的事我都知道了。走，我请你吃饭！"

一家粤菜馆，小包间。

服务员递上了菜单，两个人翻看着。焦真偷瞄着吴乃，犹豫再三终于鼓起勇气问他："我再叫个人过来，你不会介意吧？"

"石南？"

焦真点了点头。

"我还以为他跑掉了呢，看来是躲了起来。让他过来吧！"

一盘沙姜鸡端上了桌，乔装打扮过石南，夹了一块就往嘴里面塞，没有了之前大老板的意气风发的气质，反倒像个流浪汉。

焦真和吴乃都看呆了，筷子停在空中。

石南终于意识到了自己的行为，歉意地看了看他们一眼，"对不起，对不起，饿了一天了！"

说着，他放下了筷子，做出了一个请的动作，焦真和吴乃慢慢吃了起来。

吴乃没好气地问石南："石博士，你有没有想到什么解决的方法？"

"还没有。这不，得和焦真商量嘛！"

焦真开口："你这个人啊，说好听点叫敢想敢干，说不好听点了，就叫胆大妄为！真是聪明反被聪明误啊！"

石南开口："我错就错在偏听了钱副总的策划，对资金没有把关。"

焦真一把拦住他的胳膊，把手中的文件摔到椅子上："你！……你这简直就是胡闹，还搞非法集资，三分利，还得起吗？"

石南哄着焦真，把文件推到了一边："焦真啊焦真，你也真够较真的。先别看了，喝口茶吧！"

"你前面签了这么多合同，我来了不给我，前面何六六灵地的事你也没给当回事给我说清楚过，你雇我这个法律顾问就是来给你收拾残局的吗？"

"焦真，我没必要瞒你啊，人家做事，还有一个鸡蛋的家当，我没有啊！我是要租写字楼的，都是他们要我搞房地产，能借到钱，十多亿啊拿我当空手道！我当时签这些合同的时候真以为不会出事呢。而且，听钱副总说得好，房子建成，所有烂账都抹平了，有什么不好？"

焦真担心地看着淡定自若的石南。

"我知道盖大楼你没资金，但是你这么做实在是太危险了。任何一个环节出了问题，你就整条资金链都断了。"

搞技术的人都是一根筋，特别是石南少年得志，美国宾大的博士，骄傲自负。

焦真看他一点劝言都听不见去，更是急躁："石南，钱嘉恒搞了些什鬼我们不清楚，当务之急是得请个会计师事务把账理清楚。"

石南无所谓地摆了摆手，"哪不是让我石南社会上出丑？要查，自己查，你带人查。"

说着他摊开了两手。

"没事儿啊，我石南一定会逢凶化吉的。我这几天不是一直在想办法嘛，电话和香港几家投行谈 AI 合作的事，我也准备了后手。我知道你是我好兄弟，替我担心，好意我心领了。来，我敬你一杯吗，感谢你对我的关心！"

焦真无奈地和他举起茶杯，叹一口气。

石南啊石南，你这脾气性格早晚会让你栽个跟头的！

吴乃讥讽地说："申请破产吧！破了产，你就不用还债了！"

石南不服地回应："我决不能亏了借钱给我的人！我，有地，有在建工程……"

吴乃揭穿他，打消他的幻想："你资不抵债！"

石南："我还有专利！"

吴乃："不服输？有姜（有种）！"

吴乃笑了两声，对焦真说："你看清楚了吧！这就是你一直相信的天才！他玩砸了，要让所有无辜的受害者替他埋单！"

本来是要夹菜吃的石南，听他这么一说，也把筷子放了下来，从兜里掏出了钱拍在桌子上。

"我用不着你埋单！我会为自己的行为负责的！我石南向来好汉做事好汉当！"

吴乃不禁看着他冷笑了起来。

"把你的钱收起来吧，石老板，你的钱还不是买楼花人的血汗钱？本想当和事佬，和焦真劝劝你……"

石南听吴乃这么一说，他心里有点难受了，不禁低下了头。

石南："吴乃，吴局，有你这么当朋友的吗？看见我落难不但不帮我，还说风凉话讽刺我！"

吴乃潜意识这是他的地盘，强龙岂能压住地头蛇？兵败孙山，你石南还目中无人！现在眼看金银滩大厦烂尾，再忙，也得把金楼分给镇领导的房子的事怎么办说清楚，吴乃要约石南跟赵镇长吃步饭说一说。镇上对石南都是气。

"石老板，我可高攀不起啊。如果不是因为焦真，我知道您是何方神圣啊？"

石南气得直接把杯子摔在了地上，直接上去一把揪住吴乃的脖领。

焦真赶紧起来拉开了他俩。

"小石头"，焦真说："你要知道吴乃也是担心你，谁没点脾气？"

石南："我还有脾气呢！"

说着他冲到了柜台上拿过了两瓶二锅头。焦真："怎么还要喝白的？"

石南塞给吴乃一瓶，自己一瓶开瓶就猛喝两大口，扭头看看吴乃。焦真拦住他别喝了！

吴乃讽刺地说："真有种，敢打警察，你是对手么？"

焦真安抚吴乃："你少说两句吧！……你别看小石头学历高，可他哪会懂什么做生意啊，又刚从美国回来，水土不服，能不栽跟头？"

焦真无意，这话刺入石南软肋。

石南早有悔意，何必蹚房地产的浑水？他避开了他们两个的眼神，端起瓶子快喝个精光。要倒下去的时候，吴乃一把搂住了石南的肩膀。

吴乃安慰他："石博士，我们的心是相通的，你也是被人欺骗，人生哪没点磕磕绊绊的。"

石南要流泪了："兄弟，没救了！谁知道会暴雷？何六六和湘宝公司掩盖了那么多债务，人家把牛牵走了，就留了个桩，要我赔钱，我不服！何六六空手道拿了钱远走高飞，还有钱副总也害我，把钱偷出去搞什么投资移民……多家银行的贷款还不了啦，收的购楼款打了水漂，接下来，我该坐牢了！"

吴乃："我就是干这个的，一定把钱老贼抓回来！"他话锋一转，我能明白你的感受，你看你累得眼圈都黑了。你是高知很单纯，深圳的社会很复杂呀！"

石南不以为然，知识分子的快人快语："要说复杂，美国社会复杂，三权分立，治国方略两党国会经常辩论，一项政策地方政府与联邦政府明辨是非。动不动就要民众投票表态。

"深圳反倒是个单纯社会。全社会只谈钱，你有钱就看得起你，认你个朋友；赚不到钱穷光蛋没人瞧得起；别人都忙着挣钱没时间和你谈文化谈历史谈法治谈'人生'。"

"这里的温度四十度，人人都流汗，你来了你能不流汗？"

说到这里，吴乃瞥了一眼焦真，他想戳一下焦真的心窝子。

焦真似听非听，心不在焉。他小心翼翼地掏出手机，开机，生怕听到坏消息。当他正想站起来，手机信息铃声响了。

3

焦真一看，是望春的信息：

"焦法官，我爷爷要住院了，医生要做手术，我得回去看看。工厂停产了，我们今晚乘车就走。天上无云不下雨，地上无人事不成。只有靠你了，把我们的钱还回给我们，你是讲诚信的人……"

焦真看了一下手机，还不到十点，二话不说夸出门去，急匆匆蹬上自行车朝车朝马路飞驰。

焦真赶上了，你看见望春和栓栓等在长途汽车站。

大客车进站了，望春等一群农民工挤上了大巴车。

他想喊望春，但又能说什么呢，他止住了，他躲到角落里。

焦真望着大巴车开出车站，望着大巴车远去。寒风中，他身体颤抖着。

二十八

焦真内心审判自己，

大难当头女汉子呵护丈夫

1

焦真一开门，就听见儿子小明哇哇哭的声音。

家里已经乱作一团。晚饭没有做，桌子上摆的是干果零食。

岳父田冲锋对小明解释："爸爸也不是故意的，他也是被别人骗的！"

小明回他的房间后，田冲锋拄着拐杖站起来，严肃地问焦真，"到底是怎么回事？"

焦真："爸，公司的确出了问题。"

"严重么？"

焦真无语继而点点头。

小明："我不要上学了！我再也不去上学了！同学们都不喜欢我了，都说我是骗子的小孩！"

焦真越想越气，也不知道要怎样安慰儿子，只能在一旁踱着步。

这时，用毛巾包裹着湿长发的酸枣，从浴室走了出来。她冲着焦真是一腔怨气，开始长篇的数落："你上电视了，成了名人；工人向石南要工钱，你算什么，冲在前面护着石南，你是股东是老板？你不打听打听你在木枫镇的名气，现在更有名了！"

酸枣说得来气了，"你下海我不怨你。到了石南公司轻狂得没领子了，老婆孩子不管，白天晚上公司，象留声机似的扯着嗓子卖房子！我劝你悠着点，不听；说什么这是你一生最舒心的日子：石南、客户都把你当人看。我真不懂你……”

焦真坐在沙发上，静静地听着。知夫者莫妻，酸枣的话语，揭开了焦真内心世界的一角。在他不受管、不看别人脸色的时候，他自由了，他想在石南这里毫无保留的大干一场；连他自己都不知为何不知疲倦，像个十八岁的小伙子！

岳父田冲锋是个残疾老红军，文化不高，从大巴山荣军休养院院长的岗位上退下来。56 年同期入伍的战友有的评上了将军，像他这样的情况，"老红军不下校"，被评为少校。

他待人温和，沉默寡言。在新星公司给了房子之后，酸枣就把八十多岁老爸接来同住，这几个月气管炎好多了。

一天，在田冲锋了解了焦真夫妻生存环境之后和焦真谈了一次话。

老人点了一支烟。"你不适合在法院工作。机关都是有级别的，你的顶头上司是看着你的。他要求你听话，你必须听话；你是个齿轮，要你办事的。我做过领导，不喜欢见天提建议、出主意的人。"

老人指头夹着纸烟，烟灰长长的挂在烟头上，只是空中弥漫着烟雾，长叹了口气："现在工作不好干啊！我们当年参加革命，只有一个想法：为的是人人过上好日子。可是不是那会事，革命成功，有的人占领了旧衙门，就想按七品芝麻官享受，不想百姓死活。深圳这里的人我看了，都忙在一个钱字上，可真是爹死娘嫁人，各人顾各人。人心不古，高深莫测啊！"

田冲锋持续地直视着焦真，深邃而专注的目光，能感觉到暖心的情感。

"你有与众不同的思想不同的观点，领导和同事都会觉得你怪怪的，看着你不顺眼，你就有对立面有了敌人，而你自己还浑然不知。更何况你不是党员，不是组织的人，连上进提拔的门槛都没进，连入场券都没有，有事了没人替你说话，倒霉的是你不是？所以酸枣说你要下海，我表示同意。"

焦真默默地听着，连连地点头。

老人打住了，掸掉烟灰，吸了一口烟，皱了一下眉头，"没想到深圳盖个房子竟然这么多事、这么难！"

快过年了，谁家在试放爆竹，单调地响了几声。

岳父凑近焦真，商量地说："这房能不能不住了？咱们得搬走，不住这了！把房子还给石南？"

酸枣立即表态："不行，小明好不容易上了好学校；一家人的生活刚走上了正轨，……我不搬！我想过了，房租我们自己解决！"

焦真低头说道："我是一个不走运的人，连个领工资的地方都没有了，怎么养活这一大家子人？"

酸枣是个坚强的人："有我，有我！"

焦真逃避她的眼神，低头用颤抖的手点了一支烟。

2

焦真睡在厅里的沙发上，一整夜辗转反侧，难以入睡，脑海里闪动着望春乞求的面孔和眼神，不时地又出现一位清瘦老人的面孔，想象那是望春的爷爷。他联想到，钱嘉恒为石南摇唇鼓舌，自己轻信了。——一组组镜头画面从脑海中闪过。

他无言地闭上眼睛，心里的法庭剥茧抽丝地审判自己。

自己应允担任公司法务部总经理，却名不副实。法务部紧要职是，把公司的规章制度建立起来，自己没有当回事。而是把全部精力放在卖房上，为的是不让石南操心"发动机"缺油，好搞科技研发。

审判自己，就是不断拷问自己，继而陷入了困局迷茫。焦真问自己，我活着不仅是存在，我存在的意义，是反省和觉悟，要救赎灵魂，要用行动救赎自己的灵魂。不经反思的生活不值一提。

他暗下决心搞到钱，一定要搞到钱，送给望春；他能想象到爷爷治病是多么需要这笔与救命相连的钱啊！

后半夜，酸枣缓缓从卧室走出，她也睡不着。她坐到了焦真的身旁。

有一种强势的女人，自己在家可以任意打骂男人，但是绝不容忍丈夫在外面受他人的气。酸枣属于这种女人。她明知丈夫有错，在家不会再给男人气受，反而是贴心的抚慰。

酸枣开口了："爸爸都收拾好了行李，一两天就回老家。"

"也好，山区有山区的好处，清净。我们要不是来海滨城市，我电大毕业，在山区教个小学，会少许多欲望，少许多麻烦！"

"我想好了，要是爸回老家了，我们还是搬回筒子楼吧！"

焦真点点头。

"睡吧，别想得太多了。过了些日子，另外找一份工作就是了，天无绝人之路。"

焦真长叹了口气，看着酸枣。虽说酸枣是个指责性人格，但是当焦真难字当头时，酸枣表现出女汉子的神情，动刀动枪都不怕。他满眼的感激。

焦真说："我想我在新星公司的工作能有个了结了。怎么能把钱还给那个农民工。"

"是公司欠的钱，与你有什么关系？"

"不，不。是我对他们我说了大话，做了承诺。他们是社会最底层的人，更要讲诚信，不只是一定要把钱还给他们，更重要的是要把尊严还给他们！"

酸枣是个明白人："说的是。那你就盯着公司的账，公司的资产，抠出来些钱给他们先偿还。"

焦真摇摇头，陷入深深的无奈。他知道很难拿出现金了，何况远水不解近渴：公司已经是负资产了。

"瘦死的骆驼比马大！一下子想不出来办法不用急，睡吧！"

焦真低语："你先睡吧，我内心的法庭正审判我自己！"

酸枣是申明大义之人，她点点头："一个人失去了诚信，欺骗他人也欺骗自己。"

客厅只留下一只小台灯的光芒。

焦真躺在沙发上睡不着。

焦真插上耳机线，打开电视。又时不时地瞟着屏幕，担心有新星公司的新闻。

电视里的新闻节目：是规划局长段候彦，他穿着黑色夹克上衣显得朴素大方，手里拿着稿子在舞台上发言。舞台上的会标是"反腐倡廉宣讲会"。

焦真骂道："可笑！"

3

第二天，表现出坚强样子的焦真，早早地来到售楼部。

售楼部桌子被掀翻，资料广告撒满地。在这个混乱不堪的屋子里，焦真安坐其中。他拟宣誓"新星"还在，金银滩大厦没有倒。他更是自我标榜：我没有逃避，我要承担我的责任。但是脑子里一直盘算着望春的钱怎么筹？

神奇得好，想要钱钱就到。信合社电话，焦真一愣，是催什么取款？缓缓拿起电话一听，说是有人给他个人开了一支二十万元的支票，还有一张纸条，叫他去取。

焦真自嘲地叹了口气，这个时候还有人开这个玩笑！过了一会儿信合社又来电话，是焦真以往熟悉的声音，这才决定去探究竟。

焦真来到信合社，支票是真的，还有一张纸条，焦真急切地拿起来读道："焦总，昨天看到打工妹索款的情景，心里为你难过，现奉上二十万元聊以解忧。有你的开导，我离开了终日只知吃喝的低档男女人群，我考上了北京农大草学农艺与种业在职研究生。现在我要赶到观澜商谈租地合同，你是我生命的贵人，我要振作精神，苦于实业。"落款是"阿貌"。

"啊，是她？"焦真被电击似的，电流从身上穿过。她昨天来过？她不是等她的"小鲜肉"拿钱回来堵窟窿，怎么会有钱呢？而有钱又为我解围呢？

信合社的业务员说，这是二手车行汇入账户的资金。

焦真缓缓走向海边，走到那张长椅旁。想不到在他沦为千古罪人的时候，阿貌竟以德报怨投给他同情的一瞥，他真想面向大海大喊"阿貌谢谢你——"

他手里握住支票，望春爷爷有救了，当然自己也兑现了承诺，他要打电话寻找望春。

但是，他转眼又想，何必一定要用阿貌的钱；他想到了有钱的地方：段候彦！

那是"新星"的钱！

二十九

持刀索款返乡救人命；

吴乃率队连夜追逃犯

1

晚饭后，各家传出的都是电视机播放新闻的声音。

焦真拍开了段局长段候彦家的门，身子一闪而入，段候彦和老婆吓了一跳。

焦真不语，两只眼死死盯住二人，没有问候，没有寒暄，而是重重地坐在沙发上，把帆布包放到茶几上。

段局知道新星公司遇到了麻烦，但猜不透焦直的来意。

带玉显得惧怕，为了缓和气氛，笑着说，"哦，想起来了，你是修电脑的！"

焦真开口："段局，你我少废话，我要我送来的二十万现金。现在就拿走！"

段候彦听罢此言，反倒变得镇静下来。他每天都提防出事，对纪检门突然抄家之事，设计了多种应对的预案，今天可谓小试牛刀。

段局干咳了两声："你给我送过钱？可笑！你是做过法官的人，会行贿？"

"别耍无赖！快拿出来！"

"你敢敲诈？"

焦真从帆布包里取出菜刀，往茶几上"啪"的一拍，带玉吓得身子哆嗦，忙说："给、给、给！"

段候彦强作镇静，眼珠子转了转，软中带硬，"要不等明天银行上班取出来给你？"

焦真"突"地站起来，冲进卫生间，跳脚起身，一刀捅开墙角的天花板，掉下来几捆纸包。焦真认出是自己送的纸包，利索地装进帆布包，冷眼扫射了一下他俩，点点头："再见！"接着夺门而出。

这期间，在厨房偷听到动静的保姆，慌忙拨打"110"电话："我家遭贼抢了，快来呀，警察！"

保姆惊慌得声音失控，大喊"警察救命！"

段局闻声，跺着脚冲过去夺过话筒，气急败坏地压低声音："挂掉，挂掉！"

夫人带玉惊慌失措，身子颤抖，揉搓衣角。

夫妇二人嘴里都不住叹息，不知如何收场。

带玉一想到实枪荷弹的警察，立马胆战心惊，一下子软瘫到地上，邻居赶忙叫救护车。

警察很快就到，一边勘察、拍照现。作笔录时只有保姆叙述的清楚。

段候彦回答警察询问时，前言不搭后语。只听得他断断续续地低声回答着。段候彦说不认识来人，不认识，不认识……是我小舅子放在这里……多少钱，不清楚。

警察安慰他冷静一下，想想再说。段候彦擦擦额头上的汗，细密的汗珠却止不住，沁出一层又一层。

新闻媒体记者第一时间作了报道，一歹徒持刀闯入领导干部家中抢劫财产；还煞有介事地浼女主人被送医院急救，暗示持刀伤人。一时间成了轰动当地的大新闻，引来评论要社会治安综合治理，要房屋加锁门窗钢丝加固。

焦真案情重大。

2

　　焦真出门后，拦住一辆出租车直奔东莞。东莞是个不夜城，长途汽车通往全国各地，昼夜不停。焦真又拦住一辆发动起步的夜车，立即爬了上去，这是去四川绵阳的车。也好，既就是段局报警，警察一半会寻不到他的踪迹。

　　大巴车改装的长途车，是上下两层大通铺，空间的限制只能躺不能坐。焦真无奈地躺在散发着汗臭味的被褥上，前思后想着。

　　当时最快的汇款方式是电报汇款，到大巴山的村子也得五到一周的时间，为救病人焦真只能采取这种办法。明天、最迟后天人到钱到。

3

　　一个处级干部的家，被歹徒持刀抢劫财产，立刻引起了市公安局领导的高度重视。

　　吴乃想到是焦真，也分析到他是回乡给望春去送钱。吴乃主动请缨，说他对那一带山路熟悉，由他带队追捕逃犯。领导综合分析了之后同意，但要求连夜追逃，当地媒体发了新闻通稿。

三十

爷爷读报认出石南，
焦真给吴局留纸条

1

大巴山腹地。

黄昏，三轮小货车在小路上颠簸着，焦真摊开双臂，两只手紧紧地抓住车帮。

他望着落叶的山林，直直地挺立着，只有裸露的枯枝在寒风中抖动。像电影闪回那样，焦真的脑海里浮现出童年老家的院子。

薄雪中，伯父欲宰羊。

焦真喊道："别杀他，别杀他！""我不吃肉，我不吃肉！"

两个货箱的中间焦真背靠车帮熟睡，忽然被自己梦中的叫声惊醒。经过一整夜到今日上午，从长途大巴车下来，又租用这个小货车，都在汽车上颠簸摇晃。劳形苦心，他在寒风中打了个哆嗦，悔恨纠缠着他。

当时就认为钱副总说的话是大话，转眼一想，人家是教授、高工，北京来的，能考虑得不周全？但是他爱讲，讲得多了，自己都觉得是真话了……唉，后悔没早点提醒石南啊！

擦黑，看到了山峰中的南巴三河商贾镇的剪影。

这是个南来北往商业发达的旱码头大镇。

焦真拿着铃铛的身份证复印件，在一条小街上找门牌。焦真在一小屋门前停住。

焦真探身向屋内望去，只有两个老人。他欲叩门，手又缩了回来。身后小街上两个协警模样的人走过。

只听得一个协警说："嫌疑犯可能已经到达了我们这里，只能在我们镇上住宿……"听不清时又听到另一个协警的话："重点要查小旅馆……"

焦真迎风作了一个竖起衣领的动作，警觉地躲避开协警。看来协查的电报，镇上经有了，追捕的人也不会远。

焦真朝中心街一拐，是一家歌舞厅。门口广告牌上写着"粤语金曲铃铛小姐闪亮登场"。焦真看到铃铛二字，眼睛一亮，闪了进去。

一个壮汉的胳膊卡住焦真的脖子，把他拽进一个房间。壮汉松开胳膊，焦真双目一看壮汉是栓栓，身旁是铃铛。

铃铛如梦中一般，惊疑地："你会是焦法官……焦骗子？"

"铃铛，栓栓，我好不容易才找到你们啊！我是来还钱的！"

铃铛还是解不开疑惑来，好奇地问焦真："还钱？"

焦真急切地说："对！快带我去找望春--现在！"

焦真刚要跨上栓栓的摩托车，不远处几个警察走过，焦真躲到黑处。

竟是吴乃！吴乃与当地警官走来，看样子他们刚吃过饭，准备上警车。

当地警察提议："我们连夜去许望春家，三十多里路，打个伏击！"

铃铛听罢从暗挺身而出，挡住吴乃去路。

铃铛笑着说："啊，好熟的口音啊！"

铃铛定睛一看，认出了吴乃，"这不是--吴、吴局吗？"

吴乃也认出了铃铛："你是佳人鞋厂，那个会唱歌的？"

"我叫铃铛，前些日子我们还在新星售楼部碰到过。对了，你的朋友焦真是个骗子！"

铃铛拖住吴乃的时候，栓栓的摩托车伺机伴隋一辆大货车驰出中心街，拐入小路消逝了。

"噢、噢，是是。"吴乃应付着。突然转身，小声问铃铛，"看到焦真了吗？"

"什么？谁？焦真？那个骗子还敢到这来？"

吴乃手下的警察严肃地说："他是逃犯，看到了随时举报！"

吴乃伸伸腰，对警察同事装出极累的样子，"我看我们睡一觉，明天天亮出发！"

"是！"

吴乃心里在问：焦真你在哪呢？就是让你多跑几天，可这戏怎收场呢？

无月的夜，暗星可见。高低山峦的轮廓像一个个青铜战士，静静地护着守山路。栓栓骑着摩托车在山路奔跑，焦真坐在车尾。

已有寒冷山风骤，穿过黑色浸染的山林，忽高忽低的发出哨音。萤火虫像星灯在山路上闪烁。

摩托车颠簸前行。车灯像豆油灯闪动着、跳动着

栓栓边走边说："为了给望春爷爷凑手术费，铃铛在歌厅唱歌，还找朋友借钱。我是来取钱的。爷爷肚子鼓得很大，说好了，等我回去，送医院，你来得正好。"

"会是肝癌？"焦真心里明白凶多吉少。

2

话分两头说。

望春家里，床上，爷爷昏迷过后清醒了许多，不时地咳嗽。

望春一边准备爷爷住院的行李，一边宽慰爷爷。

"中央有文件，要地方采取实际措施，使离岗退休的民办教师在生活上得到保障。"说着拿出文件递给了爷爷。

望春隋口说："这是一个老乡打印出来的，还是个法官呢！"

爷爷："要谢谢人家！大城市好啊，人多……"

望春又说："……咋说呢，他又骗了我们……"

爷爷："哦？"

望春的文件夹在一份报纸，爷爷伸出颤巍巍的手要看。望春把眼镜给了爷爷。

望春指着报纸："就这家公司集资害的！"

爷爷定睛看报纸的标题"董事长石南被集资者推搡"，不禁吃惊地自语着。

爷爷思索了一会："石南？石南？"

"还是我们大老乡，东巴的，和法官还是小学同学呢！"

爷爷的脸几乎贴到照片，他反复辨认后说："是我的学生，好学生啊！"

"怎么是你的学生？"

爷爷"唉"地一声长叹，摇摇头，随即昏迷了过去。

望春大声呼唤："爷爷！爷爷！"

几个邻居从门口冲了进来。

乡亲们说："不能等了，现在就往医院送！"

爷爷躺在架子车上。

两个相好的老汉护送。村子空旷，没有行人。望春拽住门。

望春："锁头呢？"

两个老汉叹口气，窃笑着说："不用锁，现在村子鬼都不会来的！"

望春拉起车来，在村路上艰难地前行。

望春感慨地："城里火车都变动车了，我们这还是羊肠子小道！"

贾老汉说："政府早要说修路，村子的劳动力都到城里面去打工了，找不到人干活就撂下了……"

望春拉起架子车往村口走去。

俞老汉爱惜望春："三十里路啊……孩子……"

望春大声回应："没事！到县城就好了，我爸已经从东莞往回赶了，说不定在医院就能碰上！"

架子车的轮子向前转动着。

黎明前的夜是黑暗的，密林深处松涛发出阵阵响声，相连的山峰像一个个人的头颅的黑影。

望春背上沁着冷汗，加快脚步，弯腰吃力前进。

爷爷眼睛似闭似睁，咳嗽……爷爷呼吸困难……

栓栓赶到望春家时，无人应答。

栓栓点亮有玻璃罩的煤油灯，发现屋内空无一人。最后目光落在了桌子上，他拿起桌上一张"入院通知单"。

栓栓说："肯定赶着去医院了！"

墙上贴着大大小小的照片。焦真举起煤油灯，看清墙上的照片，是主人多年的照片。

焦真凝视照片，突然惊呆："竟然是，真的，是许老师，许老师！"

送钱救人要紧，焦真望着照片，提笔留一张条子。

大巴山的山路都是相似的，焦真熟悉路径。他换了栓栓驾起摩托车，栓栓在后座上脸贴在焦真的背上，疲劳的闭上了眼睛。

3

天亮了，摩托车快速地前进，在小路上扭来扭去，时隐时现，由左侧小路下山。回望远处，有警车正由右侧小路上山。

警车停在望春门前。

吴乃走进屋内，从桌上拿起焦真留下的条子，上面写"吴局，相煎何急？焦真。"

吴乃对着条子，似同对着焦真，闭上眼睛，自言自语地说："我知道你会面对农民工的！"

吴乃注视着墙上许老师的照片，他望房屋外的群山，心里发出感叹："这一带山区就是焦真的老家，他成长的地方……"

条子是有温度的，他默默把焦真的条子缓慢地装进上衣口袋。

三十一

爷爷惨死手术台，

焦真自责杀人判自己

1

县医院手术室门前。

女护士匆匆从手术室里走了出来，催问望春。

女护士焦急地问道："三万元能不能先拿来啊？拿不来，药就发不下来，手术就不能做！病人可能有危险！"

女护士说完又匆忙转身进了手术室。

望春急忙拿起手机拨号。

"喂、喂，铃铛，铃铛，钱凑够了么？怎么栓栓电话打不通呀？"

接听电话的铃铛想把消息告诉她，又不能直说，只是急切喊道："有钱啦，有钱啦……栓栓？栓栓正在路……"

手术室里传出护士声音："病人有生命危险！"

望春急忙回头，走向了手术室。

酸枣是个无事不惹事有事不怕事的女人，两天，她有空就是拨打手机："喂喂，焦真你在哪？"服务台一次次的回答是"用户已停机"。

田冲锋要把手中的报纸拍烂似的，说："我不相信，我不相信我女婿会干杀人越货入的事！"

纸媒的新闻是："持刀抢劫嫌犯焦真仍在逃"。

这位老爷子发牢骚，"这个世道还是整老实人！"他停了半天又说，"我前几天路过镇政府，我说我想进去和镇长聊聊天，被当作神经病被推出来了。'闹红'那阵子，谁都可以见县长，特区不是改革开放吗，见一个小官都不能！"

酸枣笑道："你哪是什么年代，县城几千人，现在木枫镇二三十万人，人家忙着呢！咦，你要说你来投资，马上就见你！赵镇长约了好几次要和我们何总打麻将呢！"

田冲锋扯了扯他身上洗得发白、舍不得脱的旧军上衣，抖了抖衣角，开玩笑地又说，"现在谁认这个？一看就是砸石子的！"他自己笑了好几声。

手术室门口，望春面对护士，也在喊："钱呢！钱呢！"

……爷爷死了。

蒙着白单子被推了出来。

望春扑过去撕心裂肺地嚎哭："爷爷！爷爷！……"

焦真、栓栓赶到了。

焦真解开白单子，看着爷爷，看着爷爷安详的面容和长长的胡须，难以名状的痛苦、悔恨，他含着泪花低声呼喊着："许老师！许老师……"泪水模糊了他的脸面，他的心象被尖刀在不断地戳。

望春停下哭泣，看见焦真，这个骗子，杀死了爷爷，她心中怒火升起，她失态的朝焦真劈头盖脸地打去，"爷爷是被你害死的，你个杀人犯、杀人犯！"她在焦真现有的"抢劫犯"上加上了"杀人犯"。

爷爷被安放到了太平间。

望春木然地看着远方。

望春说："钱，不重要了！我看透了，那是戏弄我们下层人的，谁会对我们讲诚信？医院没有钱、钱晚点到都不行，都不救人！一点人情都不讲，冰冷冰冷的。这规定完全是给老百姓制定的，怕我们多挣钱，又怕我们没钱！"

望春情绪渐渐平和，礼貌地向亲友致谢：大家都尽力了。她还特别提到："护士小姐姐最后哭得也很惨。她急得一次次从手术室跑出来，喊'钱呢，钱，'没有钱，药房不发药，手术做不成；医生瞅着爷爷直叹息……”

焦真独自朝墙而跪。他想，望春他们都不会忘记，自己多次抹脖子发的誓言。

他想：如果望春早点拿到钱，许老师就不会死了！焦真痛苦地摇头，手掌击墙，用头击墙。不断自责："我该死，我该死…"未了长长叹息，"我是废物，活在世上有什么用？"

铃铛拿着焦真送来的钱和收款人签名的单子递给了望春，叫他把收据寄到报社。铃铛说："焦法官知道自己随时会被捕，来不及给木木、小竹他们还钱，委托我俩转给他们。"

焦真神情颓废地闭着眼睛，靠在太平间门前的土墙。两腿一软"噗"一声坐到了地上，墙皮白灰胡拉拉地落到他的身上。他困极了，打了个盹，听到远处有人在呼叫他，睁开眼睛，是望春递给他一瓶水。

他很想知道许老师有什么遗言，他负罪的心使懦弱地不敢说一句话。

望春在他身旁坐下。她猜到焦真此刻想知道什么。

"我刚才向爷爷上香，也祈求保佑你平安无事离苦得乐。"望春说到这里，长长地叹了口气，"我给爷爷说你是个好人……"

许老师在小学毕业班离校的时候，他望着石南，石南穿着他父亲给他改裁的中山装，乐呵呵在教室里大声和同学们握别，他预测，石南大了会有出息。当说到焦呆，焦呆的样子是光脖子穿着对门襟扣子黑旧棉袄，挟着两本书，沉默寡言，许老师不知为什么，一直心里看焦呆不顺眼。到现在他都不想争辩，好在望春替他说了句好话。

焦真估摸着追捕他的人快到了。他站起来对在场的望春、栓栓说："我走了，我的时间不多了，保重！"他向太平间深深地三鞠躬。

他走向山岗。

2

　　晨光微露，峰峦叠幢，云雾飘动，如梦如幻。

　　焦真眼前出现山村小学。

　　一间教室里，孩子们背书朗诵："人之初，性本善……"

　　焦真站在山坡上，听到了孩子们稚嫩的声音。他身后东方天空泛着鱼肚白。

　　教室里，坐着童年的焦真、石南和棒槌。

　　二十多岁的许老师讲课："做人，要做一个诚实的人，对社会有用的人这比识字更重要。"

　　焦真找了一块磐石坐下，打开帆布包里，拿出笔记本，奋笔疾书。

　　群山浮现霞光，云海翻腾。

　　焦真深深地呼吸了几口林间的清新空气。他知道林木是大地的肺腑，吐故纳新，彰显万物生命的强大活力。

　　朝霞变成了阳光，大白天下。

　　警笛声由远及近，警车随着声音从山路上开了过来，戛然而止，停了下来。

　　焦真站在山腰冷静地从地上站了起来，喝了口水。身后是山崖。下面是追捕他的吴乃，是赶来的望春等人。

　　吴乃令追捕人员止步，举着手铐，向焦真喊话。

　　吴乃："焦真，我瞧不起你，你懦弱，是爷们就勇敢面对现实！"

　　焦真坦然平静，抚手微笑："我懦弱什么，我还清了农民工的钱，但是我永远无法还清良心所欠的债！事已至此，此刻心里很坦然。"

　　焦真的话语，在空气中凝聚着一种无法抗拒的张力。

　　"我坦然——我不只把钱还给他们，还把尊严还给他们。他们在社会上有义务，也有权利。有要求社会讲诚信的权利！"焦真浑厚磁性的嗓音，如同初冬的阳光穿透人心。

　　在吴乃眼中，焦真此刻的形象在晨阳陪衬下，竟是风流儒雅！

吴乃胸前像数个锤子撞击，在这里与焦真相遇，真是烦天惊地。

他猛跺了两下脚，使自己恢复理智，厉声喝道："现在你是敲诈勒索抢劫的嫌犯！"

"哈哈哈！敲诈勒索？敲诈勒索谁的钱？你说轻了，这个嫌犯那个嫌犯，我是杀人犯！"

吴乃和众人惊愕、不解。

"我杀死了我的老师，一个需要手把手用钱——来交换命的人，——我的钱来迟了！"

焦真说着把旧帆布包掷了过来。吴乃打开，从里面拿出焦真给自己写的《判决书》。

吴乃读《判决书》："经查明焦真说假话，不讲诚信，欺骗了许望春等数名农民工，最为严重的是，是望春爷爷死亡的凶手，为了社会的诚信，应付出代价。"

这两天在路上，像电影一样，焦真脑子里回放自己多半生的苦难，更多的是自己的龃龉。他想卸下这沉重的包袱。身后是山崖，他想纵身一跳。

正当焦真转身时，悄悄从背后山崖爬上来两个特警，飞到他的身后，利索地他的胳膊扭到后背，重重地架住了他的双臂，焦真迫不得已九十度弯下腰。

当随行记者对准镜头要拍摄"喷气式飞机"时，吴乃突然命令道："放开他！"

"这一点事就想到死，你偿谁的命？"焦真的善良和自律的特质吴乃是知道的。悲剧是什么，美好的东西的毁灭！正因为如此，吴乃禁不住浑身打颤。

他一把揉碎了"判决书"，把它装进口袋。

他职业性的立刻控制住自己的情绪。

他换了一副轻松的表情，嘲弄地对焦真说："怎么，人未死先垒坟？"

寂静。任凭山林轻轻呼叫。

众人望着吴乃，都等待着他的下文。

吴乃无言。

吴乃闪过一个念头：追捕，被追捕的人不一定都是有罪的人。

他想起三十年前的"文革"中，他十四岁，家里的保姆陪着他，逃出广州到在帽峰山，听到后面追捕他的红卫兵在喊，"一定要抓住他儿子吴乃，他身上隐藏有旧市委秘密档案、还有发报机！"

他卧倒在草丛里吓得浑身打颤。

就是刚才，傍晚时分，吴乃的父亲，戴着"走资派"白布袖章的吴鹏，拖着被"批斗"得遍体鳞伤的身体回到家里。他心想，我是做保卫工作的，我保不了我无所谓，但是，一定要保住家人。

他把保姆和儿子叫到跟前，给了家里全部的钱和粮票："你们逃吧，港澳有亲戚不能去，捉住了就是叛国死罪；拿上我的信去陕南，上山，我打过游击的地方找老乡……"

追捕，追捕，追捕的红卫兵的吉普车，一直追到韶关山里。

也是这样的山路……

往事使他伤感。而他逃亡终点的地方汉江，保护他的人就是眼前的这个人——焦真。

吴乃摇了摇头，他使自己清醒：这是在执行任务！

他加重口吻，命令道："把他铐起来！"

望春等急忙呼唤焦真。

这时吴乃的手机响了，吴乃听了几句，迅速打开扩音，是石南的声音，"喂，喂，请转告焦真，我们找到钱了，何赛文的公司——'大湾融银'要投资新星，承担全部债务，吴乃你要叫焦真马上回来做合同，喂喂……"

焦真缓缓地转过身来，逆光中，他结实的身材轮廓清晰。

戴着手铐的焦真，平静地走过来，身后是一片淡淡金色的阳光。

3

　　警车返回深圳的路，是漫长的。

　　吴乃焦真对面而坐。似乎都想说什么，但都不知说什么好，只好强咽下去，各已发出一声叹息。

　　低头回想岁月褶皱里的汉江沙河，抬头四目相交此刻这个局面，这个来到深圳的结果，二人感受到的是心寒。

　　吴乃流露出后悔把焦真弄到深圳来。他对焦真说："我真对你失望，且不说一事无成。"

　　半天焦真才说："我给你惹事、添麻烦了！"这话算是道歉。

　　不过他心里想，叫你们不失望的，当然是跟我不在同一起跑线、赛道的人，比如何七七兄弟们。

　　吴乃本想会看到焦真懊丧的表情，却没有看到。看到的却是焦真坚强的心理防线。心头轻松了许多。

　　令人想不到的是，他对吴乃反唇相讥："你不是说我和棒槌都不是'正牌人'嚒？我想问什么人是'正牌人'？"

　　焦真思忖，你以酒场为伍、对外部世界失去兴趣的人，有资格评论我嚒？不要误以为你认识的人，都认识低，或是被你瞧不起的人。

　　警车行驶在深南大道，车河灯光闪烁。

　　焦真略带悲伤而又不卑不亢地说："深圳，你叫我失望！"

　　他是说给吴乃听的，也是说给自己听的。

三十二

媒体关注审嫌犯；

铁窗下父子不相认

1

新闻：持刀入室抢劫歹徒焦某，被追捕归案。

墙上的电视滚动播放，夏金鸣左手捏着眼镜，右手握着有同样内容的报纸，久久忘记松开。

夏金鸣上周刚从北京到深圳，任巡视组成员。上天仿佛是故意安排，让他碰上焦真出事，他此时赶到，应了"不是冤家不聚头"那句话。

夏金鸣在竹园宾馆托人找来了吴乃。夏金鸣对竹园宾馆极有感情。1984 年社会上争论，特区是姓"社"还是性"资"，深圳面临停办的危机。

那年春节，年夜饭是在这里吃的。这几年踌躇满志的市里领导和留守的干部变得一脸茫然，这是不是散伙饭？大家都哭了。夏金鸣当时来深圳调研，也哭了。

那时，人们都返乡过年，深南大道没有人影，被后人回忆说成鬼城。现在花灯如昼，车水马龙，夏金鸣心里一番感叹。

夏金鸣和吴乃对于重逢都很激动，都很客气。

夏金鸣先寒暄说："我们通过几次电话，总说见个面，你看拖到现在！"他拉住吴乃的手不松，"一晃快二十年啊！"

吴乃看夏金鸣，六十多岁的人，虽头发花白，但腰板挺拔，握手很有力，眼睛微笑直盯着你，一看就立刻感觉到是位沉稳的领导干部。

夏金鸣仔细瞅吴乃，汉江沙河滩清瘦的初中生，现在成了个中年人，个子没增长，只是腰显得有些粗，有点肥胖。可能工作劳累，神情显得疲惫。

接着二人在饭桌上话的由头，自然是从难忘的沙河滩相识谈起。屈指一算二十年，—那是"文革"开始的第二年。吴乃的父亲是广州的"走资派"，不时被批斗，他托人把十四岁的孩子，送到当年的革命根据地的山区，以避乱世。而夏金鸣当年背负着"偷听敌台坏份子"的帽子逃到大巴山，他曾经战斗过的地方，和棒槌焦真沙河滩"挂坡"。

吴乃嘈嘈着一天要洗两回澡，差点在水库被淹死；夏金鸣只身雨夜被冲进汉江，呼喊"救命"，二人都多亏焦真救了性命。

和大小领导吃饭要有耐性，夏金鸣也历练会了东拉西扯，使人弄不清他要说什么，什么时候切入主题不知道。几次夸奖吴乃进步快，从派出所长到公安分局副局长。

当然吴乃清楚，今天是为焦真而来。夏老不忘"挂坡"旧情，吴乃敬佩他是义气之人。

吴乃带来的是"茅台"，三杯酒下肚之后，双方慢慢停下筷子。

夏金鸣用手指轻轻梳理了两遍灰白的头发，往上推了一下眼镜，笑脸很轻松地问道："焦真就那么一档子事，不复杂，说说，你这个公安局长怎么看？"

吴乃慢慢道来："是的，事实简单清楚，就看怎么看。从表面上看，是抢劫，三年到七年、入室抢劫加重，十年起步。但是再一分析，他没有侵害公私财物，这一点就不符合抢劫罪的要件；他只是用强硬手段，索回新星公司财产，他的身份是新星公司工作人员，他又把索回的财产二十万元支付了新星公司的债务，他没有据为己有，—这一点也不符合抢劫罪的特征。我认为无罪，可以训诫、具结悔过。"

夏金鸣听罢，没有吭声。过了十几秒，他清亮地击了两下手掌，才说："好，好，分析明了，说理充分。"

夏金鸣说，涉及到抢劫领导的案件，影响大，他会和市政法委的同志交换意见。

分手前，吴乃谢谢夏老工作忙还能想到焦真的事。夏金鸣赞扬吴乃把焦真调来深圳。

很自然俩人不约而同说到焦真的"黑背"。

在沙河滩，二人都知道焦真的黑背，除了同情他的遭遇之外，也没觉得有什么特别。连夏金鸣都抱着焦真喊过"好兄弟啊！"今天俩人却反思到，"黑背"是个问题。吴乃自查道，把有"前科"的人推荐到法院自己确实有点轻率。

吴乃后悔说出了口，他对焦真产生了陌生感，多年前的往来往事淡化得怀疑它存在过。再加流言蜚语焦真在木枫镇名声不好，他眼神变得冰冷，还能觉察到一丝对焦真的鄙视。

吴乃对焦真态度的转变，夏金鸣早有察觉，也是必然的。一九四九年解放初期其父就是广州市的领导，吴乃作为高干子弟人际交往一直在上层社会。焦真说，他来到世上睁开眼，人已经分为等级。现在谁暴富谁有权羡慕谁，他们二人不是一个档次的，焦真自然成为鄙视链中的人。

夏金鸣也知道自己和焦真有代沟，但不影响老友见面的嘻嘻哈哈。但是现在不同，这个社会底层的人，涉及到了自己的安危、利益的时候，就不能不做多一些的考量。他对焦真的感情就复杂得多。

他看着吴乃，附和着吴乃的神情，他显然言不由衷，却表现出语重心长地说："是呀，我们作为党的干部，阶级斗争这个弦不是说绷紧，总还是要有的嘛！"

说毕，连他都吃一惊，这句官话讲的，似乎要和焦真划清界线，焦真是阶级敌人？他心里都嗤笑自己。

2

从沙河滩认识焦真之时，焦真的面相就像巨石压到夏金鸣的心里。三十年里他不时眼前会浮现焦真的面孔，每当此时胸口就伴以说不出的难受、气短和恶心。只要接触过他俩的人，都奇怪怎么长得那么像，而说他俩不像的人也有：一个帅、老帅哥；一个苦相、委琐者。

他曾探问过焦真的老家，以至于出生地。焦真回答不远的山岭里的古道村。听罢，夏金鸣长长地出了口气，那里他只是路过没有住过，担心的事可以放下了。

事可以放下，但时而笼罩心头的阴霾却挥之不去：他越来越感觉到焦真和一个面孔相重叠，和一张秀美女孩的脸相重叠。想到这里他双手紧抱住头，头像要炸裂似的，那炸裂声却又是淙淙泉水流淌的声音，那是来自遥远的陇南山区里集香泉村的泉水。

夏金鸣不愿意想，不愿意想下去。他知道沙河滩那几个小东西，鬼头鬼脑地咬寸舌头揭焦真的短：一个是野种，一个是黑背。

怎么的他都要去看看焦真，利用自己手中的权力，尽一点老友绵薄之暖意。这似乎说得轻巧，实则是连自己都不得不承认的事实：心头难以名状的压力，难以琢磨的命运摆布的茫然。

3

看守所。对于北京领导亲自提审嫌犯，所长尤为重视。且听公安办案人员要此案不会起诉，那就意味着不久放人，所以优待焦真，在走进会见室时给他摘下了手铐。所长在给夏金鸣泡了杯英德红茶后，给焦真倒了杯矿泉水，摆在他面前。

焦真微笑着显得很平静。他内心的确很平静。

吴乃提审他的时候告诉他"大湾融银"接手了金银滩大厦这个烂摊子。何赛文不愧为财经大学毕业的，历练了两三年竟成了理财高手，他拿出两个亿现金作为再建资金，交银行监管；他和大债主达成债转股资产重组协议，又和二百多客户在法院调解达成新的购房合同，对少数难说话的客户，他用现金打发了他们；给石南有留了几间办公用房算作一点股份。又告诉焦真钱嘉恒被抓住了，正在追赃款。

吴乃调侃地告诉焦真："你的'八卦'梦破灭了，一个新股东说这么好的海景地段，做个鸟笼子的造型，破坏了风水，准备炸掉，正在重新做设计呢！"

焦真闻言，重重地点点头。这个"八卦"设想，是赵镇长批准建设的一个条件，对外讲家家都可以采光，心里的秘密：八面可迎敌，为崖门海战跳海殉国的军民安魂。现在赵镇长失势了。

赵修普在"文革"当中，凭借自己初中垫底的文化人的敏感，带头在村里"造反"，做了村长镇长之后，每天转着大眼珠子，琢磨着跟谁斗、琢磨着如何整人；如果没有对立面、没有斗争，他一天都活不下去；他从来没有输过。

他有一个信条：强龙压不住地头蛇。他想通过办事刁难何赛文，不费力气就理顺这个逆槎子毛，他归顺之后大有用处，北京的"路子"就理顺了。

在瞬息变幻的时代面前，他显得幼稚了。他还以为，村长、支部书记这个岗位按照民俗，儿子、孙子依托祠堂族长的继承、依托皇裔裙带的影响可以顶替接。

可是没料到，何赛文给市领导简单讲了几句，赵修普就倒台了，祠堂停了烟火，等待拆迁，这里规划的是一个叫作中环广场休闲区。

听到金银滩起死回生不重要，重要的是自己经手的买楼花的人的钱，有着落、不会亏了！焦真的良心安静了下来。

焦真知道夏金鸣会出面为他讲公道话，而事实真相吴乃会清楚地告诉他。他只想尽快出去，再回到售楼部，不要工资也要做工，对客户兑现自己的承诺。木枫镇人皆骂我不在乎，我有我活着的价值就是诚信。

4

夏金鸣瞅着焦真的面孔，好像从来不认识他似地瞅得很认真。他努力地想从他的脸上看出另一个人的面孔。这是一次意想不到的地方、意想不到的会见。

他先开言："我这次来深圳，是做报告的，谈谈世界各国专属经济区的概况"。

夏金鸣想尽量淡化"铁窗"气氛。他淡淡一笑，唠起家常似的。"他们把会场放在大剧院，我反对。你还记得吧，大剧院马路对面有个大的海鲜饭店，我带你和酸枣去那里吃过饭；不知换了几茬老板生意都做不起来：剧院专门是唱对台戏的嚓！"

夏金鸣笑了笑，焦真无心听，干笑了两声。

"主办方改在了电视台多功能厅，我，我"，看得出，"夏金鸣还是不乐意这次演讲。"还要实况转播"，他的声音有些低沉。

他喝了口茶，转换了一幅眼睛有点亮光微笑的面孔，"我想听听你的事，看看你的，你的态度。"

焦真听出来有些不对味，他是想说"对犯罪的态度"，似删去了"犯罪"二字。焦真一下子感觉到了夏金鸣与他之间有了陌生人似的距离感。

夏金鸣履行公事地听了一遍焦真对案情经过的陈述，点点头没再说什么。

焦真沉思须臾，把夏金鸣作为可以倾诉的人，讲出他反思自己的话："我童年家庭不幸，你知道的后来又坎坷不断，没有形成健全的人格。"接着叹息地摇摇头，"简单，莽撞，我有错，不该拿菜刀去，本来有理的事情"，接着又解释道，"只是老候头不认账……"

夏金鸣表示理解："人人都有错的时候……"

他打断焦真的话，瞅了一眼远方又收回目光，略沉思了一下，给人感觉他是在分析思考案子的事。

实则不然，他几乎没有听进去。他的脑海被"往事"纠缠，"往事"并不重要，重要的是，会不会纠缠到当下的自己。社会上有人捕风捉影，传言说焦真是他的亲戚。

夏金鸣短暂"思沉"之后，问起他的家庭情况，尽管以前聊过多次，但他一直兴趣未减，似乎有种神秘的使命感的驱使。

夏金鸣不语，焦真望着他惘然若失的神情，不禁开了口："夏叔，我对不起你，令你失望，……"

夏金鸣头发花白却浓密，面颊肌肉略显松弛，他扶了一下细边的眼镜，带着微笑却很平静，说："事情我都清楚，也不能全怪你！"

他目光温暖的上下打量了一下焦真，算是安抚。

"不过以暴易暴，通过暴力实现主观正义，不好！一个人在社会上，没有道德和法律的约束怎么行呢？"

"我知道我错了！你一直都是在帮我，为我好，我都知道。是你鼓励我从大山走出来。在汉江宾馆你告诉我荀子的话，'登高而招，臂非加长也，而见者远'。我记住了这句话，要站在更高的地方，看到更大的世界。

"第二年电大刚一成立，我就报名。考什么专业呢，学法律，我要公平、要平等。是你要吴乃把我调到深圳。在我的人生中，你是关心我的第一人、唯一一个提携我的人。"

"黑背"半生的人焦真，从内心发出的感激、感慨，以至于眼睛发红、眼眶含着泪水。

不知怎的，半生都和眼前这个后生，分分合合地搅在一起，尤其是暴雨夜他发高烧，只有焦真寻找他，把冲进汉江，即将亡命的他救起。

瞅着眼前的铁窗，怎么也料不到会在这里相见，——眼圈也红了。他情不自禁地按住焦真的手背，"缘分啊缘分！"

5

问了"爸爸"之后，对"妈妈"就问得详细了。

"她不是你们本县的又是哪里的呢？"夏金鸣要焦真亲口讲来才可靠。

"甘肃那边陇南的。"

焦真的话和他的想象在靠拢。问题是，是了又怎么呢，能说明什么呢。

"哦，那里我去过，自古就是小江南。"夏金鸣转动了一下肩膀，突然问，"你母亲叫什么？"

焦真摇摇头，"姓什么不知道，大家都叫她小名鹃梅。"

"鹃梅！"

这两个字像重锤猛地向他袭击来，他打了个趔趄，差点倒下，只觉得有个磁场包围了他，脖颈的汗毛都竖立了起来。没错，是那个女孩，是她！

提到母亲，焦真心里积压了许多话。这里只能淡淡说道，"生活习惯不同，妈妈受了很多气，她爱干净，她给头上戴花，还识字……"

"她快活吗？"这显然超出了询问的范围，但他想知道。

"父亲智障，常打妈妈；伯父也打她。她娘家的成份是地主，在老家村子人都可以骂她；嫁过来之后，这边村子的人也随意骂她。在我的印象里，母亲没有过过一天好日子，平静的日子会。"

少顷，他莫名其妙地讲了一句话，"她说一辈子快乐只有一天，是在老家……，大概是她的生日吧！"

这又是震撼心头一个重锤。他摆摆手阻止他再讲。他想听又害怕听，是她是她！

他曾几次认真地在回想中核对时间，而焦真又是早产儿，村里人骂他是野种，这些碎片联系起来，焦真，眼前的这个人，就是自己的儿子，自己的儿子！他心头涌出喜悦，他眼眶湿润了，但是他强忍住泪水不流出来。

遥远的思索使他有些意乱神迷，他与焦真对视了一会，不自然地慢慢移开视线，微微垂下眼睑。

不能相认不能相认！他现在是高级干部，要保自己的颜面，也是对组织负责。

对于夏金鸣前来探监，焦真很是感动：没有忘记他这个小兄弟。不过他总觉得夏金鸣脸色不时表现出异样，似乎眼睛背后还有一双眼睛，这双眼睛企图打寻什么。

他关心的不是他、他的案情，而是一个人，竟是自己的母亲。当他听到鹃梅，又轻声重复呐呐"鹃梅"时，那声音像空洞明亮又深情的象磁力在震动。他又说他去过陇南！

难道他就是母亲认识的那个男人？天哪，他会是我的生父？焦真双手捂脸，他不敢想。

生物电波在二人之间奔流、回荡。两个人都能感受到彼此心房同一频率的跳动，两个人四目相对，感受彼此的光芒。

夏金鸣不安地拧动几下屁股，他周身燥热。

——现在算不算灵验了呢？几十年纠缠到如今，夏金鸣思绪如麻。

夏金鸣几十年都无子女，可算卦的先生却说他命中有子，夏金鸣骂他哪壶不开提哪壶。

夏金鸣的父亲是川陕甘根据地的老革命，解放后在北京为儿子娶了个门当户对的媳妇，只因个性刚烈，长期分居没有后嗣。

夏金鸣温柔的女秘书为他怀了孕，夏金鸣吓得打掉胎儿。当夏金鸣离了婚，正式迎娶女秘书之后，女秘书因刮宫手术所致，再也无法生育。

"革命"无后来人，对于夏金鸣来说，命中无子成了一生定局，再无思虑。

沉默，宁静。

两个人此刻在思念那遥远的同一个地方。夏金鸣脑海里能重现当时的一草一木。而焦真是凭着母亲的片言只语来想象那里的情景。

6

那个地方山间有散发着香味的泉水。鹃梅的爷爷出资带领村民把几股山泉引进村里，从此这里就叫集香泉村。村姑们在这里得以仙气，个个都长得水灵灵的。

然而在斗地主的时候，鹃梅的父亲倒在了集香泉边。从此地主的女儿就像瘟疫，村民都躲避她。

对于焦真来说，唯一了解母亲历史的就是眼前这个人。他想追问，但现在确实不是时候。他只能长久地注视他的脸、他的眼睛，企望再读出点什么来。

俩人都知道彼此存在的身份，谁也不会讲出口。

焦真初步判断，这个人就是当年欺骗母亲、始乱终弃的那个人，我就是证据。

焦真脑子里一片空白，像电影断了片似的；他不知道该怎样谴责他母子二人的这千古罪人，他，又是他的生父。

但他又不能不发声，为了屈辱的母亲。焦真悲伤无助的目光扫过夏金鸣，夏金鸣怯弱知趣地低下头。

焦真抬头望着远处缓缓地说："人来到世上是有契约的，……行为交往有精神契约…"违背契约要受惩罚的，下面的话，焦真没想好，也没说出口。

焦真望着这位黑白相间头发之下，时而茫然时而失神的双目，他知道他内心是难以名状的复杂，心灵正在煎熬之中。

他开口了，他郑重提出："夏叔，你可以不要过问我的案子好吗？"

"为什么？"

"记得不，在沙河那阵子，你躺在沙窝里和我聊天。你说庄子说过一句话，别人说我是牛我就是牛，别人说我是马我就是马。我们作为社会底层的人不计较，也无法计较。可你不同，你是有身份的人，瓜田李下免受牵连，明哲保身才是。"

他宽慰着夏金鸣，让他摆脱是非之地。

"夏叔，我是学法律的，我知道罪与非罪的界线，我不会有事的，再说我会为自己辩护的！"

焦真是善良人的正常逻辑，哪里会想到人性扭曲以至于险恶。人陌生反到没事，人关系越近乎非但不帮你，越有可能害你。眼下便是这样。

事已至此，事已明了，夏金鸣下决心，自己不只是要介入，而且必须掌握全局。

然而，令人不寒而栗的是：他不是为这个酷似自己的、还是救命恩人的人脱罪，而是为了否定"无罪"、不仅要判，达到要重判的目的。这是这几天反复思考得处暂且处置的结论。为何是"暂且"呢，他还有他的下一步。

夏金鸣："……"

"夏叔，你请回吧！"

夏金鸣连续喝了几口冷茶，使自己平静下来，他调整了思路，给焦真讲了一番坦白从宽抗拒从严的党的政策，之后，他木然地站起身来，一种依恋的情绪，令他伸出手抓了一下焦真的手，扭头缓缓离开会见室。

这位和自己长得相似的人给焦真心海投下震撼的巨石，是温暖还是阵痛一时说不清楚，只是望着他的背影的消逝。

事后，焦真出"狱"之后，人们当面问起夏金鸣时，他无语。他对这位和自己从沙河起交集的人，他想说：借着你的善良，领我走出了黑暗；又借助你的补刀，让我走进另一个黑暗。

三十三

遥远的集香泉边，

村姑苦风凄雨等归人

1

夏金鸣驱车走到海边，想在海风中清醒。他坐在礁石上，漫过来的海水浸湿了脚面。海浪轻轻拍打的节奏，呼应着他心跳的频率。

量子纠缠可以发生在遥远的宇宙与地球人之间。而他脑海屏幕显现的是，自己心灵深处埋葬的情景和现在的自己最直白的纠缠。

啊，陇南；啊，少男少女。

四月，野菊花、蒲公英、樱挑花、鹃梅花五颜六色地开放，花香飘动。林间斑羚羊时疾时缓地走动，抬头会与探头探脑的松鼠，目光相遇。——美丽童话般的景色。

泉水边汲水的女子，村民喊她鹃梅，她身材丰腴而匀称，她胳膊如白鹃梅花般。的细腻。

这一条山谷俗语"三多"：石头蛋蛋多，土豆蛋蛋多，女娃娃红脸蛋多。鹃梅的面孔红红的如粉嫩的花瓣；尽管眼神略显忧郁，对于家境殷实、读了不少书的村姑，在人堆里显得优雅大方。

依村的南北两座山梁，高岩山坳上都有泉水。相传是鹃梅的老爷爷邀村子几个大户集资，把几股山泉引进村子的。其中有一股泉水带来山谷花草味道，散发着香味，村民们把它叫集香泉。

由于村子处于南北做生意的马道上，商人们把这里叫集香泉村。是的，只要出太阳，山泉水雾在空中呈现五颜六色光亮，香气随之飘荡十里马道。凡途经陇南的四方商旅至今都流传一句话：集香泉村的女人是"白羊脂"皮肤，红红的脸颊自带香气。

那时二十出头的夏金鸣，有文化，已是部队正连级"土改"工作队副队长。放眼集香泉村的山峦，他有一种君临天下的感觉。

2

鹃梅每每汲水之后，夏金鸣都会出现在他眼前，不住张望她，目不转睛地盯着她，似乎是她发出的一束强烈光柱罩住了他。

"天哪，长得这么美！"夏金鸣呐喊道："这简直是天仙，集香泉是仙境，她就是上天派来的天仙！"他心里呐呐着，呼喊着。

她每每都急忙躲避他的视线，慌张的离开。她留着耳朵，别人都叫他"副"什么，是姓傅吧，傅壮士……

不过夏金鸣也发现鹃梅也偷偷地看自己。她留下的怯弱的目光，几天都萦绕在夏金鸣脑际。当他想象剥去鹃梅衣服的情景，不自觉的血脉膨胀。

渴望竟然变成一种看不见的力量，使两个人巧遇而交集。

一天黄昏，鹃梅冒着小雨泉边汲水。一声闷雷，鹃梅受惊，一脚未踩实，在石板上滑倒，接着又是一阵骤雨，打落在鹃梅身上。

不远处的夏金鸣，见状忙跑过来，搀扶起鹃梅快步走进凉亭。

凉亭里，鹃梅短袖薄衫紧贴身体，全身湿透。当发现上身一对丰乳，紧贴对方胸膛时，她煞白的脸充满惊慌，想大叫，从脸上流下来的雨水堵住嗓子，她叫不出来。她羞涩、她不安，埋头抱住柱子。

夜色沉重，从店铺灯火暗淡的逆光中，夏金鸣看清了鹃梅苗条健美的身材，心怦怦地跳。

小小凉亭蔽不住雨。又一阵骤雨扑面而来，鹃梅不由自主地转过身来，夏金鸣忙迎去，稳稳地搂住了她的双肩。

而她，没有躲避。她发凉的身体下意识朝那温暖的胸膛迎去，一股难以抑制的生理反应在各自身体发酵：夏金鸣一只大手反复地抚摸着对方柔软的脊背，鹃梅上身依着夏金鸣，下身两条腿紧张的不断地颤抖着。

雨消停了。夏金鸣挑着水桶，一只手搀扶着崴了脚的鹃梅，把她送回到家门口。分手时，鹃梅转身回眸，深情的目光流露出不只是谢意，而且是不舍的依恋。

未打烊的店铺里的人，惊奇地看到里夜里这一男一女的这一幕，第二天奇闻在镇上悄悄传开了。

这一夜，夏金鸣自觉周身发烫，鹃梅浑圆的臀部和含笑的回眸，交替在眼前晃动，辗转反侧难以入眠，把床板压得吱吱叫。

他想：她是地主家的女儿，嫁不出的老姑娘，她是不会反抗的，她是无权反抗的。

3

集香泉村不大，可谓近在咫尺，夏金鸣却停止不了思念。三天他在泉边没有看到鹃梅，他魂不守舍。

思念使他疯狂。他曾几次暗暗告诫自己注意"工作队"的影响。但是欲望是个魔鬼在身体里骚动。

月夜，山花散发着香气，夏金鸣如同鬼影闪进了鹃梅的院子鹃梅的房子。他捂住鹃梅的嘴，鹃梅惊吓中本能反抗，当她认清了是那个姓傅的壮士之后，挣扎了几下就停止了。

当傅壮士压到她身上，她身子瞬间透不过气来，却有一种异样的舒适感，但她嗓子里仍发出呓语表示拒绝。

她起初仇恨夏金鸣一行穿灰色制服的人，因为他们和村子"长舌公"痞子是一伙的。是"长舌公"痞子几个人抄了鹃梅的家，抢走了她家的财物，气死了父亲。

然而再也没有比这个更深刻的仇恨了。但是鹃梅她孤独，女人荷尔蒙天天无序的涨落，使她站立不宁。泉边见过几次夏金鸣洗脸，竟不由得多瞅几眼他健硕的身体，从肩膀到胯间。

仇恨，是对父亲深沉沉的爱；而难以压抑的青春的冲动，则是自我的刚需。她的思想在二者之间互相动摇。最终情欲忘却了父爱。

夏金鸣把鹃梅死死地压在身下的时候，夏金鸣的粗鲁终于使鹃梅屈服了。到后来她的双手颤怯地抚摸着他的胸膛，黑亮的眼睛勇敢地注视着他，眼里是期盼。

夏金鸣低头回望她时，只见她绯红的脸快要滴出血来，美丽的像一朵红鹃梅花。

那一夜对鹃梅来说，除去恐惧之后，是性与性对等的激情。

这是她未来托付的人吗？鹃梅的心思不便自说，未了，屏气慑息，在他耳旁低声问道："你还会来吗？"

他重重地点了点头，答道："舒服死了，我要讨你做老婆的！"

那个时代的人，婚姻和性关系是捆绑在一起。鹃梅之所以接受傅壮士，她认为傅壮士是带着婚姻目的而来的。

单纯的村姑信以为真，不过眼里涌出郁闷的光，她心里发堵，鱼刺在喉，她不得不断断续续地说出："我家成份这么高，能行吗？"

鹃梅想不到，夏金鸣连想也不用想，咯咯笑了两声："不是事！我爸在延安娶我妈，我妈娘家就是浙江一个县的大财主！"接着又说，"我带你参加革命！"鹃梅弄不清什么是"革命"，她猜想是把她带离村子到外面见世事。

鹃梅忧心忡忡地问："万一有了孩子怎么办？"

傅壮士还是笑呵呵地说："好哇！那是革命的后代，他们赶上好日子喽！"

这是四十多年前的故事。

事后鹃梅也问自己，为何心甘情愿接受仇人同伙的侮辱，还有人格吗？她无法回答。她不知道又是谁使她失去人格！耻辱却又是她心底美好的追忆。

4

几次温存满足之后，随着街上的人指指戳戳，夏金鸣走进镇公所的时候，作为革命干部、站在队列前面的时候，他清醒了，就像一个人高烧之后出了一身冷汗。

那夜之前，鹃梅吸引她的是大家闺秀的气质。村里跑马道生意的人多，高成份的也多，很快就觉得无所谓。他和鹃梅一结婚，就带着鹃梅离开此地去成都。

上级很快就知道了。夏金鸣也不示弱，递交了结婚报告。工作团领导把电话摔了，大发脾气："瞎胡闹，一个革命干部要和地主姑娘结婚，我处分你！"

夏金鸣据理力争："我妈是地主家的小姐，不也革命了吗？"

工作团把问题反映给夏金鸣父亲。夏金鸣父亲一锤定言："我是党的高级干部，你是吗，你刚参加工作不久，今后的路很长，要进步，组织要提拔你！再闹，开除你！不许，一定不许！"

鹃梅在泉边寻觅那双火辣辣的眼睛，找不到了。

夏金鸣又在床上辗转反侧睡不着。他紧闭双目，可还是遮挡不住那双回眸的眼睛；只是原先眼睛的深情，变成悲伤的凝视。

上级很快就调夏金鸣到成都参加接收城市的工作。

鹃梅希望在泉边、在小街有巧遇，她天天去泉边等待，挑着空桶在街上转悠。一她失望了。思念使她忍无可忍，她终于又一次来到工作队住房，询问姓"傅"的壮士，答复"无此人"。

5

一个雨天的黄昏，她挑着水桶去泉边。她心怯怯、脚步慌乱地经过傅壮士的营房，没有站岗的了，朝里面望，房子空空。她急切地问边的商铺，回答说工作队走了。

"什么？"鹃梅起初不信，她走进住房，的确是空空荡荡。她信了，她信了傅壮士没有了。这对于鹃梅一个村姑来说是五雷轰顶。

起风了，山林呼呼作响。雨来了，遮盖了山峦。鹃梅走进凉亭，那也是一个雨夜，夏金鸣第一次和她在这里相见。

瞬间她觉得这个世界不认识了。她周身发软，双手抱膝从柱子蜷缩到地上。

她伤心，心在滴血；没有哽咽，只是低声抽泣。一个月里，她能感觉到背后有人指指戳戳地指认她，窸窸窣窣地议论她。闺蜜们传来的话"夜里拉汉子的女人"，对这些她全不在乎。

她有他的"爱"，这个"爱"充满了她的心。这个心底的"爱"给她足够的勇气往返水泉。哦，哦，此刻那些流言才真如利箭，万箭穿心，难以抵挡。

她孤独，只有自己可怜自己。亭子外面山雨飘泼，是喝了冷空气还是别的原因，她觉得腹部隐隐作痛。她想到了那几夜，傅壮士的威猛，她不敢想、想下去。

对于夏金鸣来说，仅仅是吃一口挑子。日后偶尔想起，有怀念有愧疚，但，渐渐，渐渐地淡忘了。

他在集香泉村的时候，也听人说过，有人也给鹃梅提亲，有的是山那边人家，有的是马帮商人在这里安家娶个"小"（妾）。这么一想，有没有和我那几晚的事，一个地主老姑娘，出路都是这个样。他心里竟然把鹃梅夜里对他的坦诚，看成是轻浮，隋之还泛起几丝卑视味道。再这么一想，夏金鸣对鹃梅的忡忡忧心，也就放下了。

村里人可盯着鹃梅，嘲笑她：望着月亮想吃烙饼。还唱起山歌：三月挑花地红，风吹雨打一场空……

鹃梅无人诉说，回肠九转，忧心百结。

夏金鸣不只是强壮的胸肌，打通了鹃梅任督二脉，使她应该燃烧的少女的爱火又燃烧起来，身体充满活力。更主要的是，夏金鸣撩人的见识，使鹃梅仿佛看到了山外山新奇的世界，登高望远武汉黄鹤楼，人流美食的成都宽窄巷子，鹃梅被点燃的明亮的双眼，充满着好奇，充满着期待。

这一切，都破灭了。

鹃梅瞒不过村里媒婆。媒婆盯上了她，成了她的贴心人："你生下孩子等傅壮士，傅壮士要是不来了呢，你的孩子不就是地主狗崽子？你们母子有活路吗？"

媒人的嘴骗人的鬼。鹃梅从陇南嫁到陕南巴山光棍两兄弟的家。媒人明言：成份好是雇农（自己没有土地，为他人打工），这一句话打动了鹃梅的心：将来孩子不遭罪。

鹃梅动心了。但是，她还是左、右为难。左思：她把孩子生下，她不怕天下人戳脊梁骨，等傅壮士回来。傅壮士要是等不回呢，母子无出头之日。右想：嫁过去，灯娥扑火，母子受辱，万一傅壮士回来了呢？经不住媒婆的纠缠，嫁了吧！

两个光棍，哥哥叫残障的弟弟先娶老婆，他单着。他很仗义，从不性侵弟妹，只是在精力无处发泄时，变态的发怒，辱骂鹃梅和出生后的"野种"孩子。

在这样一个家里，在这样一个村里，鹃梅对生活失望了。她记得她在父亲的藏书屋里读过的一本闲书，这样说女人的：大凡人做了女身，已是不幸了，而又弃父母抛亲戚，点入宫来，只道红颜薄命，如同腐草，即填沟壑。最后两句就是她从此的写照。

6

夏金鸣回到深圳的这些天，不解的现实，就像一座看不见的山，横在他眼前。

他婚后老婆不能生育。现在真如算命先生何言，自己命中有后，而且是儿子。这本是天上掉馅饼的喜讯，对他来说却似一闷棍，如临深渊，陷入深深的痛苦之中。

　　冥冥中，自己总感到自己有个孩子。他假设过这个孩子，又假设过自责。

　　他"平反"之后，也就是从汉江沙河回到北京之后，有一次他坐公交车，不知什么时候，他的旁边坐上了一位抱孩子的少妇。她打扮入时，梳着古典式的高髻，穿着黑底、红大花、金黄叶子的绸短袖，显得典雅、富丽。她全不顾环境，如同在自己家似的，双手钳住孩子的腋下，在她膝上跳跃，发出"噢、啊"，"嘿嘿"的叫音。

　　清脆而带甜味的声音，牵动了半车人的目光。他起初瞅瞅孩子，随便的淡淡笑了笑，又凝望窗外，浏览熟悉而又陌生的古城景物。也许年轻母亲悠然自得的女中音，富于特殊的感染力，使他终于把头扭回来，目光落在孩子身上。

　　他不知怎的，说到孩子，他怎么就想到远方的焦真、只因为他和自己长得很像么？

　　孩子约有三四个月的样子，周身胖乎乎的。穿着无袖和尚衫和小裤衩，略带淡褐色的皮肤透着亮光，额头两侧一根根毛茸茸的汗毛，一条条毛细血管的脉络，都看得极清楚；小家伙的胳膊鼓鼓的，像刚出池塘的藕节，大腿的肉纹一圈又一圈，使人想起田螺。漂亮的妈妈又陶醉似的用鼻子嗅着孩子的肩头、脖子、眼睛、鼻孔。

　　他的目光开始有些痴呆又茫然，他两颊的笑纹，像两条刀刻的深沟，略有跳动。车前进着，吹进来阵阵凉风。

　　他忽然向少妇提出一个连自己都不能解释动机，乞求似地："我能抱一下孩子吗？"

　　孩子的母亲迟疑地注视了他一眼，也许她不觉得他像个坏人，也许为自己的孩子的可爱感到骄傲，便微笑着把孩子递给他。

　　孩子这一切似乎并不理解，注视着他依旧"咿呃，咿呀"地叫着，黑宝石般的眼睛，惊讶地睁得圆圆的，鼻尖俨然的向上翘着，上面渗出一层极小的疹粒；下嘴唇被上嘴唇包裹着，两片粉嫩粉嫩的嘴唇，亮得水汪汪的，像一颗樱桃，随上下嘴唇的蠕动，嘴角现出淡淡的笑，在笑靥里溢出的口水，也被映得鲜红润亮。

他把孩子还给少妇之后，双目略闭。他在想：他的那个"孩子"却没有如此被疼爱的时刻；而他有没有属于他的如此幸福的时刻，这是人生难以弥补的缺憾。他当时不敢想下去。

7

——现在算不算灵验了呢？几十年纠缠到如今，夏金鸣思绪如麻。他想起刚才铁窗下与焦真的一段有意思的对话。

焦真坦诚地说出了他的信仰："我小学时生吞活剥读马克思的书，一直没有放弃，'只有解放了全人类，最后解放自己'说得多好！消灭人性的异化，人性才能真正复归……"

然后焦真如拉家常，那样轻松地问夏金鸣："你呢，老共产党员员，你说对吗？"

这是什么时候、什么环境？思想绷紧弦的应该是焦真，现在双方却相互倒置？焦真竟然还有心提出这样没头没脑的问题？

夏金鸣语塞，老共产党员不假，可他很少想这个问题，他无从回答，只是应付地说了句："马恩的书，我看得少……"

其实焦真是在说他自己："夏老，真理是坦然的，我们'求真'的心也应该是真诚的不虚伪的。我会承认我的错误，昭示天下，不牵连你们！"他改口叫了声"夏叔"，坚定地乞求："绝不许为我的案子求助任何人！"

焦真是"求真"的人，我呢？夏金鸣问自己。

夏金鸣仍在思考着，在套房里踱着步子。

窗外下着小雪，雪花落地竟然不化，这在深圳是少有的。好在宾馆暖气开得足。广州香港许多人家没有取暖设备，这两天香港有老人被冻死。

这时有人敲门，棒槌又来了。

三十四

棒槌为进政界，

竟以隐私威逼夏叔举荐

1

夏金鸣仍在思考着，在套房里踱着步子。

窗外下着小雪，雪花落地竟然不化，这在深圳是少有的。好在宾馆暖气开得足。广州香港许多人家没有取暖设备，这两天新闻香港有老人被冻死。

这时有人敲门，棒槌来了，棒槌昨天刚来过，开车请他到香蜜湖吃海鲜。今天来干吗呢？

棒槌为夏金鸣买了两件纯羊绒内衣，又轻又暖和。

棒槌是个勤快人，把写字台、饭桌收拾干净，沏上他带来金骏眉红茶。还拿出茶叶的礼品盒，说这是他托一位福建朋友，专门带来的正宗武夷山金骏眉，请夏叔带回北京喝；说冬天天气干燥，喝茶暖身去寒、增加免疫力。

夏金鸣感谢他的贴心照顾。

棒槌挨着夏金鸣坐下，又从钱包里拿出一张银行卡，夹到夏金鸣桌上的笔记本里。

不等棒槌说话，夏金鸣取出来，付诸一笑，推给了棒槌："你这是干什么？"单位这套送礼见得多了。

棒槌不急不慢，按住银行卡，压低声音："这是三百万的卡"。说着把他沏好的茶敬给夏金鸣。忙说，"夏叔，你要回北京了，带上。

听说你回去就办退休，用得着。不多，在北京只能买一间厨房。"

夏金鸣很客气，又很诚挚："装起来吧，你夏叔收过谁的礼？"说着拿起银行卡有力地塞进棒槌的口袋。

"我们关系不一般，沙河患难之交，生死与共，叔，我孝敬你是应该的吧？"

棒槌无奈把卡装了起来。"叔呀，你也明白，现在哪个领导背后没有几个老板朋友？要不有个应酬什么怎处理？"

顿了顿，棒槌诚恳地吐露出肺腑之言，"我和焦真都没有老人了，你就是我最亲的老人。常言道'人怕老年河怕干'，我和焦真会管你的，叫你有个快乐的晚年，日有小暖岁有安，尽忠尽孝……"

夏金鸣从内心厌恶这些市侩交易，世俗的话语。不愿意讲也不愿意听。他礼貌地堵住棒槌："以后，以后真有什么需要我找你，好不好？"

棒槌碰了个软丁子，心头不快，也不再说什么。

棒槌今天变了一个套路，在饭店打的包拿来吃。棒槌知道夏金鸣喜欢喝酱香型酒，特意买茅台，还有酱牛肉。

棒槌与夏金鸣碰杯："高兴起来，夏叔！"

心事重重的夏金鸣勉强表现出笑意，干了一小杯。

棒槌又举起第二杯。"别那么快"，被夏金鸣挡住。

棒槌居心叵测地笑了一下，他知道夏金鸣今天心情复杂，在痛苦的煎熬之中。他知道他的痛点，他用暗示语言企图挑开了他的秘密。

"夏叔，焦真兄弟还好吧，没人说你是他的家属吧？"

"什么家属？"虽是仅知一些根底的棒槌，夏金鸣还是自己心虚，这是第一个公开触及他软肋的话，有些懵然，涨红了脸。他装着听不懂，说，"这个时候我在深圳，我能不去看看吗？"。

夏金鸣向世界隐瞒着内心的愧疚。

可棒槌清楚，故意轻轻笑了两声。当看到夏叔，不，夏金鸣窘迫的样子，他心里得到了极大的满足；他抓住夏金鸣还不忏悔的心理，在刚拉开肉上的口子撒盐，折磨他！棒槌发现夏金鸣在何赛文背后助力若隐若现，曾无不醋意地对焦真说，夏金鸣是个伪君子！

空气似乎凝固了。棒槌说了句话打破僵局："是啊，人不亲土亲，河不亲水亲。"

夏金鸣换了一副轻松的口吻："是啊，我是忘不掉汉江的！"言外之意是尽一份人情。他绷紧了内心的弦：一种恶的力量紧紧地盯着自己。

棒槌对面夏金鸣左顾而言他的防御，从剑鞘里拔剑头，露出寒光，挑开他的隐私又逼近了一步。表现出来的却是荣辱与共的肺腑之言："相貌相似这事千万不能传出去，否则……"

夏金鸣知道来者不善，他冷冷地轻蔑地瞅了一眼棒槌。棒槌想进政界，我可以帮你。但是你却迫不及待，一点不记"沙河"情谊，竟以出我的丑、破我的"相"，来威逼我，可恶至极！

面对突如其来的挑战，他冷笑了一声，脑子里有了应对的策略。以进为退，焦真就是我的孩子又能怎样？鱼死网破也不关你棒槌的事。于是半目眯缝着眼睛，侧着头斜视棒槌，话语单刀直入，讲出了棒槌想讲又不敢讲出口的话："怎么，身败名裂？哈哈……"笑声强装得很不自然。

"不不不，"棒槌的阴谋气球一下子被戳破，他政治文盲露出马脚，但他仍不认输，佯装退却。这个退却伪装成对方的贴心人，为又对方出谋划策。"不是这个意思。在当今虚伪的社会里，谣言会天飞，当官的一旦沾上男女作风，百口莫辩呀！"棒槌的潜台词是：结局那可不就是身败名裂，你还装什么呢？

夏金鸣不会轻易落入对方的陷阱。他与棒槌碰了一下杯，他一只手捂住棒槌的一只手的手背，嘴角挂着冷笑，反问道："老朋友，那你说呢？"

棒槌不知再怎么说，空气有些稀薄，他怯生生地喘了两口气。

长期坐机关的人，都有着老练的人际关系的经验，他首先要捂住的是他的嘴。

棒槌表现出为难继而又无奈的样子，再次佯装退却。装出神秘的样子，压低沙哑声音，诡诈地刺探对方忍耐度："全市有多少双眼睛看着这个案子，要打破传言，唯一的办法就是判了焦真……，最好重判……"

夏金鸣头突然感到吃了一闷棍，听不下去了，他抬起头冷目凝视棒槌。即要判焦真，这话也不应该从棒槌口中说出，你们可是沙河滩的"弟兄"呀！还言什么"重判"？要不是焦真替你顶罪，焦真也不至于成为"黑背"。棒槌何以如此冷酷无情？

夏金鸣逼视棒槌，目光与目光相接，夏金鸣目光如同与对方对峙的刺刀，决不懦弱地挪开。棒槌支持不住，忽闪了两下眼睛，把头撇向了一边。

很快棒槌重整精神，转过身来，以做生意从不认输的心态，坏坏的朗朗地笑了……

2

棒槌认定夏金鸣就是铁打的肠子铜铸的心，也一定会不顾一切搭救儿子，使焦真无罪释放。无论依法焦真真的无罪释放，都终究是夏金鸣以权谋私的结果，从而暴露二人真实的父子关系，夏金鸣就会身败名裂。而最有能力引爆，或者掩盖这个黑幕的人就是他棒槌。棒槌要利用夏金鸣的丑闻，作为交换：你必须用尽你的政治资源，使我当上外商协副会长，为我进入政协铺路。

夏金鸣潜意识里一种父亲的本能在跳动，焦真是自己的儿子，老牛舔犊，我得护卫他。何况是自己亏欠四十多年的儿子，他内心里发誓，只要有一息尚存之力，不仅要把他救出来免受牢狱之灾，还要想方设法使他今生平安幸福！想不到在这关键时刻，却出现了个挑战者！

棒槌沉默。他能猜想到，夏金鸣在确认焦真是他的儿子之后，内心复杂的感情，血浓于水啊！他向自己妥协，就等于公开承认丑闻是实。他难以作出抉择。

棒槌自知再绕圈子也无味，他就单刀直入和夏金鸣讨论自己想要的事情。

"我的事，夏叔，外经委那边你说的怎么样了？"

"哦，那事啊，我向外经外的同志问了问情况，材料还没送过去。"

"夏叔，你怕什么，我的材料过硬，是花钱请律师编的故事。你只是推荐，我一定要当上外商协会副会长！"

"为什么，有什么好？"

棒槌凑近夏金鸣推心置腹、乞求地说，"叔叔，我这几年看得明白，做企业、做生意没有背景不行，各种收费捐款，不是遭欺负就是被吃掉，想整你扣个偷税的帽子就扔进"号子"。你看何六六何七七干得多快，没人敢想整他们。

"人常说，无针不引线，无水不渡船。我想趁着你在位，帮我当上外商协会副会长，有了这个台阶，我嘛再当政协委员，那就不劳你的驾，——我可以捐钱的，只求我的公司稳当不倒，——将来我和焦真一起给你养老送终！

"求你了好叔叔，你没有穷过，不知道人穷。有多卑微！你想想，谁不为自家考虑，我和焦真是天不留地不收的孤儿啊！常言道，人抬人高，水涨船高！我求求你啦！"

棒槌抱着哭腔，半跪在夏金鸣椅子旁，右手压住夏金鸣胳膊，五个手指与夏金鸣的手指相扣。

山里走出来的棒槌，祖祖辈辈没有人吃过得衙门饭。在深圳，对官场两眼一抹黑，烧香都摸不到庙门。他不能放过夏金鸣。

夏金鸣明白，这小子是嫩藤缠死老树！

"我理解，你所说的我都理解，我可怜的孩子啊！"夏金鸣仿佛听到这是焦真声音，从心里感叹命运对山里孩子的不公平，他拍了拍棒槌的肩膀。

他舒缓地松了一口气。

而棒槌话已说尽，已无话可说，终于成了彻底泄了气的气球。

棒槌走后，夏金鸣陷入了沉思。

这个棒槌在社会的大染缸里，竟然成了笑面虎。他不念与焦真母子的患难之情不说，竟然拿他们的隐私，作为要挟的资本，而且自认为是有恃无恐的证据。

当然，夏金鸣也在想，可以封住别人的口，却封不住自己的心。

他长长地、长长地叹了口气。

他深知每个干部都有不光彩的污点，正如老百姓常说谁家锅底没有黑？不被揭露，明面上包装的光鲜亮丽，正人君子，信心满满；一旦被揭露，则是马蜂窝窟窿眼睛都有问题，十恶不赦。官场就像一个化妆舞会，人人都知道脚下如履薄冰。只是不知麻绳会哪天从哪里断？

为棒槌美言几句，本不是问题。但是不能让背信弃义的小人得志，不能再做对不起鹃梅的事，这个连我老头子都敢戏弄的小人！

生姜还是老的辣，夏金鸣自己在谋划保护自己、又搭救儿子的方案。

3

夏金鸣在做世界各国专属经济区报告的那天下午，当地媒体播发新闻：驳回辩护律师"无罪"的辩护意见，考虑到本案有从轻和酌情从轻的情节，一审判处抢劫犯焦真有期徒刑七年。

这是夏金鸣和政法委朋友安排的、安排的一部分，他早心中有数。当他坦然演讲完之后，面对掌声，和献上的花篮，和主持人称他"特区的开拓者""特区人的表率"，他只是礼貌地淡淡一笑。不知怎的，露出一丝不易被人觉察的羞怯和苦涩。

主办方为了隆重感谢他，请灯光师在他身上打上闪动的彩色光环。

他谢绝了主办方的午宴。他驾车来到海边，当他坐到长椅上的时候，心还是剧烈地跳动，他知道这不是吃硝酸甘油的事。

他踩着礁石，掬起大把冰凉海水埋住脸，一次、两次三次，久久，久久不松手，心里呐喊：冲洗掉假面具，冲掉人生的假面具！

他抬头望天地辽阔且苍茫，他渺小，他不知如何安置自己，不知如何自处。

心房剧烈跳动不能平静，那里是一个人影在搅动，是焦真。

他突然觉得双膝发软，慢慢地跪下了。他不是谢罪，他不知道向谁谢罪。难道爱有罪吗，青春的冲动有罪吗？他没有想过后果、他不知道后果；如果这是罪，一生中一点点污点就不能原谅嚜？社会要求每一个人站在人的面前，都是大白条无一瑕疵，做得到吗？正因为有这一把尺子，人人都是伪君子。

夜晚海水涨潮发出噗噗的叫声，呼应着夏金鸣的心跳的…节奏。他被罪恶感压抑到崩溃的边缘。

他的耳旁有另一种声音从远处响起：当年对鹃梅的发泄，是胜利者强权的威慑，权力失去了边界感。今日对焦真的处置，仍是在强权人治之下。这是对鹃梅母子最大的不公平，这难道不是罪过、能绕得过去的罪过吗？

什么"改革开放的开拓者"，夏金鸣扪心自问：开拓了什么？深圳楼房一层层飞速拔高，可人心呢，善心呢，文明呢？焦真质问过夏金鸣：高楼升高一层就拉开了富人和底层人的一段距离。"深圳速度"的意义呢？夏金鸣不语，也在问自己。

三十五　尾声。

生活在继续，

一切都变得世事难料

1

阿貌拿着报纸急匆匆的敲打吴乃的写字台："你不是说无罪吗，怎么会判、还判得这么重？这不成了《水浒》里的天地第一号官司？"

远在山区的望春一群农民工说"理正不怕官，心正不怕天"，他们联名给法院写信再次证明，他们收到了焦真的退款，数额和他从段候彦家追讨的数额相同，请求无罪释放焦真。

石南说，他借钱也要请更好的律师打二审。吴乃一听到石南就是个"钱"字，说财大气粗的话就不舒服。恁他道："二审还要你安排嚜？"

石南追问到"你什么意思，什么意思？"

意思自不待言，然而书生的石南是不明白的。吴乃嘴角上扬，露出意味深长的笑容瞅着石南，潜台词是，剧本已有之，只是不到时候不会揭开。

阿貌盯着吴乃不放。吴乃回答她道："夏老说了，否极泰来。"

"啥意思，啥意思？"

"自己去猜吧！"

阿貌忙上街寻算命先生，嘴里不断念着这四个字，生怕忘了。

棒槌呢，"我原以为判个有罪，一半年就可以了，怎么七年，夏老头子怎么搞的？"

他心里冷笑：夏金鸣真是个伪君子，够狠的！

他为焦真叹息：他就像锅里烙糊了一张饼，拎不起来；还怎么走出、爬出社会底层？在深圳是一个委琐者。

然而他绝口不提，他为了当上外商协会副会长，进而进入政协，竟然以夏金鸣的"隐私"相威胁，夏金鸣拒不认子的这个天平倾斜，有他一份"功劳"，他出卖了救命恩人焦真。

内心深处他自责、有愧焦真。但是每每此刻，他又马上为自己开脱，排遣和抛弃负罪感。

我怎么会落井下石害焦真坐牢呢？焦真行贿、追讨款项事，我一无所知，而且和我没有任何利益关系，我为什么要害焦真呢？还有，焦真的律师费是我付的呀！

半年后，二审改判被告人焦真无罪。

2

焦真没有家了。

焦真被抓之后酸枣就提出和焦真离婚，办理了手续。

尤大姐喜欢酸枣她办事能拉下脸的泼辣，把她调到北京，作她的跑腿，开发亮马河房地产。酸枣把小明带到北京，送进一家寄宿的贵族学校读书。

焦真收到了酸枣的一封信："……亮马河是一个奇异得叫人看了都兴奋的世界。金融圈、商圈、房地产圈，各己独立又相互联系。这里人们谈的都是上千万、几个亿十几个亿的大生意。……焦真，你太单纯了，我们曾一张擦手的纸巾都要撕成两瓣用，我骂过你，对不起！……你要振作做事，要用钱只管说，我在金融圈可以倒腾出来钱，贷出来大额的钱……"

焦真复她："那是一个个火圈，会钻的没事；你别被烧了，别伤了我们的孩子明明……"

再说公司呢，没了。石南去了美国，在硅谷一家创业公司工作，"充"了"电"，他说他要尽快回深圳，在哪里跌倒，就在哪里爬起来，深圳是个创业的好地方。

焦真出"狱"，是棒槌和阿貌接的他。

傍晚，棒槌阿貌在可可西里西岁厅为焦真小酌压惊。

不一会棒槌就被吴乃的一个饭局叫走了（棒槌的任务就是为接下来的娱乐活动埋单），就剩下阿貌和焦真。

阿貌说她这多半年，强补英语，可以在网上查找国外种草的文献，只是网络原因，收集有限，准备出国考察。

她还饶有兴趣地报告她读书的情况。重点是说，人类经历了农业、工业革命浪潮之后，就是人性化的革命。这是她和他共同关注的话题，频率共振。

两人都是喝酒的"小户"，很快面孔显现出红葡萄酒的颜色。微醺使人的体面放松，不知谁先握住对方的手，二人携手来到海边长椅落座。

焦真道出了黑背的缘由。由黑背而扭曲了他的心理。他十二岁进劳改砖厂，砖厂使他恐惧、胆怯和愚昧，养成奴性和沮丧。

焦真不无遗憾的伤感地说："我的大半生，小时候，母亲对我说要爱别人别恨别人，我做到了；我渴望被人爱，很少体验爱和被爱。"

夜的天空，深邃遥远，又像湛蓝色的幕布，笼罩着大地。

"我想念母亲"，焦真说。"妈妈很苦，几乎是在一切人冷眼和唾沫星子里活着。可是她乐观，她常给我讲山里美好的世界：二月到四月迎春花、桃花、樱花、海棠杜鹃开花，山林绿色陪衬，空气里飘着花香，她常常坐到晚上都不离去。

"母亲名字叫鹃梅，她喜欢梅花，大约喜欢梅花的冷艳吧。可是她不知鹃梅就是杜鹃花。杜鹃鸟在杜鹃花开放时悲鸣滴血。我常想它是预示了母亲的命运、还是母亲命运的写照？——我呢，有她的基因，难道还要继承这个不能改变的基因吗？"

阿貌静静地听着，听那个遥远时代的陌生女人的故事。故事打动了她，她不知不觉流下泪。天穹中一颗流星滑过。，同样是一个女人，焦真的母亲那么快就在人间走了一趟，而且心滴着血。联想自己也是一个女人，我呢，我不，我绝不！

海浪轻轻地相互拍打着，纠缠着，又似在亲吻着。

阿貌伸过来手，轻抚着黑背。她知道焦真满口黄连却从不说苦。问："痛吗？"焦真摇摇头。她用脸颊贴住黑背，也紧贴住焦真被灼伤的灵魂，说："这不是你的耻辱，这是那个时代的耻辱。"

焦真自嘲的苦笑，想起一句俗语："我呀我这半生，就是没伞的孩子，拼命跑！"

阿貌观察到焦真的性格特点一是敏感二是富于想象。一个经常被人戳脊梁骨的人，一看到别人的眼睛能不敏感吗？

这个社会，有多把尺子看不同的人。焦真如果在工地里搬砖，没有人议论他。但他一开口说话，对周围评头论足，就成为另类。

而何赛文则不，深圳人都知道他北京高干家庭的背景，怎么折腾都是"正牌"的。

焦真，你的真诚，能不四处碰壁嚜！

焦真说，棒槌走出社会底层，要的是社会地位；他爬出社会底层要的是温饱

焦真，你能有的就是想象力。因为他拉开重重帷幕的一角，看到了外部世界，你想冲出去就是靠想象。

阿貌想到这里，深情地瞟了焦真一眼，"我记得我读到过一句话，'有一种鸟是永远关不住的，因为他的每一片羽翼都沾满了自由的光辉！'"

这大约就是阿貌心仪焦真的原因。阿貌抚摸着焦真的黑背，脸贴住黑背。阿貌此刻在这空旷的世界上，感受到了一个巨大宽大厚实的脊背。

焦真一生没有真正得到过异性的爱，阿貌的举动，竟令他有些躁

动和不安。他多么渴望有知根知底，善解人意的人能握住他的手啊！

他轻轻地推开了阿貌的手；觉自己不配，自己猥琐。

阿貌错愕盯住他。

焦真从口袋里掏三五牌香烟。阿貌捂住了烟盒，她替他抽出一支，娇媚的眼神轻瞥焦真，把烟嘴放到他的双唇之间。

阿貌用打火机点着烟，焦真只吸了一口，便把烟揉灭了："我要戒烟了。这是棒槌给的半盒烟，安慰我。可他戒烟了，他说香港、西方人大都不吸烟。我也要做文明人。"

阿貌听罢咯咯咯的笑了，笑焦真文明了。

种草的阿貌，在人海里如同一棵小草，在深圳的精神荒原，她寻找爱，寻找雨露滋润她的人。焦真是同路人，她记住了一句名言，挺贴切焦真："世人多媚骨，唯有君如故"，难得之人！

民工潮一拨一拨的留下汗水，退潮回家乡去了。

焦真对阿貌说："我们不走，我们无路可退！"他拉住阿貌的手臂，"我们来深圳就是为了再生，我们必须往前走！"

3

何赛文得知焦真出狱，并没有过问。一是他忙，每日开会、接待不断。二是焦真已与他没有什么关系，想不出以后还会有什么来往的必要。在当下，历史"翻篇"太快了，工作就是交际，认识人就像走马灯。

肖望成告诉他，焦真也不是穷途末路，手里有三百万现金。何赛文惊奇的脸上，释放出轻松的微笑，焦真还不是讨饭吃。

棒槌西装革履，他说要请焦真吃饭，并邀人作陪。何赛文马上大方地说："这里是金银滩，我的地盘我埋单！"

大约在商场上和上层人物来往多的缘故，仅一年多的时间，何赛文老练多了、世故多了。他在席间表现出浓浓的人情味，感慨地说：

"我是个感恩的人。

"几年前夏金鸣夏老，指拔我来深圳发展，还叫焦真大哥帮我，说我们是一北一西，都是同时来特区创业的孪生兄弟！"他突然意识到眼下焦真的处境，他止住了，轻轻哽噎了两声，眼睛竟有些发红。

焦真默默端详何赛文，他也算创业，含着金钥匙来到人间，又来到深圳，左右逢源。他有感而发地对棒槌说："我记得中学初一的时候，你拿过一本谁的诗，我也想写了一首：在深圳什么人能快乐和自由……"

席间，何赛文稍稍把焦真叫到一边，关心问焦真今后怎么打算。他快人快语地直说："恭喜你呀，天上掉馅饼，你拿钱到我的公司来，我邦你搞个项，你当经理、当老板！"

焦真说："钱没了！我给老家小学捐了三百台电脑，叫小朋友从小就看到外部世界。"

何赛文学着做生意，懂得大小鱼统吃，拾到篮子里的都是菜。他听罢焦真又变成一文不名的人，忍不住哈哈大笑："你真是稀泥糊不上墙啊！你啥时才能活成一个明白人啊！"

他如此放肆地数落焦真，笑脸中显露出有几份狰狞。

4

有人问夏金鸣呢？

夏金鸣在北京手掐着手等到焦真走出看守的日子。他要何赛文帮焦真成立一家公司，他给了一张进口十万台日本 515 升冰箱压缩机的批文。

转身焦真就是大老板。——焦真谢绝了。

夏金鸣患了轻度脑梗，他邀请焦真到北京一叙。——焦真拒绝了。

夏金鸣退休卧床。他常后悔，把简单事情复杂化，做成了"此地无银三百两"！他想修复人生，修复感情，他失败了。

他没有勇气面对现实。

后来在美国工作的养女给他办理探亲手续，居住美国纽约上州。

病中出现谵妄，独自一人瞅着窗外的树林，问："这是大巴山吧，……儿子！儿子！对不起，对不起！对不起的还有你的妈妈……"他抬起泪眼，"这是她的坟头，上一炷香……"

他清醒时常暗问自己："忏悔的心灵，是不是就是犯罪的心灵？"

对于焦真本人来说，他不相信"血浓于水"。对于夏金鸣酿成母亲悲剧、铁窗前对自己的加罪，他由理解夏金鸣到最后的原谅夏金鸣：他是人，是个异化了的人；异化的人，有兽的成份，必要时显露出凶狠。

我呢，也是异化的人，有羊的成份，易于被人欺负，被人拨来揉去。至于他——"生父"内心负罪感或道歉都不重要，那是他的事。

焦真保存的母亲遗物里，在一双旧鞋，鞋垫下面发现了一张沾着几滴血迹的一百元的陕甘边区钞票和一片桦树皮。白色的薄薄的桦树皮上用细墨写着："受厚爱岂肯琵琶别抱，愧负壮士心"。

夏金鸣想听听焦真的声音，打来越洋电话。焦真拒绝接听。隔日他把那张"边币"和桦树皮寄过去。

物归原主，夏金鸣看清边币时双手颤颤巍巍，胸背起伏。他小心翼翼地把桦树皮放在手掌上端详，他紧蹙眉头低吟上面的字。

他始乱终弃，就像对待一片树叶那样轻率的忘却，可村姑却为不能等待而自责对爱情的不忠。

看着桦树皮，他仿佛听到山林作响、看到鹃梅张望徘徊的样子。他内心斗争：自己欺骗了一个不该欺骗的人，自己没有兑现承诺，不只是对一个人的失言，而是对养育自己的大巴山的失信，罪莫大焉！他一手捂住剧烈跳动的胸口，胸口像刺进了一把锋利的尖刀的疼痛。

他涨红着脸变成紫色。许久，他仰天自语："人若灭时罪亦灭……"

5

饭局少了一个人—吴乃。也没有人提他：他是副局长，官员，不方便露脸，可以理解嘛！其实事情并不如此简单。焦真出狱后不和任何人联系。不期接到了吴乃的电话，没有寒暄，有的只是严肃、明了："以后你不要找我，对人也不要提起认识我！"

吴乃，变成陌生人，如此的陌生人？这哪是"文革"来大巴山避难的初中生、那个时刻依赖着"呆呆哥哥"要吃要喝的廋小的吴乃、那个广州长大、天天要冲凉被焦真从水库救起的吴乃？

放下吴乃电话，放不下吴乃这个小"兄弟"。电话的冲击波击打他的心脏：吴乃你的话没错，为何语气就不能委婉一点、而不是鄙视链呢？焦真感到平生第一次血管往外流血的疼痛。

放下吴乃电话，放不下吴乃这个小"兄弟"。他天天都在南来北往的人群中"组局"和被"组局"，当他看到吴乃小腹隆起，心头泛起的是怜惜。

放下电话，放不下吴乃这个小兄弟。这是在水闸小房间偷看他藏书，说将来他父亲官复原职有钱了，要请他去看佛罗伦萨的吴乃？现在他获得外部信息的渠道，就是麻将桌和"情义如歌"的歌厅，在狭窄的世界里，他自信以至狂妄。想到这里，焦真心头像压了一块石头。

6

棒槌事干大了，到浦东、抗州开发房地产。他要把焦真拉到了他身边作助手，他懂房地产又懂法律，最重要的是人可靠。

他对焦真说："在这个社会，我们底层人除了经商，赚大把钱，很难改变命运。"

棒槌有他的哲学，"管理我们的人，自己心底信奉'矿'，深圳人的语言即不是粤语也不是普通话，更不是英语。而是'矿'语"

棒槌活得明白，他笑起是不受自己约束的朗朗的笑。

收住了笑，半神秘地："你，你们骂我匪气，是啊，我是明匪气，可是暗匪气呢，你怎么骂呢？"哈哈哈的又笑了。"你跟我干，没事，'朝廷还有三门子穷亲'呢！"

沙河发小的口吻已有鄙视味道。焦真受辱寒心。

焦真想起夏金鸣说到棒槌时的一句话："富长良心穷生奸计。不能和魔鬼打交道！"说到魔鬼，焦真想反问："谎言就不是魔鬼嚜？"

社会怎样评价棒槌此类人呢？吴乃比照棒槌，拿焦真开玩笑："你钱赚不到钱，在这里连个好人都算不上！"

遭到奚落，焦真反唇相讥："我服！成者王侯败者贼！"

棒槌常常以未能进大学的门为遗憾。他花了三万块钱报考了上海一个大学的在职研究生班。他说他高中英语很好，他不是镀金而是要取得学位。同时他还报名北京的 EMBA 老板班，在那里他要进入企业家交际网，开拓事业。

7

焦真捏着阿貌留给他的一张名片，寻到观澜。筹备公司的人说阿貌到新西兰考察草种去了，什么时候回来不知道。

望着草地，焦真想起小时候的放羊，他心里自嘲，说了一句："一辈子怎么都离不开个草呢！"

他回想起，人生最早的记忆。

山坡，薄雾，夕阳中，他牵着小羊从草地上放牧归来。渐渐的在远处形成了一个剪影。

老家院子，岁末，薄雪地。

在磨刀声中，小羊被绑缚在旁边的柱子上，小羊眼神中透露着恐惧，更显示出院子里嚯嚯磨刀声制造的恐怖。

　　磨刀声停止了。伯父拿着刀走近了小羊，小羊开始挣扎着、"咩咩"的呼叫着。

　　那是小名呆呆五岁，他突然冲过来，伸开双臂保护小羊。

　　他不大的声音："不要杀它，不要！"伯父问："过年，那你吃不吃肉？"

　　他笃定地看着伯父："我不吃！"他背对饭桌，坐在院子角落。

　　家里人要开饭的时候，父亲蜷曲着胳膊走过来，塞给他一块洋芋饼，递给他一碗汤。所谓汤，就是白开水。伯父则鄙弃地顺嘴说了句"呆定"，跟着又骂了句"黠种！"（坏种）。

　　焦真叹息了一声。他想起阿貌的话："我们虽是小草，要做明白的小草有灵魂的小草！"

　　他拿起阿貌的名片，说了句连自己都感到奇怪的话："我是在寻找灵魂嚜！"

　　他翻开阿貌名片背面，阿貌为他留的字：

　　"你永远不会独行，我不允许；人世上将流传你的传说！"

　　这时，他仿佛听到阿貌爽朗的笑声。他想起那天晚上，阿貌戏谑地对他说的话："我要为你擦去最后一滴眼泪。"

　　我不是脆弱者，也不是自愈者的镜子。我要做一个大写的人。

　　焦真眯缝双眼，自己会意地点点头，嘴角是苦笑：底层人的故事……，底层人的愿望很简单：平等待我，一起走。……

　　焦真抬起头，他想起家乡大巴山。他从大山深处，走到了大海边。他极目望去，地平线是泛动着金边的湛蓝汪洋，深邃、辽阔……

　　（完）

2019.08—2025.08

后　记

在纽约居住不久，2017 年进行老年病普查，使怀着长篇小说腹稿的我，骤然感到了岁月的紧迫感。2019 年 8 月我毅然离家出走，在法拉盛租了个小屋，开始《你来干什么》的写作。

只有几个月，便"新冠"声起，女儿在寒风中开车不由分说的把我接回了家。

应付疫情，家务在身，写作中断。脑子只能筹划小说人物，不时翻看多年的记事本。

疫情结束后，住在法拉盛公寓，才又有了静心写作的条件。

2024 年秋天我带着片断稿子返回中国。在北方一个小城的酒店陆续住了两个多月，每天写和改写一节，拉出了全书的框架。

2025 年上半年，一边思考一边对全书进行填充。白天到老人中心走动也带着平板电脑，每每想好情节的修改即付诸文字。

本书完稿之后，回头望，书中的故事和细节是独特的，灵动的；自认为还不是制造垃圾，为此稍感到安心。

此外，本书第 4 章及第 33 章其中"抱"的情节取自八十年代自己的短篇旧作，这里做一说明。

本书原稿潦草，辛苦乔晞华博士耐心审校；还有，本书在写作中得到不少亲友，尤其是远在广州的侄女张小宇伉俪的经常问候和鼓动，在此一并致谢。

作　者

2025 年 8 月于纽约寓所